U0535415

THE REMAINS OF THE DAY
长日将尽

〔英〕石黑一雄——著　冯涛——译

KAZUO
ISHIGURO

上海译文出版社

Kazuo Ishiguro
THE REMAINS OF THE DAY
Copyright © 1989 BY KAZUO ISHIGURO
This edition arranged with ROGERS, COLERIDGE & WHITE LTD. (RCW)
Through Big Apple Agency, Inc., Labuan, Malaysia.
Simplified Chinese edition copyright:
2023 Shanghai Translation Publishing House (STPH)
All rights reserved.

图字：09-2015-1096 号

图书在版编目（CIP）数据

长日将尽 /（英）石黑一雄著；冯涛译. — 上海：
上海译文出版社，2023.10
（彩虹布面石黑一雄作品）
书名原文：The Remains of the Day
ISBN 978-7-5327-9420-1

Ⅰ.①长… Ⅱ.①石… ②冯… Ⅲ.①长篇小说—英国—现代 Ⅳ.①I561.45

中国国家版本馆CIP数据核字（2023）第164095号

长日将尽
[英] 石黑一雄　著　冯涛　译
总策划 / 冯涛　责任编辑 / 宋玲　装帧设计 / 张志全工作室

上海译文出版社有限公司出版、发行
网址：www.yiwen.com.cn
201101　上海市闵行区号景路159弄B座
南京爱德印刷有限公司印刷

开本 889×1194　1/32　印张 9.5　插页 6　字数 170,000
2023 年 11 月第 1 版　2023 年 11 月第 1 次印刷
印数：0,001—8,000 册

ISBN 978-7-5327-9420-1/I・5888
定价：88.00 元

本书中文简体字专有出版权归本社独家所有，非经本社同意不得转载、摘编或复制
如有质量问题，请与承印厂质量科联系。T: 025-57928003

纪念莉诺·马歇尔太太①

① 石黑一雄在一篇题为《撒切尔的伦敦与政治变革时代的艺术家角色》(Thatcher's London and the role of the artist in a time of political change) 的回忆性文章中称,莉诺·马歇尔太太(Mrs Lenore Marshall)是一九八二年冬他搬入的伦敦一幢维多利亚时代住宅的房东太太("A few years later, following Lenore's sudden death, I dedicated *The Remains of the Day* to her memory.")。

目 录

引子：一九五六年七月　达林顿府　　　　　　　　　001

第一天——傍晚　索尔兹伯里　　　　　　　　　　021

第二天——上午　索尔兹伯里　　　　　　　　　　047

第二天——傍晚　莫蒂默池塘，多塞特郡　　　　　117

第三天——上午　汤顿市，萨默塞特郡　　　　　　135

第三天——傍晚　莫斯科姆村，近塔维斯托克，德文郡　151

第四天——下午　小康普顿，康沃尔郡　　　　　　215

第六天——傍晚　韦茅斯　　　　　　　　　　　　243

为无可慰藉之人提供慰藉——《长日将尽》译后记　263

附录：石黑一雄诺贝尔奖获奖演说　　　　　　　　277

引子：一九五六年七月

达林顿府

看来，这些天来一直在我心头盘桓的那次远行计划越来越像是真的要成行了。我应该说明的是，这是一次叨光法拉戴先生的福特轿车的舒适旅行；一次依我看来将带我穿越英格兰众多最优美的乡村盛景，去往西南诸郡的远行，而且会让我离开达林顿府的时间长达五六天之久。之所以有此旅行的念头，我应该特意指出，是源自差不多两个礼拜前的一个下午，由法拉戴先生本人主动向我提出的一个最为慷慨的建议。当时我正在藏书室里为那些肖像掸尘，准确地说，我记得是站在梯凳上为韦瑟比子爵的肖像掸尘，我的雇主拿着几本书进来，大概是准备放回书架上。看到我在那儿，他就趁便通知我，他刚刚确定下来，要在八月和九月间返回美国，为期五周时间。说完正事之后，我的雇主将那几本书放到书桌上，往 chaise-longue ① 上一躺，两腿一伸。就是在那个时候，他抬头看着我，跟我说道：

"你该知道，史蒂文斯，我可不希望你在我离开的这段时间里就一直被闭锁在这幢房子里。你何不开着那辆轿车，到某个地方消遣几天呢？你看起来是该好好享受一次休假了。"

这个建议突如其来，我一时间不知该如何应答才好。我记得我对于他的体恤下情表达了谢意，不过很有可能并没有做出任何明确的表态，因为我的雇主又接着道：

"我这话是认真的，史蒂文斯。我真的认为你应该休个假了。汽油的花费由我来承担。你们这帮家伙，你们总是把自己闭锁在这些深宅大院里忙这忙那，干吗不出去四处走走，看看你们这个美丽的国家呢？"

这不是我的雇主第一次提出这样一个问题了；看来，这倒确实是让他大为费心的一件事。在这种情况下，当我站在那个梯凳上的时候，我脑子里倒是浮现出了一个回答，大意是：虽然从旅行观光、游览乡村盛景的角度上来说，我们确实对这个国家所知甚少，但是干我们这一行的，对于英格兰的"见识"却实际上比大多数人都更胜一筹，因为我们就身处这个国家名流显贵云集的显赫府第当中。当然了，我在向法拉戴先生表达这一观点的时候，却又不太可能不给人一种自以为是的冒昧感觉。所以我也只能满足于简单地如此答复：

"这些年来，就在这幢府第当中，我已经尽享饱览英格兰的无限精华之特权了，先生。"

法拉戴先生似乎不太明白我的言下之意，因为他仍旧只是继续道："我是认真的，史蒂文斯。一个人不能到处走走，见识一下自己的国家，这是大不应该的。接受我的建议，到外面去待上个几天吧。"

你也能预料得到，那天下午我根本就没把法拉戴先生的建议当真，只是把它当作一位美国绅士不太熟悉在英格兰通常哪些事该做、哪些事又不该做的又一例证。而我在接下来的几天里对这一建议的态度之所以发生了改变——的确，前往西南诸郡一游的打算在我的思绪中越来越挥之不去——无疑实质上应该归因于——我又何必隐瞒呢？——肯顿小姐的来信，如果不算圣诞贺

---

① 法语：躺椅，贵妃榻。

卡的话，这是几乎七年来她写给我的第一封信。但还是让我马上讲清楚我这话是什么意思吧；我想说的是，肯顿小姐的来信引发了我一连串与达林顿府的管理事务相关的想法，我需要强调指出的是，正是由于府第的管理事务已经成为眼下的当务之急，才促使我重新考虑我的雇主那完全出自好意的建议。不过，还是让我进一步作一番解释吧。

事实上，在过去这几个月里，我在履行自己的职责方面犯下了一系列小小的差池。我应该说明，这些差池毫无例外，本身都是非常微不足道的。尽管如此，我想您也能理解，对于一个不习惯于犯下此类差池的人而言，这一发展趋势还是令我备感不安的，实际上，针对其源头，我也确实已经开始认真考虑各种防微杜渐的措施了。正如在这种情况下屡见不鲜的，之前我对于最显而易见的事实竟然一直都视而不见——也就是说，一直到我开始反复咀摸肯顿小姐来信的个中深意，我才终于豁然开朗，看清楚了那个简单的事实：最近几个月来的那些小小不言的差池也确实没什么大不了的，全都源自人员配置上的先天缺陷。

当然了，尽最大的努力做好府第中的人员配置规划本就是每一位管家的职责和本分。谁知道到底有多少的口角争执、诬告栽赃和完全没有必要的解雇，有多少原本大有前途的职业生涯却半途而废，实际上应归咎于一位管家在人员配备规划阶段的马虎和疏懒呢？有人说，制订一套良好的人员配置规划是任何一位称职的管家所有技能的基础和柱石，的确，我可以说是同意这种说法的。在过去这些年中，我已经亲自设计过很多的人员配备规划，如果说这些规划当中极少有需要调整和改进之处的话，我相信我也并没有过分地自我吹嘘。同时我也该特别指出，这一次的状况的确是异乎寻常地困难才算是公道。

具体的情况是这样的。房产交易一旦结束——这次交易使达林顿家族在长达两个世纪之后，失去了对这座府第的所有权——法拉戴先生就知会我们，他不会马上入住这里，而是将再花四个月的时间对美国的事务做一个了结。不过与此同时，他又最殷切地希望前任东家的员工——他已经听说这批雇员具有极佳的声誉——能够继续留任达林顿府。当然，他所指的这批"员工"，仅是达林顿勋爵的几位亲属在房产交易期间临时照管这幢宅第时所留用的那六位骨干人员；但我很遗憾地向新雇主汇报，交易一旦完成，除了克莱门茨太太以外，对于其他员工另寻其他工作的情况我实在是无能为力。当我向法拉戴先生写信表达我对此种状况的遗憾时，我接到来自美国的答复，指示我去招募一批"配得上一座堂皇的古老英国府第"的新员工。我立刻着手尽力满足法拉戴先生的愿望，但您也知道，在现在这个时候要想招募到一批令人满意的高标准员工实在殊非易事，尽管经由克莱门茨太太的推荐，我很高兴地雇用了罗斯玛丽和阿格尼丝，但是直到去年春天法拉戴先生短暂地先期探访达林顿府，我跟他进行第一次事务性会晤之时，招聘工作并无更大的进展。也正是在那个场合下——在达林顿府那个显得异常空旷的书房里——法拉戴先生第一次跟我握了手，不过，在那之前我们相互之间也已经算不上是陌生人了；除了招聘雇员这一事务之外，我的新雇主在好几个其他方面也发现有必要求助于那些我也许只是因为走运才拥有的才能和品质，并且发现它们——我不妨冒昧地直言——是值得信赖和托付的。因此，我认为，他马上就感觉可以跟我以一种讲求实际、充分信任的方式坦诚地交谈，在这次会面结束前，他留给我一笔不算不可观的资金由我全权掌管,为他不久之后入住达林顿府进行各个方面的准备之用。别的方面姑且不论,我想说的是,正是在这次面谈的过程中,当我提出在现在这种时候招聘到合格员工的难处时,法拉戴先生在经过片刻沉吟后,向我提出了他的要求:我应尽力拟定出一个人员配置规划——用他话说就是"某种仆佣的轮值表"——按照这一规划,这座府第或许可以就依靠目前的这四位员工正常地运转起来——也就说克莱门茨太太、那两位年轻的姑娘,外加我自己。他充分地理解,这样也许意味着要将这座府第中的好些部分"深藏密闭"起来,但我能否充分调动我所有的经验和专长,尽我之所能确保将此类损失控制在最低限度之内?回想过去,我手下曾有过十七名员工可供调度,而且就在不久前,达林顿府雇用的员工人数甚至达到过二十八位,相形之下,希望依靠设计出一个完善的人员配置规划,仅用四个人就能将这么大的府第管理得井井有条,这种想法往轻里说,至少也是令人望而却步的。尽管我竭力不把自己的想法表露出来,我那深表怀疑的态度想必还是遮掩不住的,于是法拉戴先生又补充了一句,似乎是为了消除我的顾虑,说如果证明确属必要,也可以再增加一位雇员。但他又重复道,如果我能"试一下就用四个人"的话,他将感激不尽。

说起来,就像我们当中的很多人一样,我自然也不太情愿对旧有的方式做出太多的变更。但像某些人那样仅仅是为了传统而固守传统的话,却也并无任何益处。在这个电气和现代化供暖系统的时代,确实也没有必要再雇用甚至只是上一代人所必需的那么多种类的员工了。说实在的,实际上长久以来我已经形成了这样一种想法,即只是为了传统的缘故而维持不必要的冗员——结果造成雇员们拥有了大量不但无益反而有害的空闲时间——这正是造成职业水准急剧下降的重要原因。再者说，法拉戴先生已经明确表示，他难得会举办过去达林顿府所司空见惯的那种盛大的社交活动。在这之后，我就全身心地投入到法拉戴先生所交付给我的这个任务当中；我花费了大量的时间拟定人员配置规划，而且在我从事其他的工作以及就寝以后尚未睡着的时候，又花费了至少同样多的时间反复斟酌推敲。只要是我感觉又有了什么新的想法，我都会反复探究它是否还有任何纰漏，从所有的角度对它一一进行检视。最后我终于拟出了一个规划，也许还并不完全符合法拉戴先生所提出的要求，但我确信这已经是人力所及的范围之内的最好结果了。这座府第中几乎所有富有魅力的部分都能继续保持正常运转；而庞大的仆佣生活区——包括后廊、那两间茶点整备室，还有那间老式的洗衣房——以及三楼上的客房都将关闭，不再使用，保留一楼的所有主要的房间以及相当数量的客房。平心而论，以我们现在这四人团队的力量，也只有再借助一些临时工的增援才能胜任这一安排；因此，我的人员配置规划当中也已经加入了临时工的服务内容：一位园丁每周来一次，夏季则增加为两次；两位清洁工每周来两次。除此之外，我的人员配置规划意味着我们四位常驻员工每个人各自的常规职责也要进行根本性的调整。以我的预期，那两位年轻姑娘并不会感觉这些调整和改变非常难以适应，而我尽最大的可能确保将克莱门茨太太需要承受的调整幅度降至最低限度，结果我自己也就肩负起了许多您可能认为唯有思想最为开通的管家才会去承担的工作职责。

时至今日，我也不至于会说这是个糟糕的人员配置规划；毕竟，它可以使得只有四个人的团队能够承担起这么多其范围远远超乎预料的职责。不过，您无疑也会同意，最好的员工规划是能够留出清楚的误差范围的那一种，万一某位雇员生了病或是出于这样那样的原因而状态欠佳，也好留出余地。如果碰到这样的特殊情况，我当然就将面对一个稍稍异乎寻常的棘手的任务，不过，即便如此，我都一直并没有忽视，只要是有可能，就把预留这样的"余地"也体现在规划当中。我尤其注意克莱门茨太太或者那两位姑娘可能产生的任何抗拒心理，因为她们承担了超出传统界限之外的职责，她们可能会认为她们的工作量也已经大为增加。在反复斟酌、不断完善员工规划的那些日子里，我也已经特别为此而大费思量，以确保她们一旦克服了因承担这些"五花八门的"额外角色而产生的反感，她们就会发现这样的职责分配其实是饶有兴味的，而且也并不会成为很大的负担。

然而，我担心在我急于赢得克莱门茨太太和两位姑娘支持的同时，我也许并没有对于我自己的局限做出非常严格的评估；尽管我在此类事务上的经验以及习惯性的审慎，使我不至于冒失地承担超出我实际能力所及的任务，但我也许疏忽了给我自己留出足够的余地。如果在几个月的实际应用当中，这种失察会以一种很不起眼却又相当显著的方式表现出来的话，我丝毫都不会感到吃惊。归根结底，我相信这个问题一句话就能说清：我给自己分派的工作实在是太多了。

人员配置规划中这样一个明显的缺点居然一直都未能引起我的注意，您可能会为此而感到吃惊，但您也会同意，一个人如果在一段时间内持久不断地沉湎于某种想法中无法自拔，是会经常出现这种当局者迷的问题的；直到相当意外地受到某种外部事件的激发，才会幡然醒悟到事情的真相。所以正是在这样的情况下，也就是说，我收到肯顿小姐的来信，她在这封长信中以深藏不露的笔触表达出对于达林顿府无可置疑的怀旧之情，而且——对此我相当肯定——还明确地暗示了她重返故地的强烈愿望，这不禁迫使我重新审视已经拟定的员工规划。直到这时，我才醒悟到达林顿府确实还需要另一位员工来扮演一个至关重要的角色；实际上，也正是因为缺少了这样的一个角色，才是我近来麻烦不断的关键中枢。我越是认真地考虑，事情也就越发清楚明了：以其对于这座府第的衷心挚爱，以其堪为典范楷模的职业水准——这种素质如今几乎已经是无处寻觅了——肯顿小姐正是能使我为达林顿府完成一个完全令人满意的员工规划所需要的关键要素。

对目前的局面做出如此分析之后，没过多久我就觉得应该重新考虑一下几天前法拉戴先生主动提出的那个慷慨的建议了。因为我想到，那驱车远行的计划可以在工作方面很好地派上用处；也就是说，我可以在驱车前往西南诸郡的过程中，顺道拜访一下肯顿小姐，这样就可以当面探查一下她希望重返达林顿府工作的虚实。我应该说明的是，我已经把肯顿小姐最近的那封来信反复阅读了好几次，她那方面有重返达林顿的这种暗示，绝对不可能只是出诸我的想象。

尽管如此，我有好几天却无法鼓起勇气向法拉戴先生再次提起此事。在这件事上，不管怎么说，有好几个方面我感觉需要自己先行厘清之后才能采取进一步的行动。比如说，这里面就有费用的问题。因为，即便我的雇主慷慨地主动表示"承担汽油的花费"，考虑到还有诸如住宿、用餐以及在旅途中可能消耗的各种小零食的开销，这样一次旅行的总花费仍旧可能会达到一个惊人的数目。此外还有什么样的服装适合这样一次旅行的问题，以及是否值得专门为此添置一套新衣服的问题。我已经拥有好多套顶级的礼服正装，有的是过去这些年间达林顿勋爵本人好心送给我的，有些则是曾在府里做客，因为有理由对于这里的服务水准深感满意的各位客人送的。很多套正装或许对于计划中的这次旅行来说太过正式了些，要不然就是以现在的眼光看来太过老式了些。不过我还有一套非正式场合穿的休闲套装，是一九三一或者三二年爱德华·布莱尔爵士送给我的——在当时实际上是全新的，而且差不多完全合身——这套服装应该很合适在我可能宿夜的任何宾馆旅店的客厅或是餐室穿着。不过，适合旅行时穿的衣服我却一套都没有——也就是我开车时穿的衣服——除非是我打算穿年轻的查默斯勋爵在大战期间送给我的那套服装，如果不计较对我来说明显太小了一些，也可以认为是适合这一场合的理想之选了。最后我自己计算了一下，我的积蓄应该能应付所有可能的花销，此外也许还足可以添置一套新衣。我希望您不要因为我在服装上面的盘算就认为我过于虚荣了；我这么计较只是因为谁都不知道在什么情况下你将不得不承认你是达林顿府里的人，如果碰到这样的情况，你的穿着装扮是否与你的地位相称就显得至关重要了。

在这段时间里，我也花了不少时间去查阅道路交通地图，还细读了简·西蒙斯太太撰写的《英格兰奇景》的相关卷帙。如果您对于西蒙斯太太的这套著作还有所不知——这套系列丛书多达七卷，每一卷集中描写英伦诸岛的一个地区——我衷心地向您推荐它们。这套书是三十年代写的，不过大部分内容都还并不过时——再者说了，我也不相信德国人的炸弹已经对我们的乡村面貌造成了如此大的改观。事实上，西蒙斯太太在战前就是我们这府上的常客；而且她确实也是最受员工们喜欢的客人之一，因为她从不吝惜对我们服务工作的热情赞赏。也正是在那个时候，出于我对这位女士由衷的仰慕之情，只要有一点点空闲时间我就跑到藏书室里，第一次开始细读她的大著。我记得一九三六年肯顿小姐离开达林顿府前往康沃尔郡以后，我因为从未去过那个地方，我确实还经常翻阅一下西蒙斯太太著作的第三卷，那一卷向读者描述的正是德文和康沃尔两郡的怡人美景，并且配有大量的照片以及——更能使我产生情感共鸣的是——画家们描绘那一地区各种景致的很多素描作品。我是由此才能对于肯顿小姐婚后定居之地获得了些许认识的。不过正如我已经说过的，那是三十年代的情况了，据我所知，西蒙斯太太的著作那个时候在全国都是家喻户晓的。我已经有好多年未曾翻阅这套丛书了，直到最近的情势发展，才又使我重新把描写德文和康沃尔两郡的那一卷从书架上取下来。我又从头至尾认真研读了一遍那些精彩的描述和插图，您也许能够理解，一想到现在也许终于可以开着车到那个区域去亲眼看看了，我就按捺不住万分激动的心情。

　　事已至此，看来除了主动再跟法拉戴先生提出这次旅行以外，也别无他法了。当然，也有可能他半个月前的建议只不过是突发奇想，说过即忘，他已经不会再对这个想法表示赞同了。不过，通过这几个月来我对法拉戴先生的观察，他并非那种反复无常的绅士，而在一位雇主身上再没有比这种出尔反尔的品性更让人恼火的了。没有理由怀疑他会对之前自己热情提议的驾车远游计划表现得前后不一——他肯定不会再主动重提"承担汽油的花费"这一最为慷慨的承诺了。尽管如此，我还是要非常谨慎小心地选择一个向他重提这件事的最佳时机；因为，虽然如我所言，我从未有一时一刻怀疑过法拉戴先生会是个出尔反尔之辈，不过，如果专拣他心事重重或者心烦意乱的时候去提，那可就非常不智了。如果在这种情况下贸然拒绝了我的请求，其实并不能反映出我的雇主在这件事上的真实意图，可是否决的话一旦说出了口，我也就很难再把它提出来了。因此，显而易见，我必须明智地选择合适的时机。

最后，我认定一天当中最明智审慎的时刻应该是我在客厅里摆好下午茶的时候。在那个时候，法拉戴先生通常外出去高地上散了一会儿步刚刚回来，所以他的思绪极少会沉浸在傍晚时分经常从事的阅读和写作当中。事实上，当我把下午茶端进来的时候，法拉戴先生总是会把之前正在阅读的图书或是杂志合上，站起身来在窗前伸展一下双臂，似乎预先就准备要跟我聊上几句。

如上所述，我相信我在时机选择这个问题上的判断是合情合理的；但实际情况的非我所愿则应完全归咎于我在另一个方向上的判断失误。换句话说，我并没有充分考虑到这样一个事实，即在一天当中的那个时刻，法拉戴先生想要进行的是那种轻松愉快、诙谐幽默的闲谈。如果昨天下午我把茶点端进来的时候知道他是这样一种心情，如果我当时能意识到他在那种时候会倾向于用一种揶揄谈笑的口吻跟我闲谈的话，更明智的做法当然就是压根儿都不提肯顿小姐的名字了。但您也许能够理解，在请求我的雇主的某种慷慨的恩赐时，我这方面总会有一种天然的倾向，竭力暗示在我的请求背后还隐藏着某种良好的职业动机。所以我在陈述自己很想开车前往西南诸郡一游的原因时，并没有提及西蒙斯太太那卷著作当中所描述的那些个迷人的细节，反而错误地宣称达林顿府的一位前任的女管家就居住在那个区域。我的本意原是打算向法拉戴先生解释一下，我为什么会认为这不失一种可能的选项，借此也许可以成为解决目前这座府第的管理当中现存的一些小问题的理想方案。一直等到我已提到肯顿小姐的名字以后，我才突然意识到我如果继续讲下去将是多么不妥的冒昧之举。不仅是因为我尚不能确定肯顿小姐重新回到这里的意愿是否是真，除此以外，当然还有自从一年多以前我跟法拉戴先生第一次会面以来，我甚至都还没有跟他讨论过增加员工的这个问题。如果继续大声地宣布我对于达林顿府未来的考虑，退一万步讲，也是非常冒昧和唐突的。想到这一点，我当时相当突然地停住了话头，我猜想，我的表情应该是有点尴尬的。总之，法拉戴先生抓住这个机会，冲我眉开眼笑，并别有一番深意地说道：

"哎呀，哎呀，史蒂文斯。一位女性朋友。而且是在你这个岁数。"

这场面真是再难堪不过了，达林顿勋爵是绝不会置一位雇员于这样的境地。不过我这么说也并非对法拉戴先生有任何贬损之意；他毕竟是一位美国绅士，他的行为举止经常是大为不同的。他并没有任何恶意，这一点是毫无疑问的；但您无疑也能理解，这处境对我而言是多么不自在。

"我还从没想到你居然是这样一位大受女性欢迎的男人啊，史蒂文斯，"他继续道。"这肯定能让你在精神上永葆青春，我猜想。但如此一来，我就真的不知道帮你去赴如此暧昧的约会对我而言是不是应该啦。"

自然，我忍不住想立刻而又毫不含糊地坚决否认我的雇主强加在我头上的这种不实的动机，但我及时地察觉到，我这么做的话无疑等于一口吞下了法拉戴先生的钓饵，那局面只会变得越发令人难堪。于是我只得继续尴尬地站在那儿，等着我的雇主允许我进行这次驾车的旅行。

尽管这个场面对我来说备感难堪,我却丝毫不希望暗示我在任何方面有可以埋怨法拉戴先生的地方,他的为人绝没有丝毫刻薄之处;我敢肯定,他这么做只不过是在享受那种善意地揶揄取笑的乐趣,在美国这无疑是雇主和雇员间关系良好、友善的一种表现,他们将其当作一种亲切友好的游戏而乐在其中。的确,站在适当的角度上来看,我应该指出的是,恰恰是这种在我的新雇主身上体现出来的善意的逗趣儿,才真正体现出这几个月来我们主仆关系的融洽——尽管我必须承认,对此应该如何回应我仍旧很没有把握。事实上,在我刚开始为法拉戴先生工作的那些日子里,有一两次我真是为他对我所说的话大感震惊。比方说,我有一次曾请示他,如果我们邀请到我们府上来做客的某位绅士希望带夫人同来,我们该怎么办。

"她要是真的来了,那就只能求上帝保佑啦,"法拉戴先生回答道。"也许你能让她尽量离我们远一点,史蒂文斯。也许你能把她带到摩根先生农场上的某个马厩里去。就用那些干草来招待她吧。她也许正是你的绝配呢。"

有好一会儿,我都不知道我的雇主到底在说些什么。然后我才意识到他是在开玩笑,我便竭力展露出恰如其分的微笑,不过我怀疑在我的表情当中应该能觉察得出一丝困惑,如果还算不上是震惊的话。

不过在接下来的日子里,我渐渐学会了对于我雇主的类似言语不再表示诧异,而且只要察觉到他声音中有这种揶揄打趣的语气,我就会还以恰如其分的微笑。话虽如此,我却又从来都不能肯定在这种场合之下我确切地应该做些什么。也许我应该开怀大笑；或者报以自己的看法。这后一种可能性这几个月来都快成了我的心病了，而且对此我仍旧还没拿定主意。因为在美国很有可能是这样的：一位雇员提供的良好的专业服务当中应该包括有令其雇主开怀解颐的玩笑和戏谑。"庄稼汉的纹章"酒馆的店主有一次说过，他要是个美国酒保的话才不会以那种友好然而永远谦恭有礼的方式跟我们聊天呢，相反，他会粗鲁地指责我们的恶习和缺点，直接骂我们酒鬼以及所有诸如此类的名号，因为他的顾客就期望他如此扮演他的角色。我还记得几年前，作为贴身男仆陪侍雷金纳德·梅维斯爵士前往美国旅行的雷恩先生曾经说过，纽约的出租车司机惯常跟乘客说话的方式要是在伦敦重复一遍的话，结果即便是这个家伙不会被反剪着双臂扭送就近的警局，也八成会引发一场骚乱的。

如此说来，我的雇主极有可能满心期望我也能以相仿的方式去回应他善意的揶揄打趣了，我如果不予回应的话反而会被认为是一种疏忽和失职了。这一点，如我之前所说，简直成了我的一块心病。但我又必须承认，我感觉这种揶揄打趣的事务并非我能以满腔的热情去履行的职责。在现如今这个瞬息万变的时代中，调整自己以适应那些传统上来说并非自己分内工作的职责，固然是非常好的；但是揶揄打趣就完全是另外一个范畴的事情了。别的且不说，首先第一点，你怎么能确定，在某个特定的场合哪一种对于此类揶揄打趣的回应才是雇主所真正期待的呢？如果你贸然回出一句意在打趣的调侃，结果却发现完全驴唇不对马嘴，那种灾难性的后果简直想都不太敢想。

不过，不久前我倒是确实有一次鼓足勇气尝试了一下那种戏谑的回答方式。当时我正在早餐室里伺候法拉戴先生喝早上的咖

啡,这时他对我道:

"我猜想今天早上那公鸡打鸣一样的声音应该不是你弄出来的吧,史蒂文斯?"

我意识到,我雇主指的是一对收废铜烂铁的吉卜赛夫妇一早从这儿经过时那惯常的吆喝声。碰巧,那天早上我也正在琢磨我的雇主是否期望我去回应他的揶揄打趣这个进退失据的难题,而且一直都很担心他会如何看待我对他意在逗乐的开场屡屡都毫无反应这个问题。因此我就开始思考该如何机智地应对;我的回答应该是在万一对情况做出了误判也仍旧是安全稳妥、不会造成丝毫冒犯才对。过了有一会儿,我才说:

"依我看,与其说是鸡打鸣,不如说是燕子叫,先生。从流浪迁徙的角度来看[①]。"说完后我继之以恰如其分的谦恭的微笑,以便以毫无歧义的方式表明我说的是句俏皮话,因为我可不希望法拉戴先生出于不必要的故作尊重而强忍住自发的笑意。

可是结果法拉戴先生却只是抬头看着我道:"你说什么,史蒂文斯?"

只有到了这时我才想到,我的俏皮话对于并不知道是吉卜赛人从我们这里经过的人来说,自然是不容易领会和理解的。到了这时,我就不知道到底该如何将这场戏谑的逗趣继续下去了;事实上,我决定最好是就此打住,假装想起某件需要我马上去处理的急事,就此告退,留下我的雇主大惑不解地坐在原地。

对于要求我去履行的这么一桩实际上是全新的职责而言,这

[①] 一语双关,是以燕子的季节性移栖来喻指吉卜赛人的居无定所、四处流浪。

个开端实在是再令人气馁不过了；令人气馁的程度之深，使我必须承认，在这方面我再也没有进行过进一步的尝试。不过与此同时，我也无法逃避这样一种感觉，即法拉戴先生并不满意我对于他形形色色的揶揄打趣所做出的回应。确实，他近来甚至愈发频繁地坚持跟我逗乐打趣，应该就是加倍鼓励我以趣味相投的兴致予以积极的回应。可是即便如此，自打我那第一次说的关于吉卜赛人的俏皮话以来，我就再也没能当场就想出其他类似的俏皮话。

现如今，碰到类似的困难尤其会让人忧心忡忡，因为你已经不能像过去那样去跟同行们讨教以后再做决定了。在不久以前，如果你在工作上产生了任何类似职责不清的困扰，你都不会过于心焦，因为你知道，要不了多久，你的某位其见解颇受人尊重的同行就将陪同他的雇主前来做客，如此一来，你就有充裕的时间跟他讨教这个问题了。当然啦，在达林顿勋爵的时代，因为贵妇和士绅们经常一连多日在府里做客，你也很容易能跟随侍来访的同行们发展出一种相互理解的良好关系。确实，在那些繁忙的日子里，我们的仆役大厅里经常荟萃了一大批英格兰最优秀的专业同行，我们经常围坐在温暖的炉火旁边一直聊到深夜。而且不瞒你说，如果你在那样的任何一个夜晚走进我们的仆役大厅，你听到的将不只是各种闲言碎语和小道消息；你更有可能会见证我们针对占据了楼上我们雇主们全副精力的那些重大事件，或者报上刊载的那些重大新闻所展开的激烈辩论。当然了，正如来自各行各业的同行们聚在一起的时候惯常都会做的那样，你也会发现我们正在讨论我们这个职业的方方面面。有时候，我们中间自然也会产生严重的分歧，大家争得个面红耳赤，但更常见的是，那里充满了互敬互谅的友好气氛。如果我报出几位常客的姓名的话，也许可以使您对于那些夜晚的格调气氛具有更直观的概念；我们的常客中包括了像是詹姆斯·钱伯斯爵士的贴身管家哈里·格雷厄姆先生，以及悉尼·狄金森先生的贴身男仆约翰·唐纳兹先生这样的人物。也有很多或许没那么著名的同行，但他们现场那生动活泼的表现使得他们的每一次造访都令人难忘；比如说约翰·坎贝尔先生的贴身管家威尔金森先生就以善于模仿知名人士而大名鼎鼎；又如伊斯特利府的戴维森先生，他在为某一观点辩论时表现出来的澎湃激情有时真会让陌生人惊骇万分，而在其他时刻的表现则唯有最为讨人喜欢的单纯善良；再如约翰·亨利·彼得斯先生的贴身管家赫尔曼先生，他那过激的观点无论是谁听到都不可能处之淡然，但他那与众不同的纵情大笑以及约克郡人特有的魅力又使得他备受所有人的喜爱。这类人物真是不胜枚举。尽管我们在处理问题的方式方法上难免有些小小的分歧，但在当初那些岁月里，在我们这个行业当中是存在着一种真正的同志情谊的。打个比方说，我们本质上都是从同一块布料上剪下来的布头和布尾。可是现在的情况已经是大为不同了，就算难得碰到某位雇员陪侍主人到我们这儿来做客，他也更像是个完全的陌生人，除了英式足球以外就再也没有什么话可说，而且宁肯去"庄稼汉的纹章"喝几杯，也不愿在仆役大厅里围坐着炉火消磨那个夜晚——而且照现如今的风尚，他可能更愿意光顾明星酒馆。

刚才我曾提到詹姆斯·钱伯斯爵士的贴身管家格雷厄姆先生。事实上，两个月前我就高兴地得知詹姆斯爵士要来达林顿府做客的消息。我期待这次来访，不仅是因为达林顿勋爵时代的客人们现在已经极少见了——法拉戴先生交往的圈子自然是跟爵爷大为不同的——而且还因为我想当然地以为格雷厄姆先生也会像往常那样陪侍詹姆斯爵士一同前来，这样的话我就可以就调侃打趣的这个问题征求一下他的意见了。当我在詹姆斯爵士来访前一天才得知他将一个人过来的时候，我真是既诧异又失望。而且，在詹姆斯爵士逗留期间，我又获悉格雷厄姆先生已经不再为爵士服务了；事实上詹姆斯爵士已经根本就不再雇用任何一位全职的雇员了。我很想知道格雷厄姆先生的现状，因为我们之间虽然相知并不算深，至少在我们碰面的场合我们都一直相处甚欢。但结果我却没有碰到任何合适的机会能获知相关的信息。不得不说，我真是大失所望，因为我原本很希望能向他讨教一下调侃打趣的这个问题的。

不过，还是让我回到原来的话题吧。正如之前所说，昨天下午在法拉戴先生对我进行他的调侃打趣的过程中，我不得不站在客厅里度过那颇不自在的几分钟时间。我只能像往常一样以微笑来应答——至少借以表明我也在某种程度上以愉快的心情参与了他正在进行的打趣和调侃——一边等着看我的雇主是否会兑现有关我外出旅行的承诺。正如我所期盼的那样，他没经过多少耽搁就好意地照准了，不仅如此，法拉戴先生竟然还记得并重申了他之前"承担汽油的花费"的慷慨提议。

事已至此，我似乎也就再没什么理由不正式启动我前往西南诸郡的驾车出游计划了。我当然必须给肯顿小姐写封信告诉她我有可能从她那儿路过；我还需要安排好旅行中的穿着问题。我外出期间有关达林顿府里工作安排的其他各种问题也需要安排好。总之一句话，我已经找不到任何真正的理由不进行这次计划中的远行了。

第一天——傍晚

索尔兹伯里

今晚，我入住索尔兹伯里①市的一家宾馆。我旅途的第一天已经结束，总的说来，我不得不说我是相当满意的。我早上出发的时间比原本计划的要晚了几乎一个钟头，尽管在八点前我就已经整理好了行装，把一应用品全都装进了那辆福特车。由于克莱门茨太太和那两位姑娘本周也不在，我想我是非常强烈地意识到这样一个事实：我一旦离开，达林顿府有可能就在本世纪里头一次空无一人了——自从它建成之日起这可能也是头一次。这种感觉非常怪异，也许正是为此我才耽搁了这么长时间，我在整个大宅里数度逡巡，最后再检查一次，确认是否一切都已安置妥当。

当我终于把车子开动的时候，复杂的情感实在难以言喻。在起初二十分钟的车程中，我很难说曾感受到丝毫的兴奋或是期待之情。这无疑是由于，尽管我距离大宅越来越远，周遭的景物却并不陌生，至少还是我曾经涉足的地方。我因为被我的职责禁锢在这座大宅里，在此之前我一直都感觉自己极少外出旅行，不过这些年来，因为这种或是那种工作上的原因，我当然也难免会有各种各样的短途出行，所以看来我对于周边这些区域要远比我臆想中熟悉得多。也正如我说的，当我迎着明媚的阳光朝伯克郡②的边界开去时，我对于沿途乡村景色的熟悉一再地出乎我的意料之外。

不过，周围的景物终于变得无法辨识了，我知道我已经跨出了之前所有的边界。我曾听人描述过这一时刻，当扬帆起航，当终于看不见陆地的轮廓时的心情。我想，人们经常描绘的有关这一刻内心当中不安与兴奋混杂在一起的情感经验，应该跟我开着福特车渐渐驶入陌生区域的心情非常相近吧。这种心情就是在我转过一个弯道，发现自己驶上了一条环绕一座小山的盘山公路时袭上心头的。我能感觉到我左侧是壁立的陡坡，只不过由于路边树木丛生，繁茂的枝叶使我没办法看清罢了。那种我确实已经将达林顿府远远抛在后面的感觉陡然间涌上心头，我得承认我还当真感到了一阵轻微的恐慌——这种感觉又因为担心自己也许完全走错了路而变本加厉，唯恐自己正南辕北辙地朝荒郊野外飞驰而去。这种恐慌只不过一闪而过，但却让我放慢了车速。即使在我已经确认自己并没有走错路以后，我仍旧感觉必须先将车子暂停一会儿，等把情况完全探明以后才能安心。

我决定从车上下来，伸展一下腿脚，刚来到车外，那种正位于半山腰的感觉就更其强烈了。在道路的一侧，灌木丛和矮小的树木陡直地上升，而在另一侧，透过扶疏的枝叶，我能看到远处的乡野。

我相信自己已经沿着路边走了一小段，不时透过林木的缝隙窥视，希望能找到一个更好的视野，正在这时，我听到背后传来一个人的声音。到此为止，我想当然地以为就我一个人的，所以有些诧异地转过身去。就在不远处的公路对过，我能看到有一条

---

① 索尔兹伯里（Salisbury），英国英格兰威尔特郡城市，位于埃文河与威利河交汇处，历史上一直是该郡的主要城市和英国圣公会大主教区中心，市中心有著名的索尔兹伯里大教堂。

② 伯克郡（Berkshire），英格兰南部郡，位于伦敦西面，地处泰晤士河中游和其支流肯尼特河谷地，英国王室行宫温莎城堡和著名的伊顿公学都位于该郡。

人行小径的入口,小道沿山势向上,消失在灌木丛中。标志着小径入口的一块大石头上,坐着个白头发的瘦削男人,戴着顶布帽,正在抽一支烟斗。他又冲我喊了一声,我虽然听不清楚他说了些什么,但能看出他正向我招手示意我过去。我一时间还以为他是个流浪汉,然后才看清楚他就是个本地人,正在享受清新的空气和夏日的阳光,我也就恭敬不如从命了。

"我只是有些好奇,先生,"他在我走近时说道,"你的腿脚到底有多硬朗。"

"你说什么?"

那人指了指上山的小径。"你的腿脚一定得非常硬朗,肺活量也得够大,才能到那上面去。我呢,两样条件都不具备,所以我只能待在这儿。但如果我的身体条件再好一点的话,我就会爬到上面去坐着啦。那儿有一块很不错的小地方,还有一条长凳什么的。在整个英格兰,你都甭想找到一处比那儿风景更好的地方啦。"

"如果你所言非虚,"我说,"我想我还是宁肯待在这儿。我碰巧正要进行一次驾车的远游,期间有望欣赏到诸多绝佳的胜景。倘若还没正式踏上旅途就已经见识到了最美的景色,那岂不是有些过于草率了吗?"

那人似乎没明白我的意思,因为他仍旧重复道:"你在整个英格兰都甭想找到更美的景色啦。不过我告诉你,你的腿脚一定得非常硬朗,肺活量也得够大才上得去。"然后他又补充道:"我看,以你的年纪来说你的身体状况还是很不错的,先生。我得说,你是完全能爬上去的,没有问题。我是说,就连我这样的,碰到天气好的时候都能上得去。"

我抬头看了看那条小径，确实很陡，而且高低不平。

"我跟你说，先生，你要是不上去看看，肯定会后悔的。再者说了，谁知道呢，也许再过上个一两年就太晚了呢。"——他相当粗鄙地哈哈一乐——"最好趁你还行的时候上去看看。"

直到现在我才突然想到，那人当时这么说很有可能只不过是一种幽默的表达方式；也就是说，那只是一种善意的调侃。可我必须说，今天早上我只感觉他的表现实在是很无礼，不过也正是为了证明他那番暗示是多么愚蠢无稽，我才会赌气登上那羊肠小径的。

不管怎么说，我都非常高兴我这么做了。当然，那段山路走得确是相当费力——不过我可以夸口的是，这并没有真正难倒我——小径沿着山势曲曲折折地向上延伸了一百码左右。随后就到达了一小片空旷地，那个人说的无疑就是这个地方了。迎面摆了一条长凳——确实，展现在面前是绵延数英里、最令人叹为观止的乡村胜景。

映入我眼帘的基本上就是一片片层层叠叠的田野，绵延不绝直到天际。地势起伏平缓，每一块田地都以树篱和树木为界。远处的田野中有一些小点点，我猜想那应该是绵羊。在我右手边，几乎就在地平线上，我想我能看到一座教堂的方塔。

似那般站在那里感觉确是妙不可言，周遭夏日的天籁将你笼罩，和煦的微风轻拂你的面颊。我相信正是那时，看着那片风景的时候，我才第一次萌生了一种跟展现我面前的旅途相契合的心境。因为也正是在那时，对于我明知未来几天即将展现在我面前让我去尽情体验的诸多有趣的经验，我才第一次产生了一种健康合理的兴奋和期盼。而且确实，也正是在那时，我才下定决心，决不再为这趟旅途我交托给自己的工作任务而畏缩气馁；我有信心处理好有关肯顿小姐和我们目前在人员配置规划上所面临的难题。

不过这都是今天早上的事儿了。今天傍晚，我在这家舒适的宾馆里安顿下来，位置就在距索尔兹伯里市中心不远的一条街上。据我看这是家相对简朴的旅店，不过非常干净，完全符合我的要求。老板娘大约四十岁出头，由于法拉戴先生的那辆福特车，再加上我那身高品质的行头，显然把我当成了一位非常尊贵的上宾。今天下午——我是大约三点半到达索尔兹伯里的——当我在她的登记簿上填写我的住址"达林顿府"时，我觉察到她看我的眼神中带上了一丝惶恐，显然是把我当成了某位住惯了里兹和多切斯特那类豪华饭店的士绅，担心我一旦看到这里的客房就会怒冲冲地离开她的宾馆。她告诉我前排朝向的客房中还有一间双人房空着，不过她欢迎我以单人房的房价入住这间客房。

接着我就被领到了这个房间，在一天当中的那个时候，阳光正好将壁纸上的花卉纹样照亮，看着让人赏心悦目。房间里有两张单人床，还有两扇可以俯瞰街景的大窗。当我询问浴室在哪里的时候，老板娘以胆怯的声音回答说浴室就在我房间的对面，但要等晚餐过后才有热水供应。我请她为我送一壶茶上来，她离开后，我又进一步检查了一下这个房间。床很干净，铺得很齐整。屋角的洗脸池也很干净。朝窗外望去，可以看到街道对面有一家面包店，橱窗里陈列着各色糕点，还有一家药店和理发店。再往前，还能看到这条街跨过了一座小小的圆拱桥，再往下延伸就是相对郊区的地段了。我在洗脸池里用冷水洗了洗脸和手，提提精神，然后就在靠窗的一把硬背椅子上坐下，等我要的茶送上来。

我想应该是在四点刚过不久的时候，我离开宾馆，到索尔兹伯里的大街上去探个究竟。这里的街道宽阔而又通畅，赋予这个城市一种不可思议的开阔感，让人真想就在温暖和煦的阳光下，在大街上闲逛几个钟头。此外，我还发现这个城市拥有很多迷人之处；我屡次发现自己漫步经过一排排可爱的旧圆木门脸儿的住房，或是翻过某一座架在流经这个城市的众多溪流上面的步行小石桥。当然了，我并没有忘记去参观那座优美的大教堂，西蒙斯太太在她的著作中对这座大教堂可是赞誉有加。这座庄严的建筑并不难找，无论置身索尔兹伯里的什么地方，它那高耸的尖顶都清晰可见。确实，我在傍晚时分返回宾馆的途中，好几次扭头回顾，而每一次都会欣赏到灿烂的夕阳在那巍峨的尖顶后面逐渐西沉的景象。

然而今夜一个人待在安静的房间里，我发现这第一天的旅程真正在我脑海中留下深刻印记的并不是索尔兹伯里大教堂，也不是这座城市任何其他的迷人景色，反倒是今天早上意外所见的那一片延绵起伏、美丽绝伦的英格兰乡村胜景。现在，我很乐于相信其他的国家能够奉献出更为雄伟壮观的景色。的确，我也在百科全书和《国家地理杂志》上看到过全球各个角落那令人屏息赞叹的风光照片：气势磅礴的峡谷和瀑布，粗犷壮丽的崇山峻岭。我当然从来都无缘亲眼目睹这些奇景，但我还是有充分的信心不揣冒昧地断言：英国那些最优美的风景——就像我今晨所见——拥有一种其他国家的风景所付之阙如的特质，尽管它们表面上看来或许更加具有戏剧性。我相信，这样的一种特质会使英国的风景在任何客观的观察者眼中，都成为世界上给人印象最深、最令人满意的景色,这种特质或许以"伟大"这个字眼来形容是最为贴切的。因为千真万确,今天早上当我站在那个高崖上饱览我面前的那片土地时,我真真切切地体会到了那种极为罕有却又确定无疑的情感——那种只有置身于"伟大"面前才会产生的情感。我们将这片土地称为我们的大不列颠,也许还有些人觉得这未免有些妄自尊大,但我却敢于冒昧地直言,唯有我们国家的风景才配得上使用这个崇高的形容词。

然而,这个"伟大"的确切含义到底是什么呢?它到底在哪里,或者体现在什么当中呢?我知道,这样一个问题是要远比我更为聪明的头脑才能回答的,但如果一定要我斗胆一猜的话,我会说,使我们的国土之美显得如此与众不同正在于它欠缺那种明显的戏剧性或者奇崛的壮观色彩。个中的关键就在于那种静穆的优美,那种高贵的克制。就仿佛这片土地明知道自己的优美,知道自己的伟大,又感觉无须去彰显,去招摇。相形之下,像非洲和美洲这样的地方所呈现的景观,虽然无疑是令人赞叹激赏的,我敢肯定,正是因为它们这种毫无节制的自我标榜,在态度客观的观察者看来反倒会相形见绌。

这整个问题倒是跟这些年来在我们这个行当中曾引发诸多争议的那个问题非常相似:怎样才算得上一个"伟大的"管家?我还清楚地记得一天的工作结束后,我们围坐在仆役大厅的炉火旁,针对这个话题长时间展开的那些愉快的讨论。您应该注意到我说的是"怎样"才算是一个伟大的管家,而不是"谁":因为对于在我们这代人中是谁确立了本行业的标准,其实是没有什么严重分歧的,也就是说,像沙勒维尔府的马歇尔先生或是布莱德伍德的莱恩先生就是个中翘楚。如果您有幸得识这样的人物,您无疑就会知道我所指的他们所拥有的特质到底是什么了。但您无疑也会明白，我为什么会说要对这种特质下一个确切的定义殊非易事了。

捎带说一句，由于对此我又有了深一层的思考，恐怕也不能说在谁算得上是伟大的管家这一点上是毫无疑义的。更严密的说法应该是：至少在那些对此类问题具有真知灼见的专业人士中间，对这一点是没有太大争议的。当然啦，达林顿府的仆役大厅就像任何地方的仆役大厅一样，必然要接受不同智力层次和认知水平的雇员，所以我记得曾有好多次我不得不紧咬嘴唇，才能容忍有些雇员——我不得不很遗憾地说，有时甚至是我自己属下的员工——兴奋不已地为比如说杰克·内伯斯之流的人物大唱赞歌。

我对于杰克·内伯斯先生并无任何成见，据我了解，他已在大战中不幸阵亡。我提到他只是因为他是个典型的实例而已。在三十年代中期有那么两三年的时间，内伯斯先生的大名似乎成为全国每一个仆役大厅里谈论的热门话题。如我之前所言，在达林顿府中亦复如此，许多随侍主人来访的雇员都会带来内伯斯先生最新成就的传闻，于是，我和格雷厄姆先生这样的人也就只能万般无奈地被迫听着一则又一则有关他的趣闻轶事了。而这其中最令人懊恼的无过于，不得不亲眼见证那些在其他方面堪称正派得体的雇员们在讲完每一段轶事之后，都要叹赞不已地摇头晃脑，发出这样由衷的感叹："那位内伯斯先生，他可真是最棒的。"

说起来，我并不怀疑内伯斯先生拥有良好的组织才能；据我理解，他的确以引人瞩目的方式主持、策划过好几次重大的社交盛会。但是在任何阶段，他就从未曾达到过一位伟大管家的境界。我本该在他声誉最隆之时说这番话的，正如我早该预料到的，他在出尽风头不过短短的几年之内很快就声名扫地了。

一位一度曾是他那一代口中交相赞誉的业内翘楚，短短的几年之内却又被确切地证明他其实一无是处，这样的翻覆多长时间会出现一次？然而，当初曾对他不吝溢美之词的同样那些雇员，又将忙着对某一新角色赞颂不已了，他们从来不知道适可而止，检讨一下自己的判断能力。这些仆役大厅里的话题人物总是集中于某个豪门巨室的管家，可能因为成功地筹办过两三次重大的社交盛会而一下子声名鹊起，成为众所瞩目的焦点人物的。随后，全英格兰上上下下的各个仆役大厅里就会谣诼纷起，其大意不过是某某要员或是显贵已经向他伸出了橄榄枝，或者全国至尊至贵的几户门庭正以堪称天价的高薪竞相对他进行延揽。但不过短短的几年之后，情况又复如何呢？同样是这位所向披靡的人物对于某桩大错却负有了不可推卸的责任，要么就是由于其他的原因而失去了雇主的宠幸，已经离开了他当初建功立业的门庭，就此不知所终了。与此同时，那同一批飞短流长的传播者们已经又找到了另一位后起之秀，继续津津乐道他的丰功伟绩了。我发现，那些来访的贴身男仆往往就是罪魁祸首，因为他们通常总是急不可耐地一心觊觎着管家的职位。就是他们这批人，总是一口咬定这位或是那位人物是最值得我辈效仿的榜样，要么就像是应声虫一样，热衷于一遍遍地传播某位特别的英雄人物据说已经就我们的专业问题所发表的卓识高见。

不过话说到这儿，我得赶紧补充一句，也有很多贴身男仆是从来都不会沉迷于这种蠢行的——他们事实上是具有最高鉴识能力的专业人士。当两三位这样的人士齐聚在我们的仆役大厅时——我指的是比如说像格雷厄姆先生这种水准的有识之士,只可惜我现在似乎已经跟他失去了联系——我们能针对我们这个行业的方方面面进行某些最饶有兴味、最才华横溢的辩论和探讨。的的确确,时至今日,那些夜晚都算得那个时代留给我的最美好的记忆。

话休絮烦,还是让我们回到那个让我们真正备感兴趣的问题吧,当年我们在仆役大厅度过的那些夜晚,若是没有被对这个行业缺乏任何基本认识的无知之徒的喋喋不休所毁掉的话,我们最热衷于讨论的问题便是:"怎样才算是一位伟大的管家?"

据我所知,这些年来这个问题虽然引发了无数的讨论,我们业内却鲜有制定出一项官方答案的尝试。我能想到唯一可以援以为例的便是海斯协会所设立的入会标准。您也许对海斯协会不甚了了,因为近些年来已极少为人谈及。不过在二十年代及三十年代早期,该协会却曾在伦敦及周边各郡产生过相当大的影响。事实上,已经有人觉得它的势力过于强大了,所以当它最终被迫关闭时,很多人认为这并非一件坏事,我想那是一九三二或者一九三三年的事儿。

海斯协会号称,"唯有第一流"的管家他们才接受入会。它的势力与威望的日渐增长,大部分源自它与其他那些昙花一现的组织的不同诉求,它始终将它的会员人数控制在极低的范围之内,这就使得它的入会宗旨具有了一定的信誉度。据称,它的会员人数从未超过三十名,大部分时间都仅仅保持在九到十位。这一点,再加上海斯协会颇有些类似于秘密社团的事实,一度为它蒙上了不小的神秘色彩,由此也使得它偶尔针对职业问题所发表的见解会被众人视如圭臬、奉若神明。

不过，这个协会一度拒不公之于众的内容之一就是它自家的入会标准。随着公众要求其公布入会标准的压力与日俱增，也是为了答复《士绅男仆季刊》上刊登的一系列询问的信函，这个协会终于承认，他们接受会员入会的先决条件是"申请者须服务于显赫门庭"。"不过，当然了，"这个协会又继续解释道，"仅此一条尚远不足以满足入会之要求"。除此之外，该协会还明确表示，他们并不将商贾之家或是"新贵"阶层视作"显赫门庭"，而依我看来，单单这一食古不化的过时观点就已经严重削弱了该协会在我们的行业标准方面原本可能享有的任何严肃的权威性。在回应《季刊》后续刊发的来函时，该协会为它的立场作了辩护，声称他们虽愿意接受部分来函的观点，承认在商贾之家确实也有素质极佳的管家之存在，但"前提必须是纯正的淑女士绅之家不久即将前来礼聘延揽"，他们才会给以最终的认可。"纯正的淑女士绅"的标准必须作为最终判断的依据，该协会辩称，否则的话"我们差不多等于是遵行了苏俄布尔什维克的仪轨"了。此番言辞引发了更激烈的论战，读者来函的压力与日俱增，力促该协会明确全面地公布其会员入会之标准。最终，在写给《季刊》的一封短函中该协会算是公开表了态——我将凭记忆尽量精确地引用其原文——"入会标准之首要条件是申请人须拥有与其职位相称之高尚尊严。申请人无论有何等光耀之成就，倘若被确认在这一方面不符合标准，则将不能满足入会之要求"。

尽管我对海斯协会向来都缺乏热情，我却认为它这一特别的声明倒至少是建立在一个重要的事实之上的。如果我们来审视一下那些我们公认为"伟大的"管家，如果我们来审视一下比如说马歇尔先生或者莱恩先生，那么那个看起来将他们与那些只不过是极有能力的管家区别开来的因素，最切近的描述也确实只有"尊严"这个词差堪承当了。

当然，这只会引发进一步的争议：这个"尊严"又包含何种内容呢？也正是在这一点上，我跟格雷厄姆先生这样业内的翘楚人物进行过几次饶有兴味的辩论。格雷厄姆先生是一直都认为这个"尊严"是有点类似于女性之美的，因此试图去对它分而析之是无甚意义的。我则认为这样的比拟有贬低马歇尔先生之辈所拥有的"尊严"之嫌。不仅如此，我之反对格雷厄姆先生的这一类比的原因主要还在于，它暗示一个人是否拥有这种"尊严"纯粹出自造化的侥幸；如果某人并没有不证自明地先天就拥有了它，那么出自主观的奋力争取也就像是东施效颦般徒劳无益了。尽管我也承认，管家中的绝大多数最终都会清楚地认识到他们并无获得此种素质的能力，但我仍然坚信，这种"尊严"正是我辈应该终其一生在职业生涯中有意识地去努力追求的标的。那些像马歇尔先生这样"伟大的"管家们，我相信，也都是经过多年艰苦的自我训练和认真地吸取经验才终于拥有了这一素质的。所以，依我看来，如果站在职业的立场上接受格雷厄姆先生的观点的话，那可就无异于失败主义者的论调了。

不管怎么说，尽管格雷厄姆先生对此一直秉持怀疑主义的态度，我犹记得曾经有好多个夜晚，我跟他一起深入地交换意见，试图厘清这种"尊严"具体内涵的情景。我们从来都未曾达成任何共识，不过我可以说，至少在我这方面，在我们深入探讨的过程中就此问题我已经形成了相当坚定的看法，而且大体而言，这些信念我迄今仍信奉不渝。如果可以的话，我想就在这儿试着谈谈我对这个"尊严"究为何物的看法。

如果说沙勒维尔府的马歇尔先生和布莱德伍德的莱恩先生是当代世所公认的两位伟大的管家,我料想应该不会有什么争议。或许您也会认可,布兰伯里堡的亨德森先生同样隶属这个凤毛麟角的范畴。但如果我说家父在很多方面也足堪与这些人物并驾齐驱,我一直将他的职业生涯当作我细究"尊严"这一定义的样板,您或许就会认为我这只是出于偏私的小见识了。不过我坚信,家父在拉夫伯勒府服务时的事业巅峰期的确就是"尊严"这个词的鲜活化身。

我也明白,若是客观地看待此事,我们不得不承认在家父身上是缺少通常人们会期望一位伟大的管家所具备的某些特质的。不过,我必须据理力争的是,他所缺少的这些特质毫无例外的都是那些肤浅和装饰性的东西,虽然无疑都是很有魅力的特质,就像蛋糕上的糖霜一样,却又都是跟真正的本质并无实际的相关性的。我指的是诸如标准的口音、对语言的驾驭能力,以及对于诸如驯鹰术或是蝾螈交配这类包罗万象的话题的无所不知——这一类的特质没有一样是家父可以引为自夸的。再者说了,不要忘记家父是上一辈的管家,在他开始起职业生涯的时候,这些特质并不被认为是合宜得体的,更不用说是一位管家值得拥有的了。对于雄辩的口才与广阔的知识的执迷似乎是在我们这一代才兴起的,也许就正是大力效仿马歇尔先生的结果,那些等而下之的同行在努力效仿他的伟大之时错将表面文章当作了精髓和本质。依我看来,我们这一代人未免过于专注于这些"花色配菜"了;天晓得,为了训练标准的口音和对语言的娴熟驾驭我们到底花费了多少时间和精力,我们花费了多少个钟头去学习各种百科全书以及各类知识测试，而这些时间原本应该花费在熟练地掌握本行业的基本原理之上的。

虽说我们必须时刻小心，不要试图去推卸那些从根源上讲需要我们自己去承担的责任，不过我也必须指出，某些雇主在鼓励这类潮流上也确实起到了推波助澜的巨大作用。这话说来未免令人遗憾，不过看来近些年来颇有些府第，有些还是至尊至贵的显赫门庭，都倾向于采取一种相互攀比的态度，并不耻于向宾朋们"炫耀"他们的管家对于这类鸡毛蒜皮的本事的掌握是何等娴熟。我听到过各种各样的例子，府里的管家在盛大的招待会上被当作玩杂耍的猴子一样展示给一众宾朋。我本人就曾亲眼目睹过一次非常令人遗憾的例子，在那府上已经成了一项保留节目，那便是由宾朋们打铃把管家唤来，要他回答各种随机的提问，比如说某某年的德比马赛①中是谁赢得了桂冠，那场景活像是在杂耍戏院里向表演节目的"记忆达人"连珠发问。

如我所言，家父那一代管家幸好还没有那些有关我们的职业价值的缠杂不清。我还是要再强调一遍：尽管他对英语的掌握和他的知识面都相对有限，他不仅通晓管理一幢宅第所需的所有知识和窍门，而且在他事业的全盛时期，他已经具备了海斯协会所谓的"与其职位相称之高尚尊严"。如此，如果我试图向诸位描述清楚我认为使得家父如此出类拔萃的原因到底是什么，那么在这一过程中或许也就能讲清楚我对于"尊严"究为何物的看法了。

---

① 德比马赛（Derby），始于一七八〇年的英国传统马赛之一，每年六月在萨里郡的埃普瑟姆丘陵举行。

多年以来，有一个故事是家父总喜欢反反复复多次讲述的。我记得我还是个孩子以及后来在他的督导之下开始做一个男仆的时候，都曾听他向客人们讲过这个故事。我记得我在得到我第一个管家的职位后——那是在牛津郡奥尔肖特①的一幢相对朴素的住宅，为马格里奇先生和太太服务——第一次回去探望他时，他又把这个故事给我讲了一遍。很显然，这个故事对他来说意义重大。家父那辈人并不像我们这代人那样习惯于喋喋不休地讨论和分析事理，我相信，讲述以及反复地讲述这个故事对家父而言就等于是他对自己所从事的这个职业所进行的批判性的省思。果如此，则这个故事也就提供了解他的所思所想的关键线索。

这显然是个真实的故事，内容大致是有位管家随侍雇主远赴印度，多年服务于斯，在只能雇用当地仆佣的情况下仍能始终维持跟英国国内同样高的专业服务水准。话说有一天下午，这位管家走进餐厅去检查晚餐的准备工作是否已经全部就绪，结果却发现有一只老虎正懒洋洋地趴在餐桌底下。那位管家不动声色地离开餐厅，小心地把门关好，然后镇定自若地来到客厅，他的雇主正和几位客人在那儿喝茶。他礼貌地轻咳了一声，引起了雇主的注意，然后凑近主人的耳边悄声禀道："非常抱歉，先生，有只老虎此刻正在餐厅里。也许您能许我使用十二号口径的猎枪？"

据传说，几分钟后，主人和客人听到了三声枪响。之后不久，当这位管家再度出现在客厅里更换新茶的时候，雇主问他是否一切顺利。

---

① 奥尔肖特（Allshot）这个地名应系作者杜撰。

"非常顺利，谢谢您，先生，"他回答道。"晚餐的时间将一如既往，而且容我高兴地回禀，届时，刚刚发生的意外将不会留下任何可见的痕迹。"

最后这句话——"届时，刚刚发生的意外将不会留下任何可见的痕迹"——家父总会呵呵带笑地重复一遍，并且赞赏不已地摇摇头。他从未声称知道这位管家的尊姓大名，也从未说起还有人认识他，但他总是坚持事件的过程就跟他的讲述不差分毫。不管怎么说，这个故事是真是假其实并不重要；重要的，当然是它透露了家父心目中理想的典范是什么样子。因为，当我回顾他的职业生涯时，我以后见之明能够看得出来，他有生之年都在努力成为他故事里的那个管家。而在我看来，在他事业的巅峰时期，家父已经实现了他的雄心壮志，夙愿得偿。因为尽管我可以肯定他绝对不会有在餐桌底下邂逅一只老虎的机会，当我将我所知道或者听人说起的他的事迹细细掂量之后，我至少能想起好几个实例，足以显示出他已完全具备了故事中他钦敬不已的那位管家的素质。

这其中有一个例证是由查尔斯与雷丁公司的大卫·查尔斯先生讲给我听的，他在达林顿勋爵的时代不时会造访达林顿府。事有凑巧，有天晚上由我临时充当他的贴身男仆，查尔斯先生就跟我说起，多年前他造访拉夫伯勒府时跟家父曾有过一面之雅。拉夫伯勒府是实业家约翰·西尔弗斯先生的宅第，家父在其事业的巅峰时期曾在那里服务了十五年之久。他对家父真是没齿难忘，查尔斯先生对我说，就因为在他那次造访期间发生的一个小小的插曲。

令查尔斯先生愧悔不已的是有天下午，他居然纵容自己跟另外两位客人一起喝得酩酊大醉——我姑且只将这两位绅士称呼为史密斯先生和琼斯先生,因为在某些社交圈子里很有可能有人还记得他们。在喝了一个多钟头以后,这两位绅士临时起意,想开车前往周边的几个村子兜兜风——那个时候汽车还是一样挺新奇的玩意儿。他们劝说查尔斯先生跟他们一起去,由于司机不巧正在休假,于是就请家父暂代司机之职。

一旦上路之后,史密斯和琼斯先生尽管都已是十足的中年人了,其行为举止却像是学童般轻佻幼稚,一路上高唱粗鄙俚俗的小曲儿,对沿途所见之事物风景所发的评论更是粗鄙不堪。尤有甚者,这两位绅士在当地的地图上注意到附近有三个村庄,名字分别叫作莫菲、萨尔塔什和布里戈恩。现在我已经不能完全肯定确切的村名了,但重点是它们让史密斯和琼斯先生想起了杂耍剧场里的一出表演,叫作"墨菲、萨尔特曼和布里吉德猫",您也许也听说过。在注意到这一奇妙的巧合后,这两位绅士就燃起了去这三个村子一探究竟的雄心——权当是为了向这三位艺人致敬。照查尔斯先生的说法,家父在已经遵命带他们去过了一个村子,正要进入第二个的时候,史密斯或是琼斯先生注意到这个村子是布里戈恩——也就是说,照艺人姓氏顺序的话这应该是第三个,而非第二个。于是他们愤怒地要求家父马上掉转车头,以便"以正确的顺序"依次参观这几个村子。这样一次折返势必大大增加行车的里程,不过,查尔斯先生向我保证,家父将其当作完全合情合理的要求,毫无异议地接受下来,而且之后的表现也几乎是一如既往地彬彬有礼、无可挑剔。

可是史密斯和琼斯先生的注意力现在已经被吸引到家父身

上，而且无疑已经对车窗外的景物感到相当厌烦了，于是就继之以对家父的"错误"大声嘲骂以自娱。查尔斯先生犹记得他对于家父的表现大为惊叹，因为家父没有流露出一丝一毫不安或是恼怒的迹象，仍旧镇定自若地继续开车，其表情既充满个人尊严，又随时乐于效力帮忙。然而家父的沉着镇定却没有办法再持续下去了。因为那两位绅士在厌倦了对家父的肆意辱骂之后，居然开始议论起了招待他们的主人——也就是家父的雇主约翰·西尔弗斯先生。而且其措辞越来越卑劣和恶毒，就连查尔斯先生都听不下去了——至少他是这样声称的——不得不出言制止，暗示这样的议论是颇为失礼的。

可是这番劝说却招致了极为激烈的反驳，以至于查尔斯先生不但要担心他将成为那两位绅士接下来辱骂的对象，甚至真的害怕自己有遭到人身伤害的危险了。可是正在这时，就在他们针对家父的雇主爆出了一句特别恶毒的含沙射影的攻击之后，家父突然间来了个急刹车。正是接下来发生的那一幕给查尔斯先生留下了不可磨灭的深刻印象。

后车门被打开了，家父就站在车门外，距离汽车几步之遥，目光紧盯着车内。据查尔斯先生的描述，他们三位乘客似乎这才意识到家父的体魄是何等威风凛凛，不约而同地全被震慑住了。确实，他的身高足有六英尺三英寸①，而他的表情，虽然当你知道他在乐于听命效劳的时候是让人感觉安心可靠的，但在某些特定的情境之下却着实也会是令人望而生畏的。按照查尔斯先生的说法，家父并没有表现出任何明显的怒气。他似乎只

---

① 合一米九〇点五。

不过是拉开了后车门。然而他却有一种不怒自威的力量，不必开口就胜似正言厉色的训斥，再加上他那赫然耸立的魁伟身躯稳如泰山般坚不可摧，一见之下，查尔斯先生那两位醉醺醺的同伴马上就俯首帖耳地畏葸不前了，活像是偷苹果的小男孩被农夫抓了个现行一般。

家父就这样在那儿站了一段时间，一句话不说，只是用手拉着敞开的车门。最后，不知是史密斯还是琼斯先生说了一句："我们不再继续走了吗？"

家父没有搭腔，而是继续默不作声地站在那里，既没有要求他们下车，也没有流露任何愿望或者意图。我很可以想象得出他那天的那副模样：在车门构成的那个方框里，他那威严的黑色身影几乎完全挡住了他身后那柔美的赫特福德郡风光。查尔斯先生回忆说，那短短一段时间真是不可思议地令人怔忪不安，在此期间，尽管并没有参与方才两个人的不良言行，他仍旧感觉愧疚不已，罪责难逃。这种沉默的局面仿佛要无休无止地持续下去，一直等到史密斯或者琼斯先生终于鼓起勇气嗫嚅道："我想我们刚才确实有些放肆鲁莽了。我们保证不会再这样了。"

家父沉吟了片刻，然后轻轻地把车门关上，回到驾驶座，继续那三个村庄的环游之旅——查尔斯先生肯定地对我说，剩余的游程几乎就是在一片沉默中完成的。

既然已经回忆了这个插曲，我便也想起了同样发生在家父职业生涯那段时间的另一件事，而这件事也许更能清楚地展现出他所拥有的特殊的职业素养。在此我应该先解释一下，我们家一共是兄弟两个——我哥哥伦纳德在我还是个孩子的时候就在南非战争[1]中阵亡了。家父自然是深感丧子之痛；而使这件大不幸雪上加霜的是，一位父亲在这种情况下唯一能够得到的安慰——即坚信自己的儿子是为了英王和国家光荣捐躯的——又由于家兄是在一次特别声名狼藉的机动行动中丧生的这一事实而受到玷污。那次行动被指控为非但是针对布尔人的平民聚居区发动的一次最不符合英军荣誉的军事袭击，而且更有确凿的铁证证实，此次行动的指挥极端不负责任，数度违反了基本的军事预防原则，因此阵亡的兵士——包括家兄在内——死得可以说是毫无意义的。有鉴于接下来我要讲述的内容，我不宜再对那次机动行动做更为精确的指认了，不过如果我说那次行动曾在当时引发轩然大波，控辩双方针锋相对的冲突本身使得那场争论更加引人瞩目的话，那么您也许已经猜到我具体的所指了。当时曾有舆论呼吁将涉事的将领就地免职，甚至移交军事法庭审判，但军方出面力保该将领，并许其继续履职，打完那场战役。而鲜为人知的是，在南非冲突临近结束之时，这位将领主动选择悄然引退，然后进入商界，专营往来南非的货运生意。我之所以提到这些是因为在战争结束大约十年后，也就是说当丧子的创伤仅只在表面上已经愈合的时候，约翰·西尔弗斯先生将家父叫进书房，告诉他这位要人——我姑且简单地称他为"将军"吧——即将前来府上做客几日，参加府里举行的宴会，家父的雇主希望借此机会为一

---

[1] 南非战争（South African War），又称布尔战争或英布战争，英国与南非布尔人之间的战争。布尔人是南非荷兰移民后裔，十九世纪中叶在南非建立德兰士瓦共和国和奥兰治自由邦，一八九九年十月英国发动战争，布尔人战败，一九〇二年媾和，德兰士瓦和奥兰治被英国吞并，一九一〇年并入英国自治领南非联邦。

桩获利颇丰的商业交易打下基础。不过,西尔弗斯先生也想到了这次造访将对家父造成的重大影响,所以特意叫他进来,主动提出在将军逗留期间他不妨休假几天。

毋庸讳言,家父对这位将军自然是憎恶已极;不过他同样也认识到雇主目前生意上的前景全系于此次乡宅宴会能否成功举办——预计将有十八位客人莅临,这样的规模可绝非是小事一桩。于是家父做出了这样的答复,大意是他由衷地感激他个人的情感深得主人的体恤,但他可以向西尔弗斯先生保证,举办乡宅宴会期间所提供的一切服务都将符合应有的水准。

结果,家父所承受的磨难甚至比原本的预期还要严酷得多。一则,家父原本或许还抱有一线期望,以为在亲自见到这位将军以后也许能心生些许尊敬或是同情,从而缓解他对此人怀有的憎恶之情,而事实证明,这根本就是毫无来由的一厢情愿。这位将军身材痴肥、相貌丑陋,其仪态举止毫无教养,言谈话语粗鲁不文,不论说到什么都往军事术语上硬套。尤有甚者,这位绅士的贴身男仆并没有随侍前来,因为平常伺候他的男仆不巧病倒了。这就带来了一个微妙的难题,因为另有一位客人也没有带他的贴身男仆,于是乎府上的管家将亲自担任哪位客人的贴身男仆,哪位客人的贴身男仆只能由府上的普通男仆临时充当就成了一个问题。家父因为体贴雇主的处境,当即主动接下了为将军做贴身男仆的差事,这么一来就不得不跟他厌恶的那个人亲密相处长达四天之久了。与此同时,那位将军因为浑然不知家父的感受,还利用一切机会大讲特讲他那丰功伟绩的从军历史——当然了,许多从过军的绅士都喜欢在房间里私底下面对贴身男仆大肆夸耀当年的神勇。然而家父居然一丝不漏地隐藏了自己的情感,完美无瑕地履行了他的专业职责,以至于将军在离别之际由衷地向约翰·西尔弗斯先生盛赞他的管家是何等优秀,并留下一笔可观的小费以示谢意——家父毫不犹豫地请雇主将其捐献给了慈善机构。

通过从家父的职业生涯中援引的这两个实例——两者我都曾经过确证,相信其确凿无疑——我希望您会同意,家父不但是证实了,他几乎就是海斯协会所谓的"与其职位相称之高尚尊严"的化身。若是有人将这种时刻下的家父与某位即便拥有杰克·内伯斯那类最高等级花式技巧的管家做一番对比,我相信他或许就能够初步分辨得出"伟大的"管家与只不过颇有能力的管家之间的不同了。至此,我们或许也就更能够理解家父为什么那么喜欢在餐桌底下发现了一只老虎却丝毫都不惊惶失措的那个管家的故事了;那是因为他本能地知道在这个故事当中就隐含着"尊严"的真谛。言已至此,就容我这样地假定吧:"尊严"云云,其至关紧要的一点即在于一位管家无论何时何地都能坚守其职业生命的能力。那些等而下之的管家只要稍遇刺激就会放弃其职业生命,回复原形。对于这样的人来说,身为管家就好比扮演某个哑剧里的角色;轻轻一推,稍一趔趄,那个假面就会跌落,露出底下的真身。伟大的管家之所以伟大,是由于他们能够化入他们的职业角色,并且是全身心地化入;他们绝不会为外部事件所动摇,不管这些事件是何等出人意料、令人恐慌或是惹人烦恼。他们呈现出的职业精神和专业风范就好比一位体面的绅士坚持穿着正式的套装;他绝不会容许自己因为宵小无赖的干扰或任何意外状况而在大庭广众之下宽衣解带;他在,也只有在他主动要这样做时才会将正装脱下,而且也毫无例外地是在他完全独处的情况下才会这么做。如我所言，这是关乎"尊严"的大计。

常听人说，真正的管家只存在于英国。在其他国家，无论实际上冠以什么样的头衔，有的只是男仆。我倒是认为此言不虚。欧陆民族无法造就管家，是因为他们从人种上说就不擅长克制情绪，极端的情绪自控是只有英国人才做得到的。欧陆民族——总的说来凯尔特人亦然，我想您无疑也会赞同——通常在情绪强烈的时刻难以自控，所以除非是在那种丝毫都不会有刺激和挑战的场合下，他们是无法保持其专业风范的。如果允许我再次沿用先前的那个比喻——请原谅我表述得如此粗俗——他们就像是一个受到一点最轻微的刺激就会把正装和衬衣一把扯下，尖声喊叫四处乱跑的人。一句话，"尊严"可不是这种人力所能及的。我们英国人在这方面比外国人具有重要的优势，也正是为此，当你想到某位伟大的管家时，他几乎理所当然地注定就是个英国人。

当然了，对此您也许会不以为然，就像当初开心惬意地围炉夜话时，每当我阐述这样的见解格雷厄姆先生都会进行反驳一样：就算是我所言非虚，你也只能在亲眼目睹他在严峻的考验下的所作所为之后才有定论。然而事实上，我们都会承认像马歇尔或者莱恩先生等人都在伟大的管家之列，而究其实我们当中的绝大多数都无法声称已经在这样的环境下考察过他们的实际作为。我不得不承认格雷厄姆先生的话自有其道理，但我只能这么说，当一个人在这个行业内干了足够长的时间以后，他只需凭直觉就能判断出某个人职业素养的深浅，无须亲眼目睹他在压力下的表现。确实，一旦能有幸亲炙一位真正伟大的管家，你非但不会对其有所怀疑，一心只想要"考验"一下他的含金量，你反而会觉得根本无法想象这样一位威信如此之高的人物会在任何情况下背弃其与生俱有的职业素养。事实上，多年前那个周日的午后，也正是这样的一种体悟，才能穿透酒精所造成的重度思维混沌，使得家父的那两位乘客陷入愧疚的沉默。面对这样的人物，就如同今天上午面对那最优美的英格兰风光一样：一见之下，你自然会知道你就站在了伟大的面前。

我知道，总会有人断言任何像我这样试图去对"伟大"条分缕析的行为都是徒劳。"有些人就是有，有些人就是没有，清楚明白，"格雷厄姆先生总会这么说。"除此以外，就没什么好说的了。"可我认为，在这个问题上我们有责任去对抗失败主义的论调。对所有我们这样的从业者而言，对这些问题进行深入的思考就更是一种职业责任了，唯其如此，我们每个人才可能为我们自己赢得"尊严"而更好地努力。

第二天——上午

索尔兹伯里

我生性择床，换个地方总是睡不着，很不安稳地勉强浅睡了不长时间以后，我在大约一个钟头前就醒了。那时天还很黑，知道自己还要开整整一天的车，我努力想再多睡一会儿。结果证明是徒劳以后，我最终决定干脆起来算了，那时候还很黑，为了去屋角的洗脸池那儿刮脸我不得不打开了电灯。不过等我刮完脸以后我又把灯关了，我能看到晨光已经从窗帘的边沿透了进来。

就在刚才我把窗帘拉开的时候，外面的光线仍旧非常暗淡，还有一层类似薄雾的东西影响了我的视线，就连街对面的面包店和药房都影影绰绰的。确实，顺着街道朝远处望去，在街道跨上那座小圆拱桥的地方，能看到薄雾从河面上升起，有一根桥柱子都几乎完全看不见了。外面阒无人迹，除了远处传来的某种锤击敲打的回声，以及这家旅店后侧的一个房间偶尔的咳嗽声以外，四下里仍旧悄无声息。老板娘显然还没有起床走动，看来要想在她宣布的七点半以前就吃上早饭是绝无可能了。

眼下，在我等待这个世界醒来的安静时刻里，我发现自己又在心底里温习起了肯顿小姐那封来信的内容。说起来了，我其实早就该解释一下我为什么还称呼她为"肯顿小姐"的。"肯顿小姐"其实应该被称呼为"本恩太太"才对，而且这已经有二十个年头了。可是因为我跟她认识并共事的时段仅限于她的少女时期，自从她去了英格兰西南成为"本恩太太"以后就再也没有见过她，您也许会原谅我仍旧使用我认识她时那已经不合礼俗的方式称呼她，而且这么多年来我在心里一直都是这样称呼她的。当然了，她的来信也给了我额外的理由可以继续把她当作"肯顿小姐"，因为她的婚姻不幸最终还是就要走向终点了。信里并没有细讲这方面的情况，这当然也是意料中的事，不过肯顿小姐已经明确无误地谈到，她事实上已经搬出本恩先生那位于赫尔斯顿的住宅，目前寓居在小康普顿村附近的一位熟人家里。

她的婚姻以失败告终当然是个悲剧。此时此刻，她想必正在抱憾地思量多年前做出的那个决定是如何使得她在中年的后期落得如此孤独凄凉的。不难看出，处在这样的一种心绪之下，想到能重返达林顿府对她而言将是个不小的安慰。诚然，她在信中并没有一字一句明确地表示故园重返的意愿；但遣词造句的种种委婉幽微之处在在传递出这一明白无误的讯息，字里行间深深地浸透着对于她在达林顿府度过的那些岁月的怀恋之情。当然了，肯顿小姐是无法期望在这个时候旧地重返就能重拾那些已经失去的岁月的，我们见面时我的首要责任就要提醒她这一点。我将不得不向她指出，现在的情况已经跟当初判若云泥——那种有一大帮仆从任凭差遣的日子恐怕在我们的有生之年都是一去不返了。不过再怎么说肯顿小姐也是一位聪颖的女性，不须我多嘴她应该也已经意识到了世事的变迁。确实，头等重要的一点是，只要肯顿小姐愿意重返达林顿府并在那里一直工作到退休，我看这样的选择没有理由不会为她那已经充满了光阴虚掷、岁月蹉跎况味的人生带来一份真正的慰藉。

当然了，从我本人的专业角度来看，尽管肯顿小姐不再工作已经有了这么多年的时间，她显然仍将被证实是解决达林顿府目前困扰我们的最大难题的最佳解决方案。事实上，将其称之为"难题",我或许都已经言过其实了。我所指的毕竟只是由我自身所造成的一系列微不足道的小差池,而我现在所力求的也不过是一种防患于未然的预防措施。诚然,这些小小不言的疏失一开始也确实让我大伤脑筋,不过一旦我腾出手来对这些病患进行一番正确的诊断,发现它们不过就是由明显的人手短缺所引发的表面症状以后,我也就不再为此而忧心忡忡了。正如我之前所言,肯顿小姐的到来就将彻底解决这些问题。

不过还是回到她的信上。里面有时的确透露出她对当前现状的某种绝望的情绪——这一点还是挺让人揪心的。她有一段话是这样开始的:"虽然我还不知道该如何有效地将我的余生填满……"在另一处,她又这样写道:"我的余生在我面前伸展为一片虚空。"不过正如我已经说过的,信中大部分的语气都透露出一种怀旧的乡愁。有一处,比如说,她写道:

"这整个插曲不禁让我想起了艾丽丝·怀特。你还记得她吗?事实上,我很难想象你会忘记她。就我而言,我仍旧时常想起她那些元音的发音方式以及只有她才能造得出来的、完全不合文法的独特的句子!你可知道她后来的下落如何?"

事实上我并不知道她后来的归宿,不过我不得不说,一想到那个恼人的女仆,的确给我带来了不少的乐趣——她最后成了我们恪尽职守的员工之一。在她信里的另外一处,肯顿小姐写道:

"当时我是多么喜欢从三楼的那几间卧室俯瞰大草坪以及远处那绿草如茵的开阔高地。那景色是否一如往昔,别来无恙?夏日的傍晚,那景色中总带有某种神奇的魔力,现在我要向你坦白,想当初我不知浪费了多少宝贵的时间,就站在一扇窗前,直看得心醉神迷。"

然后她又继续写道：

"如果这回忆令人痛苦，敬请谅解。但我永远都不会忘记那一次我们俩一起望见令尊在凉亭前来回徘徊的情景，他低头看着地上，就仿佛一心想找回他失落在那里的某样珍宝。"

三十多年前的那个情景居然也如此鲜活地留在了肯顿小姐的记忆中，真让人又惊又喜。的确，那肯定是发生在她上文提到某个夏日的傍晚，我还清楚地记得爬到三楼的平台，但见一道道橘红色的夕照穿过每一扇半掩的卧室房门刺破了走廊上的昏沉。当我走过那一间间卧室时，透过其中的一扇门看到了肯顿小姐映在窗前的侧影，她转过身柔声叫道："史蒂文斯先生，您有空吗？"我走进去的时候，肯顿小姐已经又回头望着窗外了。下面，白杨的树影横陈在大草坪上。在我们视野的右侧是缓缓隆起的草坡，一直延伸到凉亭前，家父的身影就出现在那里，全神贯注地在那儿来回踱步——肯顿小姐形容得确实很形象，"就仿佛一心想找回他失落在那里的某样珍宝。"

我对这一幕情景一直永志不忘是有非常充分的理由的，我希望能解释清楚。此外，现在想来，考虑到初到达林顿府时她与家父之间关系的某些方面，那么这幕情景会给肯顿小姐留下同样深刻的印象，或许也就并不那么令人惊奇了。

肯顿小姐和家父差不多是同时来到达林顿府的——也就是说，在一九二二年的春天——因为当时我一下子失去了女管家和副管家两位得力干将。原因是我这两位干将决定结婚并且辞职不干了。我一直都认为，这一类的男女关系对于整幢宅第里的秩序是一种严重的威胁。从那时算起，我又因为同样的原因失去了好几位雇员。当然了，在女仆和男仆中间发生这样的事情是完全可以预期的，而一个优秀的管家在进行人员配置时是一直都应该将这一因素考虑在内的；但是这样的婚配如果发生在高级职位的雇员当中，则将会对工作造成极具破坏性的影响。当然，如果两位员工碰巧相爱并决定结婚，那要进行问责就未免失礼之至了；但我发现真正让人着恼的是对本职工作并无真正的奉献热忱，频频更换工作岗位主要就是为了寻求罗曼司的那些人——女管家们就尤其难逃其咎。

不过得容我立刻补充一句，我说这话时脑子想的可绝非肯顿小姐。她当然最后也离了职并且结了婚，但我可以担保，她在我手下担任女管家期间绝对恪尽职守，从不允许任何外务干扰到她的职业操守。

不过我扯得太远了。我方才讲到我们同时需要招聘一位女管家和一位副管家，而肯顿小姐正是在这时来到达林顿府接任了女管家一职——我记得她带来的推荐信对她的评价非常之高。事有凑巧，家父也正好在这个时候因为雇主约翰·西尔弗斯先生的去世，行将结束他在拉夫伯勒府杰出的服务工作，等于是既失去了工作，又没有了栖身之地。他当然仍旧是第一流的专业管家，但当时已经是七十几岁的高龄，并且饱受关节炎和其他病痛之苦。如此一来，若是要他跟那些高度职业化的年轻一辈管家竞争同一职位恐怕也难操胜算。有鉴于此，延请家父以其丰富的经验和卓著的声誉来达林顿府继续服务，将不失为一个合情合理的解决办法。

我记得那是家父和肯顿小姐加入我们的工作团队不久以后的一个早上，我正在餐具室里坐在桌前审阅文书账目，听到有一记

敲门声。我还没说"请进",肯顿小姐就推门走了进来,我记得当时我还有些错愕。她捧着一大瓶鲜花,笑吟吟地道:

"史蒂文斯先生,我想这些花能让您的餐具室显得明亮一点。"

"您说什么,肯顿小姐?"

"您的房间竟然如此阴暗冰冷,这实在太可惜了,史蒂文斯先生,您看外面是多么阳光明媚。我想这些花能给这里带来一点生气。"

"非常感谢您的好意,肯顿小姐。"

"不能让更多的阳光照进来真是太罪过了。墙面甚至都有点潮湿呢,您说是不是,史蒂文斯先生?"

我重新回到自己的账目上,说:"不过是水汽凝结罢了,我想,肯顿小姐。"

她把花瓶放到我面前的桌子上,然后又环顾了一下我的餐具室,说道:"如果您愿意的话,史蒂文斯先生,我以后可以给您多剪一些花送来。"

"肯顿小姐,我很感激您的好意。但这不是一间娱乐室。我倒宁肯将分心的因素保持在最低限度。"

"可也没有必要把您的房间弄得这么光秃秃的,而且全然没有色彩啊,史蒂文斯先生。"

"它现在这个样子就完全符合我的需要,肯顿小姐,不过还是非常感激您的好心。事实上,既然您正好在这儿,我倒确实有个具体的问题想跟您提一下。"

"哦,真的吗,史蒂文斯先生?"

"是的,肯顿小姐,只不过小事一桩。昨天我碰巧经过厨房,听到您在呼唤某个名叫威廉的人。"

"是吗，史蒂文斯先生？"

"确实，肯顿小姐。我听到您喊了好几遍'威廉'这个名字。我能问一下您那是在跟谁说话吗？"

"哎呀，史蒂文斯先生，我想我当时应该是在跟令尊说话。这幢房子里再也没有第二个人叫威廉了，据我所知。"

"这是个很容易犯的小错误，"我面带浅笑道。"肯顿小姐，我能否请您以后称呼家父为'史蒂文斯先生'呢？如果您是在向第三者提到他，那么您也许可以称他为'老史蒂文斯先生'，以便于将家父跟在下区分开来。为此我将感激不尽，肯顿小姐。"

话说完之后我就又回到我的文书工作上来。可是让我感到惊讶的是，肯顿小姐并没有就此告退。"请原谅我打搅您了，史蒂文斯先生，"过了一会儿她说道。

"喔，肯顿小姐。"

"恐怕我不太明白您到底什么意思。我过去一直都习惯于直呼下属的教名①，我并没有看出到了这里就有需要改弦更张的理由。"

"一个最可以理解的小差错，肯顿小姐。不过，如果您愿意稍稍考虑一下具体的情况，您可能就会看得出来，像您这样的人以对待'下属'的方式跟家父这样的人说话，是不太妥当的。"

"我还是不太明白您的意思，史蒂文斯先生。您说像我这样的人，可是照我的理解，我是这里的女管家，而令尊则是副管家。"

"他的职位当然是副管家，如您所言。可是令我感到意外的是，以您的观察能力，您居然没有发现他实际上不止是个男管

---

① 西俗通常只有长对幼、上对下，或熟识的朋友间才会直呼其名（教名），否则应称呼对方的姓氏以示客气。

家。远远不止。"

"我的观察能力无疑已经差到了极点,史蒂文斯先生。我只观察到令尊是位很有能力的副管家,并以其相应的职位来称呼他。而照您的说法,令尊居然被像我这样的人直呼其名,他一定会感觉屈辱已极的。"

"肯顿小姐,听您的口气,您显然是根本就没有观察过家父。否则您就会明白,以您这样的年龄和资历是不该直呼他'威廉'的,这本该是显而易见的。"

"史蒂文斯先生,我担任女管家的时间或许不长,不过应该说至少在我担任这个职务期间,我的能力还是得到过不少相当慷慨的评价的。"

"我一刻都没有怀疑过您的能力,肯顿小姐。但是只要您愿意多加观察的话,有成百上千的事例会使您意识到家父是位多么非同寻常、鹤立鸡群的人物,您必定可以从他身上获益良多的。"

"那我真是太感激您的忠告了,史蒂文斯先生。那就再请您不吝赐教,我到底能从观察令尊这上面学到哪些了不起的本领呢?"

"我还以为这对任何一个长眼睛的人来说都是不言而喻的呢,肯顿小姐。"

"但我们已经达成了共识,我在这方面的能力特别欠缺,不是吗?"

"肯顿小姐,如果您觉得以您现在的年纪来说您已经尽善尽美了的话,您将永远都无法提升到以您的能力无疑可以达到的高度。如果容我直言不讳的话,比如说,到现在您仍然经常不太确定哪样东西究竟放到了哪里以及哪样东西到底是哪样。"

这一下似乎挫了肯顿小姐的锐气,让她有些下不来台。她一度甚至看起来有点心烦意乱。然后她说:

"我初来乍到,是有一点手足无措,可这也是完全正常的吧。"

"啊,您这话算是说到了点子上,肯顿小姐。您要是观察过家父的话,就会看出他对府里的大事小情真是了如指掌,而且几乎从他踏入达林顿府的那一刻起就是这样的,而他还比您晚到了一个礼拜。"

肯顿小姐似乎思考了一下我这番话,然后才有点愠怒地道:

"我敢肯定老史蒂文斯先生对他的工作是非常擅长的,不过我向您保证,史蒂文斯先生,我也同样能把自己的工作做得很好。我会记住以后用他的全称来称呼令尊的。现在,如果您没有别的事了,就请容许我告退了。"

在这次遭遇之后,肯顿小姐就不再试图把花往我的餐具室里送了,而且总的说来,我很高兴地观察到她的工作很快就步入了正轨。不仅如此,她显然是位对待工作非常严肃认真的女管家,而且年纪虽轻,却似乎毫不费力地就赢得了她属下各位员工的尊敬。

我还注意到,此后她的确开始以"史蒂文斯先生"来称呼家父。不过,我们在餐具室里的那段谈话过去两周以后的一个下午,我正在藏书室里做着点什么,这时肯顿小姐走进来对我说:

"打搅您了,史蒂文斯先生。不过如果您在寻找您的簸箕的话,我看到它就在外面的门厅里呢。"

"您说什么,肯顿小姐?"

"您的簸箕,史蒂文斯先生。您把它放在外面了。要我替您把它拿进来吗?"

"肯顿小姐，我刚才并没有用过簸箕。"

"啊，呃，那就请您原谅吧，史蒂文斯先生。我想当然地以为刚才是您使用过簸箕，并且把它放在了门厅里。很抱歉平白打搅了您。"

她已经准备离开了，又在门口转过身来说：

"哦，史蒂文斯先生。我本想自己把它放归原位的，可是现在必须先上楼一趟。不知道能否请您记得把它还回去呢？"

"当然了，肯顿小姐。多谢您留心和提醒。"

"这是我应该做的，史蒂文斯先生。"

我听着她的脚步声穿过门厅，开始上了主楼梯，然后我才朝门口走去。透过藏书室的两扇大门，可以一览无遗地将门厅和宅第的大门尽收眼底。肯顿小姐提到的那个簸箕就最为惹人注目地矗立在那空荡荡的、擦洗得光洁如镜的地板中央。

那是个虽说微不足道，但却令人恼火的疏失；那个簸箕不但从底层开向门厅的那五道房门那儿看去极为惹人注目，而且从楼梯和二楼的那几个露台上也可以看得一清二楚。我穿过门厅，把那个碍眼的物事拿起来，而直到这时我才意识到这次疏失的全部内涵：我突然想起，约莫半个钟头前，正是家父在擦洗门厅的地板来着。起先，我简直都不敢相信家父会犯下这样的错误，不过我马上就提醒自己，这种小小不言的疏忽是每个人都难免偶尔会出现的，于是我的恼怒马上就转到了肯顿小姐头上，怪她居然如此毫无道理地小题大做。

然后，最多又过了一个礼拜，我正从厨房来到后廊上的时候，肯顿小姐从她的起坐间里出来，跟我说了一通显然是经过了一番排练的话；大意是尽管她因为让我注意到我的下属所犯的错误而深感不安,不过她和我本来就是一个团队,不得不通力合作,所以她希望我如果注意到女员工出了什么差错,请我务必也像她那样直言相告。说完这番话后,她接着又指出,餐厅里有几件已经摆上餐桌的银餐具上有明显的擦拭剂的残留。有一把餐叉的齿尖简直就是黑色的。我谢了她,她就又退回到了自己的起坐间。当然,她根本就没有必要特地来提醒我,银器正是家父的主要职责所在,而且是他深感自豪的一项工作。

很有可能还有不少其他这类的事例,我现在已经不记得了。反正在我记忆中,事态在某种程度上达到了高潮是在一个细雨蒙蒙的阴沉的午后,当时我正在弹子房里护理达林顿勋爵的各种运动奖牌和奖杯。肯顿小姐走了进来,站在门口说:

"史蒂文斯先生,我刚注意到这门外有样东西令我百思不得其解。"

"那是什么呢,肯顿小姐?"

"是爵爷的意思,要把楼梯平台上的那尊中国佬跟弹子房门外的这尊调换位置吗?"

"中国佬,肯顿小姐?"

"是的,史蒂文斯先生。原本一直摆在楼梯平台上的那尊中国佬的塑像,现在就在这扇门外面。"

"我恐怕,肯顿小姐,是您有点搞错了吧?"

"我不认为是我搞错了,史蒂文斯先生。我特别要求自己要熟悉府内所有物品的摆放位置。那尊中国佬,我猜想,是被某个人擦拭过以后摆错位置了。如果您不相信的话,史蒂文斯先生,也许您可以移步出来自己看一下。"

"肯顿小姐,我现在手头还有事。"

"可是，史蒂文斯先生，您似乎并不相信我的话。既然如此，我想还是请您移步出来亲自看一下。"

"肯顿小姐，我现在正忙着，过会儿我再处理这件事吧。说起来这也算不上什么急务。"

"如此说来，史蒂文斯先生，您是认可我在这件事上并没有弄错喽。"

"肯顿小姐，在我腾出手来处理这件事之前，我是不会贸然认可任何结论的。可是我现在手头上还有事。"

我转身继续做我的事，可是肯顿小姐仍旧站在门口观察我。最后她又道：

"看得出来您手头的事很快就会做完了，史蒂文斯先生。我就在门外等您，等您一出来，这件事就可以最后定案了。"

"肯顿小姐，我想您是有些小题大做了。"

可是肯顿小姐已经离开了门口，而且果不其然，我在继续自己工作的时候，偶尔的脚步声以及其他的声响都会提醒我，她仍旧在门外等着。于是我就决定在弹子房里再多找些工作来做，寄希望于过一会儿以后她能意识到自己的位置是多么荒谬可笑，就此识时务地走开。然而，又过了一段时间以后，我已经把利用手边的工具能做的工作全都干完了，肯顿小姐却显然仍旧待在外面。我决定不再在这种幼稚的事情上浪费时间，于是考虑通过法式落地窗脱身。然而天公不作美——说白了，放眼一望，外面就有好几个大水坑和一块块烂泥地——再者说，还得有人再重新回到弹子房，从里面把落地窗闩好。最后，我认定最好的办法就是出其不意地冲出门去，怒气冲冲地大踏步离开。我于是尽可能悄无声息地先来到一个最佳的位置，从那儿可以发动这样的一次急行军,我紧握自己的清洁工具,一鼓作气地冲出门去,还没等大吃一惊的肯顿小姐醒过神来,我已经沿着走廊迈出去好几步了。可是她很快就回过味儿来,眨眼工夫已经抢到我的前头,挡住了我的去路。

"史蒂文斯先生,这尊中国佬摆错了地方,您不会不同意吧?"

"肯顿小姐,我忙得很。我很奇怪您除了一整天都在走廊里站着,居然就没有更好的事情可做了。"

"史蒂文斯先生,这尊中国佬摆放的位置到底是对还是不对?"

"肯顿小姐,我想请您把嗓门压低一点。"

"我只是想请您,史蒂文斯先生,转过身去看一看那尊中国佬。"

"肯顿小姐,请您把嗓门压低点。如果下属们听到我们扯着嗓门争论中国佬是否摆错了地方,那成何体统?"

"事实是,史蒂文斯先生,府里所有的中国佬塑像都已经脏了有一段时间啦!而现在,居然又摆错了地方!"

"肯顿小姐,您实在是莫名其妙。现在能否请您行个好放我过去?"

"史蒂文斯先生,劳您驾看看您身后的那尊中国佬好吗?"

"如果这对您来说如此重要,肯顿小姐,我可以认可,我后面的那尊中国佬或许是摆错了地方。可我必须要说,我实在有些搞不明白,您为什么会对这些最微不足道的疏失如此地关切备至。"

"这些疏失本身或许微不足道,史蒂文斯先生,但您自己却要认识到那其中隐含的更重大的意义。"

"肯顿小姐,我不明白您的意思。现在能否请您好心让我过去。"

"那事实就是，史蒂文斯先生，您交托给令尊的工作已经远非他这个年纪的人所能承担得了啦。"

"肯顿小姐，您显然并不清楚您暗示的是什么。"

"不管令尊曾有过怎样的辉煌，史蒂文斯先生，他现在的能力都已经严重衰退了。这就是您所谓的这些'微不足道的疏失'所暗含的真正意义，而如果您对此掉以轻心，那么要不了多久，令尊就将铸成大错。"

"肯顿小姐，您这只不过是在给自己出洋相。"

"我很抱歉，史蒂文斯先生，可我必须把话说完。我认为令尊身上的很多职责都该被卸下来了。比如说，不应该让他再继续端那些沉重的托盘了。他端着它们走进餐厅的时候，他那两只手抖得实在令人心惊。他迟早肯定会失手将托盘砸到某位夫人或是士绅的大腿上，就只是个时间问题罢了。不仅如此，史蒂文斯先生，这话我说出来很是冒昧，但我已经注意到了令尊的鼻子。"

"真的吗，肯顿小姐？"

"很遗憾是真的，史蒂文斯先生。前天傍晚，我眼看着令尊端着托盘脚步非常迟缓地朝餐厅走去，恐怕我很清楚地看到他的鼻尖上拖着长长的一条鼻涕，就在那些汤碗上面摇摇欲坠。我恐怕这样的上菜方式是很难令人食欲大开的。"

不过这会子经过细想以后，我倒不能肯定肯顿小姐那天当真把话说得如此毫无顾忌了。在我们多年密切共事的过程中，我们诚然越来越坦诚地交换意见，可是眼下我正在回忆的那个午后尚属我们订交的初始阶段，我觉得即便是肯顿小姐也不会如此直言不讳。我不敢肯定她当真会冒昧到说出像是"这些疏失本身或许微不足道，可你自己却要认识到那其中隐含的更重大的意义"

这样的话来。事实上，经过一番仔细的回想以后，我感觉应该是达林顿勋爵亲自跟我说这番话的，那是我跟肯顿小姐在弹子房门外那番交锋过后的大约两个月后，爵爷将我叫进了他的书房。那时，家父的境况在他摔倒以后已经有了重大的变化。

书房的两扇大门正对着从主楼梯上下来的每个人。现在的书房门外放了一个陈设法拉戴先生各种小摆设的玻璃柜子，不过在达林顿勋爵的时代，那个位置一直都立着一个书架，专用来摆放卷帙浩繁的百科全书，包括一整套的《不列颠百科全书》。达林顿勋爵一个惯用的策略就是在我从楼梯上下来的时候装作在这个书架前检索百科全书各卷的书脊，有时候为了增加偶遇的效果，他还会真的从书架上抽出某一卷来，在我走完最后几级楼梯的时候佯装专心致志埋头阅读的样子。然后，在我从他身边走过以后，他才会说："哦，史蒂文斯，有件事我想跟你说一下。"说完后，他就会漫步走回书房，表面上仍旧埋头于他拿在手里的那卷大书当中。达林顿勋爵在采取这种方式的时候，总是因为他要谈的事情让他感到有些为难，甚至在书房的门已经在他身后关好以后，他仍旧经常会站在窗户跟前，在整个谈话过程中一直做出查阅百科全书的样子。

我在这里顺带描述的这一事件，不过是众多事例当中的一桩，而这些事例无不鲜明地表现出达林顿勋爵那羞涩而又谦逊的天性。近些年来，有关爵爷本人以及他在诸多重大事件当中所扮演的重要角色，坊间出现了大量不实之词，有些口耳相传，有些则付诸笔墨；更有甚者，有些极端无知的报道居然指鹿为马，断言爵爷的行为是由自我中心，要不然就是傲慢自负所驱使的。请容我在此说上一句,再也没有比这种论调更加悖乎常理、罔顾事实的了。爵爷后来所坚守的那些公开立场是与他的本能和天性完全背道而驰的,而我敢断言,爵爷之所以能够勉为其难地克服他那远为恬淡退隐的一面,纯粹是出于深厚的道德责任感。无论近年来对达林顿勋爵的功过如何评说——如我之前所言,这其中的大部分纯粹是无稽之谈——我都该为爵爷说句公道话:他本质上是个真正的好人,一个彻头彻尾的绅士,时至今日,我都为自己能将最好的年华奉献给为这样一个人服务上而深感自豪。

在我说起的那个特别的午后,爵爷的年纪应该还在五十四五岁上;不过据我的回忆,他的头发已经完全灰白,他那瘦高的身形已经出现了在他的晚年变得异常显著的驼背的迹象。他几乎是在说话时,眼睛才会从那卷百科全书上抬一抬:

"令尊身体感觉好些了吧,史蒂文斯?"

"我可以很高兴地说,他已经完全康复了,先生。"

"听到这个消息真让人高兴。非常高兴。"

"谢谢您,先生。"

"听我说,史蒂文斯,令尊那边有任何——呃——迹象没有?我的意思是,有没有任何迹象显示令尊也许希望他的工作负担稍许减轻一些?撇开这次摔倒的事故不谈,我的意思是。"

"正如我所说的,先生,家父看来已经完全康复了,我相信他仍旧是个堪当重任之人。诚然,他最近在履行职责时确实出过一两个明显的差错,但在性质上无论如何都是微不足道的。"

"不过,我们谁都不希望任何类似的事情再度发生,是不是?我的意思是,令尊不小心跌倒这类的意外。"

"那是自然,先生。"

"而且当然啦，这种意外既然会发生在草坪上，那也就可能发生在任何地方。而且在任何时候。"

"是的，先生。"

"有可能发生在，比如说，令尊正在侍餐的晚宴当中。"

"是有可能，先生。"

"你听我说，史蒂文斯，不出半个月，那些代表当中的第一批就会来到这里了。"

"我们都已做好了充分的准备，先生。"

"在那之后，这幢房子里发生的所有事情都可能产生非同小可的结果。"

"是的，先生。"

"我的意思是说非同小可的结果。对于欧洲的发展全局而言都是如此。只要看看将要出席的人员名单，我认为这么说一点都不算夸张。"

"是的，先生。"

"这种时候可容不得有半点差池。"

"的确如此，先生。"

"你听我说，史蒂文斯，我的意思绝非是要令尊离开这个岗位。我只是请你重新考虑一下他所承担的职责范围。"我相信，说到这里的时候，爵爷再次低下头去假装看书，并局促不安地用手指比画着一个条目："这些疏失本身或许微不足道，史蒂文斯，可你自己却必须要认识到那其中隐含的更重大的意义。令尊堪当重任的时代正在成为过去。在那种任何一个疏失都可能危及会议成功的工作领域，请切莫再派给他任何任务了。"

"绝对不会了，先生。对此我完全理解。"

"很好。那我就把此事交给你去斟酌办理了，史蒂文斯。"

应该说明的是，大约在一个礼拜以前，达林顿勋爵是亲眼看到家父意外跌倒的过程的。爵爷当时正在凉亭里招待两位客人，一位年轻的女士和一位绅士，眼看着家父端着一大托盘大受欢迎的茶点穿过草坪朝他们走来。草坪和凉亭之间有一段长约几码的小缓坡，那时候跟现在一样，有四块石板嵌入草中充当进阶的梯级。家父就是在走到这几块石板附近时摔倒的，托盘上所有的东西——茶壶、茶杯、茶托、三明治、蛋糕——在石板上方的草皮上撒得到处都是。等我接到警报赶过去的时候，爵爷和他那两位客人已经让家父面向一侧躺好，从凉亭里拿来的靠垫和小地毯权充枕头和毯子。家父已经神志不清，面色呈现出一种古怪的灰色。已经派人去请梅雷迪思大夫了，不过爵爷认为等大夫赶到之前应该先把家父从太阳地里转移出来；结果是让人搬来了一把带篷的轮椅，费了不少劲儿把家父转移到了室内。梅雷迪思大夫赶到的时候，家父已经苏醒过来，感觉好多了。大夫并没有待多久，临走前只模棱两可地交代了几句，大意是家父也许是"工作过于劳累"了。

这整个意外的发生显然让家父感觉非常难堪，到我们在达林顿勋爵的书房里谈话的时候，他早已经跟之前一样继续忙碌地工作了。于是，怎么才能提出这个减免其工作职责的话题可就殊非易事了。对我来说尤其麻烦的还在于这些年来家父跟我之间的交流越来越少，其原因我从来也没有真正搞清楚。以至于在他来到达林顿府以后，即便是针对工作进行一些简单的必要沟通时，那气氛也让双方都很是尴尬。

思之再三，我认定最好还是选在家父的寝室里跟他私下谈这件事,这样的话等我走后他也可以不受打扰地仔细考虑一下他所面临的新处境。能在寝室里找到家父的时间只有他刚起床的一大早和临睡前的深夜里。我选择了前者,于是在某一天的清晨,我爬上仆役厢房的楼顶来到他居住的小阁楼外,轻轻敲了敲门。

在此之前,我极少有理由进入家父的寝室,一见之下我深为那个房间的逼仄和简陋而吃惊。确实,我记得当时的印象是跨入了一间牢房,后来想来,这种感觉或许跟天刚破晓时那苍白的光线以及空间的局促或者四壁的萧然也不无关系。因为家父已经拉开了窗帘,脸已经刮好,穿好全套制服坐在床沿上,显然他就一直坐在那里观看着天色的变化,等待黎明的到来。至少揣测起来他应该是在观看天空的,毕竟从他那个小小的窗口望去,只能看到屋瓦和雨水槽。他床头的那盏油灯已经捻灭,当我发现家父不以为然地瞥了一眼我手里的油灯——那是我特意带了来给摇摇晃晃的楼梯照个亮的——我就赶紧捻灭了它。油灯捻灭以后,我才更加清楚地注意到那照进房间的苍白光线的效果,以及它是如何照亮了家父那皱纹堆垒、棱角分明、仍旧令人敬畏不已的面容轮廓的。

"啊,"我说,短促地一笑,"我就知道父亲肯定已经起了床,而且为白天的工作做好了准备。"

"我起来已经三个钟头啦,"他说,颇为冷淡地上下打量了我一番。

"希望父亲不是因为关节炎的困扰才睡不好觉的。"

"我的睡眠已经尽够了。"

父亲朝屋内唯一的那把椅子靠过去,那是把小小的木椅子,他把两只手全都撑在椅背上,借此站起身来。当我看到他站立在我面前的时候,我真不知道他的腰弯背驼在多大程度上是因为年老体衰,又在多大程度上应归咎于为了适应这个小阁楼那陡斜的天花板而养成的习惯。

"我来是要跟您谈一件事,父亲。"

"那就简明扼要地说。我不能整个上午都听你瞎叨叨。"

"既然如此,父亲,那我就直奔主题了。"

"那就直奔主题,说完了事。我们这里还有人有工作要做呢。"

"很好。既然您希望我长话短说,我就恭敬不如从命了。事实是,父亲已经是越来越年老体衰。以至于现在就连履行副管家的日常职责也已经是心有余而力不足了。爵爷认为,我自己也有同感,如果允许父亲继续承担目前的职责,他随时都可能危及府内日常事务的正常运转,尤其是下周即将举行的国际盛会。"

父亲的面容,在那半明半暗的光线之下,没有丝毫的情绪波动。

"重点在于,"我继续道,"我们感觉父亲不应该再承担伺候用餐的工作了,不论席间是否有宾客在场。"

"在过去的五十四年间,我每天都负责伺候用餐,"家父说道,话音不疾不徐。

"除此以外,也已经决定父亲不该再端送盛放任何物品的托盘,不管需要走动的距离有多近。有鉴于已经做出的这些限制,也知道父亲尤其看重简洁明了,我已经在此列出了经过修正的日常职责的清单,切盼父亲自今日起就遵照执行。"

我自己都感觉不太情愿将我手里的那张清单直接递给他,于是就放在了他的床尾上。家父瞥了它一眼,然后就转过目光凝视着我。他的表情仍没有丝毫情绪变化的蛛丝马迹,他那双扶在椅背上的手却似乎完全放松了下来。不管是否已经弯腰驼背,他那威严的身形所造成的绝对影响仍旧不容小觑——正是那同样的影响力使得后座上两位烂醉的绅士恢复了清醒。最后,他说道:

"我上次摔倒纯粹是因为那几级石阶的缘故。都已经歪歪扭扭了。应该吩咐谢默斯赶快去把它们挪挪正,以免别的人也在那儿摔倒喽。"

"的确。总之,父亲能答应我务必细看一下那份清单吗?"

"应该吩咐谢默斯赶紧去把那几级台阶修理好。绝对要在那些绅士们从欧洲来到之前就弄好。"

"的确。那么,父亲,祝您早安。"

肯顿小姐在信中提到的那个夏日傍晚就在这次短暂会晤的不久后——当然,也可能就是那同一天的傍晚。我记不清到底是为了什么爬到宅第的最高层,来到一侧全都是一间间客房的那条走廊上了。但我想正如此前已经说过的那样,我仍生动地记得当时那最后的斜阳穿过每扇敞开的房门,一道道橘红色的光线投射到走廊上的情景。当我从那一间间无人使用的卧房门前走过时,肯顿小姐的侧影就映衬在其中一间卧室的窗户前,她看到我之后就喊我过去。

当你细想此事,当你想起肯顿小姐在初到达林顿府时曾如何反复地讲起家父的所作所为,那天傍晚的情形何以会长久地留在她的记忆中,历经这么多年而不衰,恐怕也就不足为奇了。当我们俩从窗口望着楼下家父的身影时,她无疑是感觉到一定程度的负疚感的。白杨树的树影占据了大半块草坪,不过落照仍旧照亮了远处通向凉亭的那段草坡。我们望见家父就站在那四级石头台阶前，陷入了沉思。一阵微风轻轻地拂乱了他的头发。然后，我们看见他非常缓慢地走上了那几级石阶。上到坡顶以后，他转身又走了下来，比上去的时候步幅稍快。再度转身之后，家父又一次凝神伫立了几秒钟，仔细端详着他眼前的石阶。最后，他第二次拾阶而上，异常郑重其事。这一次他朝前走，越过草坪，几乎走到了凉亭边上，然后转过身又慢慢地走回来，眼睛一刻都没有离开过地面。事实上，要描述他当时的行为举止，我再也想不出比肯顿小姐在信中打的那个比方更为形象的了；的的确确，他"就仿佛一心想找回他失落在那里的某样珍宝"。

不过我看我是越来越沉溺于这些回忆当中了，这或许有点蠢吧。毕竟，目前的这次旅行是我千载难逢的一个机会，可以尽情品味英格兰乡村的众多绝胜佳景，我要是任由自己这么过度分心的话，以后我肯定会后悔不迭的。事实上，我注意到自己还没有在此记下来到这座城市途中的任何见闻——只约略提到一开始那在山坡上的短暂停留。考虑到我其实非常享受昨天的旅程，这真算得上一个不小的纰漏。

我相当仔细地规划过前往索尔兹伯里的这趟旅程，避开了几乎所有的主干道；在有些人看来这次行车路线像是在不必要地绕圈子，不过这样一来我就能欣赏到简·西蒙斯太太在其佳著中推荐的好多处美景了，我必须说，对此我是相当满意的。大部分的时间我都行驶在农田牧地间，置身于绿草萋萋的怡人芳香中，而且我经常会不由自主地放慢车速，缓缓徐行，为的是更好地欣赏途经的一条溪流或是一道山谷的美景。不过据我的记忆，一直到已经行将接近索尔兹伯里的时候，我才真正又从车上下来了一次。

当时我正行驶在一条长长的直路上,道路两旁都是开阔的草甸。事实上,到了这里土地已经变得非常广袤而又平坦,四面都可以看得很远,索尔兹伯里大教堂的尖塔已经在前方的天际线上清晰可见。一种宁静的心绪涌上心头,因为这个原因我想我又一次把车子开得非常慢了——可能时速不会超过十五英里。也是幸好如此,因为开得这么慢我才及时发现有一只母鸡正以最悠闲不过的步态横穿我前方的道路。我赶紧把福特车停下来,离那只母鸡只剩下一两英尺的距离,这么一来它倒也停下不走了,就站在我车前的路当间。过了一会儿,我见它仍旧一动不动,就按响了汽车喇叭,但这并没有什么用,只使得那只母鸡开始在地上啄起什么东西来了。恼怒之下,我打开车门开始下车,一只脚刚刚踩到踏脚板上的时候,我听到一个女人的声音喊道:

"哦,我真是太抱歉啦,先生。"

往周围一瞧,我才发现自己刚刚经过了路边的一幢农舍——一个系着围裙的年轻女人从里面跑了出来,想必是汽车喇叭惊动了她。她从我身边走过去,一个突然袭击把那只母鸡抓住,她把它抱小孩一样抱在怀里,一边再次向我道歉。我请她但放宽心,这对我并没有造成什么妨碍,她说道:

"真是非常感谢您特意停下车来,没有从内莉身上轧过去。她是个好姑娘,总是给我们生出最大的鸡蛋。您特意把车停下来真是菩萨心肠。而且您可能还急着赶路吧?"

"哦,我一点儿都不着急赶路,"我微笑道。"这么多年以来,我这是头一回能这么消消停停地享受一下,我得承认,这真是一种相当愉快的经历。您看,我这纯是在享受驾车出游的乐趣呢。"

"哦,那敢情好,先生。您是要去索尔兹伯里吧,我估摸着。"

"确实。事实上,前面我们能看到的就是那座大教堂吧?听说那是一座恢宏壮丽的建筑。"

"哦,可不是嘛,先生,是很漂亮。呃,跟您说实话吧,我自己都还没去过索尔兹伯里呢,所以也讲不清楚它近看是个什么样子。不过我跟您说,先生,我们从这儿天天都能看到那个尖塔。有些日子雾太大了,它就仿佛完全消失了似的。可是您自己也看得出来,像今天这样的好天气,它看上去有多漂亮啊。"

"赏心悦目。"

"您没有从我们内莉的身上轧过去,我真是感激不尽,先生。三年前,我们的乌龟就是这么被轧死的,也就在这个地方。为此我们全都非常伤心来着。"

"真是太惨了,"我说,面色非常沉重。

"哦,可不是嘛,先生。有人说我们庄稼人早就习惯了家畜伤亡了,才不是那么回事呢。我的小儿子一连哭了好几天。您肯为了内莉停车真是菩萨心肠,先生。既然您都已经下了车了,何不进屋喝杯茶呢?我们欢迎之至。这会给您在路上提提神的。"

"您太客气了,不过说实话,我觉得应该继续赶路了。我希望能适时地赶到索尔兹伯里,好有时间去看看那个城市的众多胜景呢。"

"说得也是,先生。那好吧,再次感谢您。"

我又上了路,出于某种原因——也许是因为我觉得还会有更多的家畜悠闲地横穿马路吧——我仍旧保持着刚才的缓慢车速。我必须得说,刚才的这桩小小的遭遇不禁使我的精神为之大好;我因为一念之善受到感激,又得到淳朴的善意回报,不禁使我对于未来几天里吉凶莫测的旅行计划感到一种特别的振奋之情。也就是怀着这样昂扬的情绪，我来到了索尔兹伯里。

不过我觉得还是应该暂时回头再说两句家父的事；因为我突然想到，在处理有关家父能力衰退这个问题上，给大家的印象可能是我的态度太过生硬，有些操之过急了。事实上，除了采取那样的方式以外，我当时也是别无选择的———旦我把当时的整个大背景解释清楚，您肯定也会认同我这种说法的。概括说来，将在达林顿府召开的重要的国际会议已经迫在眉睫，处理问题已经容不得有任何放任姑息或是"转弯抹角"的余地了。还需提醒诸位一句的是，尽管在此后的大约十五年间，达林顿府确曾见证了诸多具有同等分量的重大事件的发生，但别忘了，一九二三年三月的那次会议正是这些重大事件中的第一桩；可以想象，正因为相对来说缺乏经验，大家也就更不敢马虎大意了。事实上，直到今天我仍然会经常回顾那次会议，出于不止一个原因，我将其视作我整个一生的转折点。首先，我想我的确把它看作我真正成长为一名成熟的管家的重大时刻。这并不代表说我认为自己已经必然地成了一位"伟大的"管家；不管怎么说，这样的评判都是不应该由我来论定的。不过，如果有人愿意假定在我的整个职业生涯中至少已经具备了一丁点"尊严"的核心素质，那么此人应该也会希望将一九二三年三月的那次会议当作一个代表性的时刻，在那其中我也许显示出我已经具备了那种素质所要求的能力。那次会议无疑属于那样的重大事件之一：如果它在某个人发展过程的关键阶段不期而至，必将会挑战并且拓展其个人能力的极限，所以自那以后，此人便会以全新的标准来检视和要求自己了。当然了，那次会议之所以令人难忘亦有其他颇为不同的原因，在此我愿详细解释一下。

* * *

一九二三年的那次会议可以说是达林顿勋爵长期擘画的最终成果;的确,现在回顾起来,可以清楚地看到爵爷是如何从会议的大约三年前就开始朝着这个目标努力的。我记得,在大战结束合约起草的时候,他对此还并没有这么全神贯注,我想,公平合理地说来,他对合约的兴趣与其说是源自对于其内容的关注,还不如说是由于他跟卡尔-海因茨·布雷曼先生的友谊。

大战结束不久后,布雷曼先生初次造访达林顿府,那时他还是一身戎装,任何人都看得出来,他跟达林顿勋爵之间已经建立起了深厚的友谊。这并没有让我感到吃惊,因为任何人只要一瞥之下就看得出布雷曼先生是位高尚正派的士绅君子。从德国陆军退役以后,他在之后的两年间每隔一段时间都会再次造访,而你忍不住会有些震惊地注意到,他的境况已经是每况愈下了。他的衣着越来越敝旧,他的身形越来越单薄,他的眼睛里现出一种惊恐不安的神色,在他最后的几次造访中,他会长时间地凝视着虚空,忘记了爵爷就在他身旁,有时甚至在爵爷跟他说话时都茫然不觉。我本以为布雷曼先生是罹患了什么严重的疾病,可是听了爵爷当时的一番话,我才明白情况并非如此。

应该是临近一九二〇年末的时候,达林顿勋爵踏上了他数度柏林之行的首次旅程,我还记得那次初访对他造成的深刻影响。他回来以后一连好几天都心事重重,我还记得我有一次问他柏林之行是否愉快时,他的回答是:"令人不安,史蒂文斯。令人甚为不安。如此对待战败的敌人对我们而言实在是名誉扫地。这完全背离了我们国家的传统。"

不过，还有与此有关的另一件事一直生动地留在我的记忆当中。如今，原来的宴会厅已经不再摆放餐桌，那个宽敞的大厅由于其天花极高且非常华美，法拉戴先生就将其派作了类似画廊的用场。但是在爵爷的时代，宴会厅还是经常使用的，常设的长餐桌可供三十位或更多的客人就座用餐；实际上，那个宴会厅是如此宽敞，只要在常设的长餐桌一头再加设几张小餐桌，就能供差不多五十位客人就座用餐。当然，在寻常的日子里，达林顿勋爵就跟如今的法拉戴先生一样，是在气氛更加亲切的餐厅里用餐的，那是招待十二位客人用餐的理想场所。不过我记得在那个特别的冬夜里，餐厅因为某种原因无法使用，达林顿勋爵只得跟唯一的一位客人——我想应该是爵爷任职外交部时期的同僚理查德·福克斯爵士——在那空旷的宴会厅里共进晚餐。您无疑也会同意，在侍餐的时候，最困难的情况就莫过于只有两个人用餐了。我本人是宁肯只伺候一位用餐者用餐的，哪怕他是个素不相识的陌生人。在有两个人一起用餐的情况下，就算其中一位是自己的主人，你也会发现最大的难题就在于很难做到既要全意殷勤又须完全不引起注意这一优质侍餐服务的核心要义；在这种情况下，你难免会有这样的怀疑，即你的在场是否妨碍了两位用餐者的谈话。

那天晚上，宴会厅里的大部分空间都处在黑暗中，两位绅士肩并肩坐在长餐桌的中间位置——因为餐桌过于宽大，不宜于对坐——照明只有餐桌上的烛台以及对面噼啪作响的炉火。为了将我的存在感减到最低，我决定站在比平常距离餐桌远得多的暗处。当然了，这一策略也有其明显的不利之处，每次我走向光亮处侍餐的时候，还没等我走到餐桌前，我前进的脚步就会产生又长又响的回声,以最招摇的方式让用餐者注意到我的到来;不过也确有一大优点,可以使我站在一旁待命时几乎不会被人注意到。正是在我这样侍立于离开两位绅士有一段距离的暗处的时候,我听到坐在两排空椅子中间的达林顿勋爵谈起了布雷曼先生,他的声音一如既往地平静而又温文,然而却在高大的四壁间产生了强烈的回响。

"他曾是我的敌人,"爵爷说道,"可是一直都表现得像个绅士。在我们两国相互炮击的六个月期间,我们彼此都能以礼相待。他是位绅士,必须恪尽职守,我对他本人并无丝毫怨恨。我曾对他说:'听我说,我们现在是敌人,我会不惜一切跟你战斗到底。但是在这一可悲的事务结束之后,等我们之间不必再相互为敌的时候,我们一定要一起喝一杯。'但可悲的是,这一君子协定却让我成了一个骗子。我的意思是,我跟他说过一旦战争结束以后我们就不再相互为敌了。如今我有何面目再去见他,跟他说我所言不虚呢?"

就在那同一个夜晚的稍后时段,爵爷一边摇着头,一边语气沉重地说:"我是为了维护世界的正义才打那场战争的。据我的理解,我并没有参加到针对日耳曼种族的仇杀当中。"

时至今日,每当听到针对爵爷的各种说法,每当听到这些日子里甚嚣尘上的有关他的行事动机的那些愚蠢的诛心之论,我就会高兴地回忆起他在那间空荡荡的宴会厅里说出的那番肺腑之言。在以后的这些岁月当中,针对爵爷的所作所为无论曾有过如何纷纭复杂的说法,至少我个人从未怀疑过,他所有的言行无不源自他内心深处渴望伸张"世界的正义"的终极愿望。

那个夜晚过后没多久,就传来了布雷曼先生在汉堡至柏林的一列火车上开枪自杀的噩耗。爵爷自然是非常难过,并马上制订计划,对布雷曼夫人致以哀悼之情并予以经济援助。然而,在经过好几天的努力之后——其间我本人亦曾竭尽所能给以协助——爵爷都寻觅不到布雷曼先生家人的任何行踪。看来,他已经有挺长一段时间无家可归、妻离子散了。

我相信,即使没有这个不幸的消息,达林顿勋爵也会开始他日后的那些作为的;他那唯愿终结不义与苦难的渴望就深深地根植于他的本性中,他是不可能改弦更张的。事实上,布雷曼先生死后不过几个礼拜,爵爷就开始花费更多的精力和时间致力于解决德国的危机。众多政府的权贵与社会上的名流都成为府里的常客——我记得,这其中就包括了丹尼尔斯勋爵、约翰·梅纳德·凯恩斯①先生和 H·G·威尔斯②先生,那位著名的作家,以及其他很多"不宜公开"的人士,在此我也就姑隐其名了——这些来宾经常和爵爷一连好几个钟头闭门密商。

有些来宾事实上是绝对"不宜公开"的,我得到指示要确保不能让仆佣们得悉他们的身份,有时甚至都不能让人看到他们。不过——我可以自豪而又感激地说一句——达林顿勋爵从来都未曾试图避过我的耳目;我还记得有好几次,某位大人物一句话说到一半就停下来,警惕地瞥上我一眼,而爵爷无一例外地都会保证说:"哦,但说无妨。在史蒂文斯面前您什么话都可以讲,这一点我可以向您保证。"

---

① 凯恩斯(John Maynard Keynes,1883—1946),英国经济学家、凯恩斯主义创始人,认为失业和经济危机的原因在于有效需求的不足,主张国家干预经济生活并管理通货,主要著作有《就业、利息和货币通论》等。
② 威尔斯(Herbert George Wells,1866—1946),英国作家,主要作品有科学幻想小说《时间机器》和《星际战争》、社会问题小说《基普斯》《托诺-邦盖》以及历史著作《世界史纲》等。

于是，在布雷曼先生去世后的大约两年间，在爵爷与那段时间已成为其最亲密盟友的大卫·卡迪纳尔爵士的不懈努力下，已成功地聚集起一个由重要人士组成的广泛联盟，其共同的信念是德国的现状已经不能再这样持续下去了。这其中不但有英国人和德国人，还有比利时人、法国人、意大利人和瑞士人；他们的身份则是高级外交官和政要、杰出的神职人员、退役的军方士绅、作家与思想家。其中的有些绅士是因为跟爵爷的见解一致，深切地感觉到在凡尔赛签订的和约远非光明磊落，为了一场已经结束了的战争而继续惩罚一个战败国是不道德的行径[1]。其他人显然

---

[1] 第一次世界大战结束后，一九一九年六月二十八日，协约国与德国在法国凡尔赛宫签署《凡尔赛和约》(Treaty of Versailles)，于一九二〇年一月十日生效。一九一八年十月德国政府请求美国总统威尔逊协调停战时，宣称接受威尔逊提出的十四点精神作为公平合约的基础。但协约国要求"德国赔偿一切从陆海空入侵协约国时对人民及其财产所造成的损失"。条约是一九一九年春巴黎和会时起草的，当时的决策者为"四大领袖"：英国首相劳合·乔治、法国总理克列孟梭、美国总统威尔逊和意大利总理奥兰多，前三人事实上握有决定权。战败国根本无权过问条约内容，其他协约国也只起配角作用。条约规定，德国的人口和领土均减少百分之十，德国的海外殖民地全部被瓜分。条约起草时，很难计算德国人赔偿损失的精确数字，尤其是对法国和比利时的赔款。到一九二一年，有一专门机构估定德国民众的损失总额为三百三十亿美元。尽管当时的经济学家认为筹集此项巨款势必扰乱国际金融秩序，协约国仍坚持要德国赔款。条约还规定，如果德国拖欠款项，协约国可以采取惩罚措施。四大领袖，尤其是克列孟梭，希望确保德国永远不会对世界造成军事威胁。和约包括许多这样的细则条款，比如德军人数不得超过十万，撤销总参谋部，禁止制造装甲车、坦克、潜水艇、飞机和毒气，只指定少量工厂生产武器弹药，拆除莱茵河以东五十公里内的一切堡垒和工事。《凡尔赛和约》遭到德国人的强烈反对，他们认为合约是强加给他们的，这与十四点精神背道而驰，认为合约要他们做出破坏德国经济的难以忍受的牺牲。《凡尔赛和约》在被批准后的几年间做出了不少有利于德国的修改。许多历史学家认为苛刻的合约以及后来对其条款的不认真执行，实际上为二十世纪三十年代德国军国主义的兴起铺平了道路。

对于德国或是她的子民并不这么关心，但他们认为该国的经济乱象若不得到遏止，则极有可能以惊人之势蔓延至全世界。

等到一九二二年初的时候，爵爷已经开始为心中一个明确的目标而努力了。这就是将这群同道中那些最有影响力的人物齐集达林顿府，举办一场"非官方的"国际会议——会议将集中讨论《凡尔赛和约》中最为苛刻的几个条款的修订办法。为了使他们的努力不至于付诸东流，任何此类的会议都必须具有足够的分量，如此方能对于"官方的"国际会议产生决定性的影响——专为重新检讨和约的内容这一目的已经正式召开过几次会议，但其结果却只是徒增混乱和怨愤。我们当时的首相劳合·乔治先生已经呼吁于一九二二年春在意大利再次召开一次大型会议，爵爷最初的打算就是在达林顿府组织一次聚会以便确保意大利的会议能取得令人满意的结果。虽然爵爷和大卫爵士不遗余力地辛苦工作，但这一时限确实还是过于紧迫了；但随着乔治先生倡议举行的会议再度无疾而终，爵爷于是着眼于计划来年将于瑞士举行的下一次大型会议。

我还记得那段时期里的一天早上，我在早餐室里为达林顿勋爵端上咖啡的时候，他有点愤愤地把手里的《泰晤士报》折起来，说道："这些法国人。我真是，说实话，史蒂文斯，有点受不了这些法国人。"

"是的，先生。"

"而且想想看我们还必须得在全世界面前跟他们手挽着手，肩并着肩。一旦被人提醒到这一点，你就巴不得好好去洗个澡。"

"是的，先生。"

"上次我在柏林的时候，史蒂文斯，奥费拉特男爵，家父的老朋友，走上前来跟我说：'你们为什么要这样对待我们？难道你们看不出来再这样下去我们就承受不了了吗？'我真是很想直接告诉他，这全是那些可鄙的法国人干的。这么胡闹可绝非英国人的行事风格，我想跟他说。可我转念一想还是不能这么做：绝对不应该诋毁我们亲爱的盟国。"

可是事实上，正是由于法国人在解除德国人免受《凡尔赛和约》苛酷条款的限制方面最不肯通融，也就更为迫切地需要在达林顿府举行的聚会上至少请到一位对于本国的外交政策拥有明确影响力的法国绅士与会。的确，我就听到爵爷数度表达过这样的观点：如果没有这样的一位人士出席，则任何关于德国问题的讨论都不过是自娱自乐。于是，爵爷就和大卫爵士开始着手解决筹备工作的这一至关重要的环节，在此期间，我亲眼目睹他们迭遭挫败仍不屈不挠的精神境界，真是令我感佩不已，五体投地。他们发出了无数信函和电报，而且在短短两个月内爵爷就三度亲赴巴黎斡旋。最后终于征得一位声名显赫的法国人的承诺——我将只称呼他为"杜邦先生"——同意在严格地"不宜公开"的基础上参加此次聚会，会议的日期也由此得以确定。也就是一九二三年那个令人难忘的三月。

随着会期越来越近，我所承受的压力在性质上虽远不如爵爷肩负的那么巨大，但也绝非是微不足道的。我非常清楚地意识到，如果有任何一位客人在达林顿府逗留期间稍感些微地不够舒适，就有可能造成无法想象的严重后果。不仅如此，由于与会人数的不确定性，我事先的准备工作也就格外复杂化了。这次会议的级别极高，正式的与会者仅限于十八位位高权重的绅士和两位女士——一位德国的伯爵夫人以及那令人敬畏的埃莉诺·奥斯汀太太,她当时还住在柏林;不过由于每位与会者都有充分的理由携秘书、贴身男仆和翻译一同前来,要想确知这些随同人员的人数几乎是不可能的。再者说来,有一部分与会者肯定会在三天的会期之前提早到来,以便为自己留出充足的时间做好准备工作并估定其他客人的具体心态;然而他们提前抵达的准确日期仍属未定之数。我能够确定的只有府里所有的仆役员工不仅需要不遗余力地努力工作,需要随时保持最为警觉的待命状态,而且还得具有非同寻常的灵活和变通性。事实上,我一度曾经认为如果不从府外引进更多人手帮忙的话,我们面临的这一巨大的挑战恐怕难以顺利完成。但如此一来,不但是爵爷肯定担心会引起外界的谣诼蜂起,也会使得我在承担不起任何失误的情势下,出现不得不仰赖完全不知底细的外人的窘境。于是,我开始着手以一种,在我想象中,一位将军为一场战役做准备的态度来为即将到来的重大日子做好准备:我以无以复加的谨慎态度拟定了一份特别的员工配置规划,预先考虑到各种可能发生的意外和不测;我仔细分析了我们最薄弱的环节所在,为此专门制订了若干应急计划,以便在果然出现问题时即可施行补救措施;我甚至对全体员工做了一次军队里惯用的"鼓气讲话",让大家认识到,尽管他们必须拼力工作到精疲力竭的程度,但能在未来的那几天里克尽厥职,他们必将感到莫大的自豪。"历史极有可能就在我们这个屋檐下创造出来,"我这样告诉他们。而他们因为深知我绝非那种夸大其词之辈,也就都能清楚地认识到某件意义重大的事件即将在我们府里上演了。

这样您或许就能理解,家父不巧在凉亭前摔倒时整个达林顿府里所笼罩的紧张气氛——那一意外就发生在第一批与会客人可能会到达的两周前——而且也该明白我为什么要说我们已经没有什么"转弯抹角"的余地了吧？可不管怎么说，家父居然很快就找到了办法，巧妙地规避了由不许他再端托盘的禁令对他的工作效能所造成的限制。一时间，大家经常看到他推着一辆手推车在府里到处走动的身影，车上满载着清洁用具、拖把、刷子，虽总是摆放得整整齐齐，旁边却又极不协调出现了茶壶、茶杯和茶碟，有时候看起来活像是街头小贩的卖货车。显然，他仍旧无可避免地只得放弃他在餐厅里侍餐的职责，但除此以外，拜那辆手推车之赐，他却完成了惊人的工作量。事实上，随着国际会议的巨大挑战日益迫近，家父身上似乎也发生了令人惊讶的变化。给人感觉简直就像是他被某种超自然的力量附了体，让他一下子年轻了二十岁；前些日子他脸上那种意气消沉的神色几乎一扫而光，他在府里各处工作起来简直浑身洋溢着青春的活力，在外人看来几乎要以为不是只有一个，而是有好几个这样的身影推着手推车在达林顿府里的各个走廊上奔忙呢。

至于肯顿小姐呢，我记得那些日子里日益增加的压力似乎也对她产生了明显的影响。举例说来，我记得那段时间里我有一次在后廊上跟她偶遇时的情形。对于达林顿府来说，后廊在整个仆役区域起到了主干的作用，由于进深过长，阳光无法照射进来，走廊里总是一副阴沉沉的场景。就算是在大晴天，后廊上也是一片昏暗，从那儿走过就像是穿过一条隧道一样。在我说起的那一次，如果我未曾从她朝我走来时鞋子踩在地板上的脚步声中认出她来，那就只能通过她的轮廓来辨认了。我在木地板上少数几处有道光线透进来的地方选了一处停下脚步，待她走近以后叫了一声:"啊,肯顿小姐。"

"有事吗,史蒂文斯先生?"

"肯顿小姐,不知道可否提醒您留意一下,楼上的床单需要在后天之前准备妥当。"

"床单已经全都准备好了,史蒂文斯先生。"

"啊,很高兴听您这么说。我不过是突然想到了而已,没什么别的意思。"

我正要起步往前走的时候,肯顿小姐却站在了原地。然后她朝我走近一步,一道光纹刚好落在她的脸上,我这才看清楚她那愤怒的表情。

"非常不幸,史蒂文斯先生,我真是忙得不可开交,我发现我几乎连一刻都不得闲。而您却明显地闲得很,我要是有您那么多闲工夫的话,我也会很高兴在府里四处溜达溜达,然后再同样地提醒您去特别注意一下那些你早就已经做好的工作的。"

"喔,肯顿小姐,根本没必要发那么大的火。我只是觉得有必要提醒您一声,您并没有因为太忙而疏忽了……"

"史蒂文斯先生,这已经是在过去的两天当中您第四或第五次感觉有此必要了。您居然有这么多时间在府里上上下下地闲逛,并且以您那毫无必要的指责无端地去打搅别人,这实在是让人感觉匪夷所思。"

"肯顿小姐,如果您居然有那么一时一刻认为我还有空闲时间的话,那就比以往任何时候都更清楚地显示出您是多么地缺乏经验了。我相信假以时日,再过几年,您对于在这样一幢府第里到底有多少大事小情需要操心,是会获得一些更为清楚的概念的。"

"您总是没完没了地提到我有'多么缺乏经验',史蒂文斯先生,然而您却显然无法指出我的工作中有任何疏失。否则,我确信您老早就不厌其烦地不吝赐教了。行了,我手头上还有很多工作要做,如果您不再这样跟在我屁股后面指手画脚,妨碍我做事,我将会感激不尽。如果您实在是有太多的闲暇需要消磨,那我建议您不如到外面去呼吸点新鲜空气,倒是更为有益一些。"

她咚咚地踩着地板从我身边走过,朝走廊那头走去。我决定最好还是到此为止,不要再深究下去,于是也就继续走我的路了。我就要来到厨房门口的时候,忽听得她怒冲冲的脚步声再次尾随而至。

"事实上,史蒂文斯先生,"她大声叫道,"我想请您从今往后不要再直接跟我说话了。"

"肯顿小姐,您这话到底是什么意思?"

"如果有必要传递什么信息的话,那就请您通过一位信使来传达。或者您也可以写一张字条,派人给我送来。这样的话,我们之间的工作关系,我肯定,将会融洽很多。"

"肯顿小姐……"

"我实在是太忙了,史蒂文斯先生。如果信息太复杂怕说不清楚的话,就请写张字条。或者您愿意的话,也可以跟玛莎或多萝西讲,要不然就跟您认为值得信赖的某位男性员工讲。我现在必须得回去忙我的工作,只能留您一个人继续闲逛下去了。"

肯顿小姐的行径固然令人恼怒,可我也实在无暇多想,因为那时第一批客人已经到了。国外的代表预计还要两三天后才会陆续到达,不过被爵爷称作"主场团队"的三位绅士——外交部两位绝对"不宜公开"身份的公使和大卫·卡迪纳尔爵士——为了尽可能把准备工作做到位已经提早来到。一如既往,我在出入几位绅士正坐而论道,进行深入讨论的不同房间时,他们几乎不会对我有任何避讳,于是我不免对于进展到这一阶段的整体氛围多多少少也有了一定的印象。当然,爵爷和他的同僚们着重对于每一位即将与会的代表的基本情况相互间都尽可能精准地做了简要介绍;不过,他们关注的焦点都不可避免地集中在了一个人身上——也就是杜邦先生,那位法国绅士——同样重要的还有他个人可能的好恶倾向。实际上,有一次我走进吸烟室的时候,确信我听到其中一位绅士正在说:"欧洲的命运事实上可能全系于我们是否能在这一点上劝说杜邦先生改变他既有的观点。"

也正是在这一初步讨论的阶段当中,爵爷曾信托给我一项极不寻常的任务,而正因为它的不同寻常,它才同那意义重大的一周当中发生的其他明显更加令人难忘的事件一起,至今仍深深地铭刻在我的脑海当中。达林顿勋爵特意把我叫进他的书房,我马上就看出他有点心烦意乱。他端坐在书桌后面,像通常一样,手里捧着一本打开的大书作为遮掩——这次是本《名人录》——来来回回地翻着其中的一页。

"哦,史蒂文斯,"他假作漠不关心地开口道,可是下面似乎就不知道该怎么继续下去了。我站在原地,准备一有机会就为他排忧解难。爵爷继续翻弄了一会儿书页,俯下身去细看其中的一个条目,然后才说:"史蒂文斯,我也知道我想请你去做的这件事有些不合常规。"

"先生?"

"只是因为现在我有太多重要的事情需要操心,实在分身乏术。"

"我很乐于为您效劳,先生。"

"我很抱歉向你提出这样的要求,史蒂文斯。我知道你自己也肯定忙得不可开交。可是我又不知道究竟该如何才能妥善地解决此事。"

我静等盼咐,而爵爷的注意力又重新回到了《名人录》上。然后他才又开了口,说话的时候头都没抬:"你应该,我想,熟谙人生的事实吧?"

"先生?"

"人生的事实,史蒂文斯。男女之事。你应该清楚的,是不是?"

"恐怕我不太明白您的意思,先生。"

"就让我们摆明了说吧,史蒂文斯。大卫爵士是我多年的老友。而且他在目前这次会议组织工作上的贡献是无可估量的。要是没有他,我敢说,我们就无法确保杜邦先生会同意出席此次会议。"

"的确如此,先生。"

"不过呢,史蒂文斯,大卫爵士也自有他的古怪之处。你自己或许也已经注意到了。他是带他的公子,雷金纳德,一起来的。充当他的秘书。问题是,他已经订婚了。小雷金纳德,我指的是。"

"是的,先生。"

"最近五年以来,大卫爵士一直试图告诉他的公子一些人生的基本事实。这位年轻人已经二十三岁了。"

"的确如此,先生。"

"我就有话直说了,史蒂文斯。我碰巧是这位年轻人的教父。所以呢,大卫爵士就请求我来负责向小雷金纳德传达有关的人生事实。"

"的确如此,先生。"

"大卫爵士本人发现这是个颇为艰巨的任务,他怀疑自己在雷金纳德的大婚之日前恐怕是完不成这个任务了。"

"的确如此,先生。"

"问题是,史蒂文斯,我也忙得分身乏术啊。对此大卫爵士应该是知道的,但他仍旧来求我帮忙。"爵爷停顿了一下,又继续去研究面前的书页了。

"您的意思是不是,先生,"我接过话头,"希望我来向这位年轻的绅士传达这方面的信息?"

"如果你不介意的话,史蒂文斯。这会让我如释重负的。大卫爵士每隔一两个钟头就会问我是不是已经跟他的公子讲解过了。"

"我明白,先生。这在目前的压力之下肯定是很令人心烦的。"

"当然,这已经远远超出了你的职责范围,史蒂文斯。"

"我会尽力而为的,先生。可是要找到合适的时机来传达这样的信息,恐怕会有一定的困难。"

"你只要愿意一试,我已经是感激不尽了,史蒂文斯。你真是太乐于助人了。听我说,没必要小题大做。只需传递基本的事实就够了。简单明了就是最好的方式,这是我的建议,史蒂文斯。"

"是的,先生。我将尽力而为。"

"真是感激不尽,史蒂文斯。请把进展的情况告诉我。"

您或许也能想象得到,我对于这一要求还是感到有点错愕的,而且放在平时,碰上这种事我一定会花上一点时间好好琢磨一下。然后,这次却是在如此繁忙的节骨眼上突然降临到我头上来的,我可没那么多时间腾出来专门让它来占用,于是我决定一找到机会就速战速决。我记得就在我接受这个任务不过一个钟头左右,就注意到小卡迪纳尔先生独自一人待在藏书室里,他正端坐在一张写字台后面,埋头于几份文件当中。只要近距离地仔细观察一下这位年轻绅士,也就能体会爵爷——当然还有这位年轻绅士的尊亲为什么会知难而退了。我主人的这位教子一看就是一位态度诚恳、学究气十足的年轻人,五官清秀正派;可是碰上这样一个话题,你倒是宁肯对方更加轻松快活一点才好,甚而至于宁肯他是那种有些轻浮之气的年轻绅士。不管怎么说,既然已经决定了要快刀斩乱麻,我也就硬着头皮走进藏书室,在离卡迪纳尔先生的写字台不远处停下脚步,轻轻咳嗽了一声。

"打搅了,先生,我有个口信要转达给您。"

"哦,是吗?"卡迪纳尔先生急切地道,把目光从那些文件上抬了起来。"是家父的口信吗?"

"是的,先生。也可以这么认为吧。"

"请稍等。"

这位年轻绅士伸手从脚边的公文包里取出笔记本和铅笔。"请讲吧,史蒂文斯。"

我又轻咳了一声,尽可能保持一种就事论事的语气。

"大卫爵士希望您能知晓,先生,女士和绅士们在几个关键的地方是大为不同的。"

我在构思下句话的措辞时想必是停顿了片刻,因为卡迪纳尔先生这时叹了一口气,说:"对此我真是再清楚不过了,史蒂文斯。就请你有话直说好吗?"

"您已经很清楚了,先生?"

"家父总是低估了我的能力。对这整个领域我已经进行过广泛的阅读和扎实的基础研究工作。"

"真的吗，先生？"

"在过去这整整一个月里，除此以外我实际上就没考虑过其他的事情。"

"是吗，先生。既然如此，我要传达的这个口信或许就是多余的了。"

"你可以向家父保证，对于基本的情况我已经做到了充分的了解。这个公文包，"——他用脚碰了一下那个公文包——"就塞满了我对于但凡能够想到的每个可能的角度所做的笔记。"

"真的吗，先生？"

"我真的认为我已经充分考虑到了人类的大脑所能想到的每一种排列组合方式。希望你转告家父，请他但放宽心。"

"我会的，先生。"

卡迪纳尔先生显得轻松了一些。他又碰了碰那个公文包——我很想把眼睛别开，不去看它——然后说道："我猜你也一直都纳闷为什么这个公文包我从不离手。好了，现在你知道了。想想要是给不该打开的人打开了会有什么样的结果吧。"

"那可就不能再尴尬了，先生。"

"可不是嘛，"他说，突然又把身子坐直了，"除非家父又想出了什么全新的因素，希望我进一步斟酌考虑。"

"我想不大可能会有了，先生。"

"没有吗？关于这位杜邦伙计就再也没有更多的资讯了吗？"

"恐怕是没有了，先生。"

我竭尽所能不流露出丝毫恼怒的情绪：原本以为已经圆满解决了的难题，这才发现实际上根本就还是原封未动地摆在我面前。我相信我正集中思想，准备重整旗鼓的时候，那位年轻的绅士突然间站起身来，一把抓起他的公文包，说："好了，我想我该去呼吸点新鲜空气了。多谢你的帮忙，史蒂文斯。"

我本想在最短的时间内就另找机会再跟他谈一次的，可是实际证明已经是不可能了，主要是因为当天下午——比预定的时间早了足足有两天——美国的参议员刘易斯先生就到了。当时我正在楼下的餐具室里核对供货的清单，突然听到上头传来无可置疑的好几辆汽车驶进庭院停下来的声音。我赶忙上楼去的时候，在后廊里碰巧遇到了肯顿小姐——当然也就是我们上次不欢而散的同一场景——而或许正是这一令人不快的巧合促使她继续采用了跟上次一样的幼稚举动。因为在我问她是谁到了的时候，肯顿小姐径直地继续走她的路，只丢下一句话："如果事态紧急就请人传个口信，史蒂文斯先生。"这实在是太令人恼火了，不过当然了，我别无选择，只能赶紧往楼上跑去。

在我的印象中刘易斯先生是位人高马大的绅士，脸上总是挂着亲切的笑容。他的早到显然给爵爷和他的同僚们带来了不便，因为他们原指望还有一两天的独处时间可以比较充分地做好准备的。不过，刘易斯先生那不拘小节、令人愉快的举止态度，以及他在餐桌上的一番表态——美国"将永远站在正义的一方，为此而不惜承认凡尔赛已经铸成的错误"——却大大赢得了爵爷那"主场团队"的信任；随着酒过三巡菜过五味，席间的交谈已经慢慢地从诸如刘易斯先生的家乡宾州的诸多优点这样的话题，明确地转回到即将召开的会议上，而等到饭毕绅士们悠然点起雪茄的时候，他们提出来的某些深思熟虑的意见已经跟刘易斯先生到来前只在他们之间私下交流的看法同样私密了。其间，刘易斯先生曾对在座的诸公说道：

"先生们，我同意你们的看法，我们这位杜邦先生可能是位非常难以逆料的人物。不过容我告诉诸位，关于他至少有一点是肯定的，可以说有十足的把握。"他俯身向前，挥动着雪茄以示强调。"杜邦憎恨德国人。在战前他就憎恨他们，而如今更是变本加厉，他仇视德国人的程度之深恐怕是在座的诸位先生所难以理解的。"说完这句话后，刘易斯先生再次靠回到椅背上，脸上重又堆满亲切的笑容。"不过请告诉我，诸位先生，"他继续道，"你很难因为一个法国人憎恨德国人而责怪于他，是也不是？毕竟，法国人这么做也是有其正当理由的，是也不是？"

说完，刘易斯先生环顾了一下餐桌边就座的几位绅士，一时间气氛略有些尴尬。这时达林顿勋爵说道：

"有些怨恨当然是在所难免的。可是话又说回来了，我们英国人也曾跟德国人进行过长期的苦战。"

"不过你们英国人又自不同了，"刘易斯先生道，"貌似你们已经不再真心憎恨德国人了。但法国人是这样看的：德国人毁灭了欧洲的整个文明，再怎么惩罚他们都不为过。当然了，这在我们美国人看来未免不切实际，不过我们一直感到困惑的倒是你们英国人为什么没有跟法国人持相同的观点。毕竟，诚如您刚才所说，不列颠在那场战争中也损失惨重。"

餐桌上又是一段尴尬的沉默，大卫爵士这才相当不确定地说：

"我们英国人在看待事物的方式上经常跟法国人有所不同，刘易斯先生。"

"啊，一种性情上的不同，您也许可以这么说。"刘易斯先生在说这句话时脸上的笑意似乎又加深了一点。他顾自点了点头，仿佛很多问题对他而言已经迎刃而解了,然后就抽起了雪茄。也可能是后见之明影响了我的记忆,不过我有一种明确的感觉:就是在那一刻我第一次在这位表面看来非常迷人的美国绅士身上觉察到某种古怪的,或许是某种两面三刀的东西。不过,就算我当真是在那一刻起了疑心,达林顿勋爵却显然是居之不疑。因为在又一次一两秒钟的尴尬沉默之后,爵爷似乎下定了决心。

"刘易斯先生,"他道,"让我开诚布公地说吧。我们大部分英国人都认为法国人目前的态度是有些可鄙的。您当然也许会称其为一种性情上的不同,不过容我冒昧地说一句,我们现在要讨论的却远非这一点东西而已。在冲突已经结束以后,再继续这样地仇视敌人是一种很不得体的行为。一旦你已经把一个人打倒在地上,就应该到此为止。你就不能再继续对他拳打脚踢了。在我们看来,法国人的行为已经变得越来越像野蛮人了。"

这番言辞似乎让刘易斯先生感到了某种程度的满意。他咕哝了一句什么话表示赞同,并透过餐桌上面已经相当浓厚的雪茄烟云冲着几位共同用餐的绅士满意地微微一笑。

第二天早上,又有更多的客人提前到达;就是来自德国的那两位女士——尽管大家都会觉得她们出身背景悬殊,两人居然是结伴同行的——随行的有一大群男女仆从,以及数不胜数的行李箱。下午的时候,一位意大利绅士也先期抵达,有一位贴身男仆、一位秘书、一位"专家"以及两位保镖随侍左右。我无法想象这位绅士究竟以为来到的是什么地方,竟然特意带来了保镖,不过我必须得说,在达林顿府看到有这么两位身材魁伟、一声不吭的壮汉,无论那位意大利绅士出现在哪里他们都如影随形,时刻以怀疑的目光警觉地窥伺着周围数码内的动静,这实在算得上是诡异的一景。顺带说一句,在这之后的几天当中我们才得知,这两位保镖的工作模式是两人轮流休息,以确保整个夜里至少有一位在主人身旁当值。我在刚听说这一安排以后就想马上知会肯顿小姐,以便她能相机做出安排,可是她再次拒绝跟我交谈,为了尽快落实此事,我也只得勉为其难地写了张字条,把它塞进了她起坐间的门下。

第二天,又有几位客人到达,距离正式的会期足足还有两天的时间,而达林顿府已经挤满了各个国家的客人,要么聚在房间里闲谈,要么无所事事地闲逛,在门厅里、走廊上和楼梯平台上,细看墙上的画作和各种饰品。客人们相互间当然都以礼相待,尽管如此,这一阶段却似乎弥漫着一种相当紧张的气氛,主要的原因是缺乏互信。这种焦躁不安的气氛也表现在随行的贴身男仆和仆佣相互之间那明显的冷淡态度上,我自己的员工则很高兴由于过于忙碌而无暇跟他们过多地打交道。

正是在这个节骨眼上,面对各路要求应接不暇之际,我偶然往窗外一瞥,发现了小卡迪纳尔先生的身影,他应该正在庭院里呼吸新鲜空气。他一如既往地紧紧夹着自己的公文包,正沿着环绕草坪的小径缓步闲行,深深地陷在思绪当中。我当然会想起对于这位年轻绅士,我还有任务没有完成,而且我灵机一动,感觉户外的环境因为可以亲近大自然,尤其是旁边还有鹅群可以拿来当作实例,倒不失为是传递我肩负的那类信息的理想场合。而且我还看出,如果我现在就快步走出去,藏身于小径旁边那高大的杜鹃花丛背后守株待兔,很快就能等到卡迪纳尔先生从我身边路过。到了那时,我就可以现身出来,向他传达我的信息。这诚然算不上什么无比精妙的谋略,可是话又说回来了,你也得承认这个任务固然有其自身的重要性,可是在那个节骨眼上却怎么也算不上最该优先考虑的要事。

地面和多数植物的叶子上都笼罩着一层薄霜,不过对于一年当中的这个时节来说,那算得上是温煦的一天。我快步穿过草坪,藏身于灌木花丛之后,不久就听到卡迪纳尔先生的脚步声近了。不幸的是我稍稍估错了现身的时机。我原打算在卡迪纳尔先生距我的藏身之处尚有一段距离的时候就从树丛后出来的,那样他就会提早看到我,以为我正要前往凉亭,或者也许是园丁的小屋。这样的话我就能假装是意外撞见了他,如此,便能赋予我们的谈话以一种临时起意的意味。结果却是我出来得稍晚了一点,恐怕真是吓了那位年轻绅士一跳,他马上把那宝贝公文包拿得离我远远的,用两条胳膊紧紧地抱在胸前。

"我非常抱歉,先生。"

"我的天哪,史蒂文斯。你吓了我一大跳。我还以为发生了什么不测呢。"

"非常抱歉,先生。不过我碰巧有件事要向您转达。"

"我的天哪,好吧,你可真是把我吓了一跳。"

"那就容我有话直说了,先生。您会注意到在我们的不远处有几只鹅。"

"鹅?"他有些困惑地四顾一望。"哦,是的。还确实有几只鹅。"

"同样的,还有鲜花和灌木。事实上,现在并非它们一年当中的鼎盛时节,不过您自然明白,先生,随着春天的到来,我们将会看到周围的环境发生一种改变——一种非常特别的改变。"

"是的,我确信现在的庭院并非它们最美的时节。可是跟你实话实说吧,史蒂文斯,我其实并不太留意大自然的美好。眼下的事态实在令人忧心忡忡。杜邦先生是满怀能够想象得到的最恶劣的心绪来到这里的。这也是我们最不想见到的情形。"

"杜邦先生已经来到了这里,先生?"

"大约半小时前。情绪简直坏透了。"

"那抱歉了,先生。我必须马上去招待他了。"

"那是自然,史蒂文斯。呃,感谢你特意出来跟我聊天。"

"请您原谅,先生。关于这个方面——也就是您所谓的大自然的美好,我碰巧还有一两句话要跟您说。如果您肯屈尊听我唠叨几句的话,我将不胜感激之至。不过恐怕这得等下次找机会再说了。"

"好的,我愿闻其详,史蒂文斯。虽然我个人更偏爱鱼类。对于鱼类我可以说是无所不知,不管是淡水的还是咸水的。"

"所有的生命都跟我们预期中的讨论息息相关,先生。不过,我必须向您告退了。我都不知道杜邦先生已经到了。"

我匆忙返回室内,迎头撞到的第一男仆忙不迭地跟我说:"我们正四处找您呢,先生。那位法国绅士已经到了。"

杜邦先生是位个头高挑、举止优雅的绅士,蓄着灰白的胡须,戴着单片眼镜。抵达时他穿的是一身人们经常看到欧陆士绅们度假时穿的那种服饰,确实,他在整个逗留期间,都始终刻意地保持着一副他完全是出于游赏和交情才会来到达林顿府的架势。正如卡迪纳尔先生指出的,杜邦先生抵达的时候情绪不佳;现在我已经记不清楚在他来到英国的这几天里到底都有什么事情惹得他不开心了,不过最让他难过的应该是他在伦敦观光时脚上就磨起来的几个痛疮,而且他很担心它们会化脓感染。我知会他的贴身男仆有事可以找肯顿小姐帮忙,可是这并没有妨碍杜邦先生每隔几个钟头就冲着我打一下响指,跟我说:"管家!我还需要一些绷带。"

见到刘易斯先生以后,他的情绪明显地大为改观。他跟这位美国参议员相互就像老同事那样亲热地打招呼,而且在那天剩余的大部分时间里,他们俩都待在一起开心地谈笑忆旧。事实上,明眼人都看得出来,刘易斯先生跟杜邦先生这么几乎寸步不离其实对于达林顿勋爵造成了极大的不便,因为爵爷自然是切望能够在讨论正式开始前,先跟这位著名的人物进行一番密切的个人接触的。在几个场合,我都亲眼见到爵爷试图把杜邦先生拉到一边好私下里说几句话的,可是刘易斯先生却每次都故意插进来作梗,笑嘻嘻地说一句类似这样的话:"请原谅,先生们,但是有件事让我百思不得其解。"如此一来,爵爷很快就发现自己不得不去听刘易斯先生讲他更多的趣闻轶事了。不过除了刘易斯先生之外,其他的客人或许是出于敬畏,或许是因为敌意,都刻意地跟杜邦先生保持距离;这一点即便是在当时普遍都心怀戒备的气氛下都显而易见,而这也似乎更加凸显了这样一种感觉,即杜邦先生果然是能够左右未来数日会议的最终成果的关键人物。

会议在一九二三年三月最后一周的一个下雨的早上正式召开,为了顾及很多与会者"不宜公开"的性质,会场特意设在会客厅这样一个有些超乎想象的地方。事实上,在我看来,这种"非正式"的做派已经达到了稍显滑稽的程度。这样一个相当女性化的房间里挤满了这么多表情严峻、一身深色正装的绅士,有的沙发上一下子并肩坐了三四个人,这一场景本身就够古怪的了；而且有的与会者又是如此坚决地一定要维持一种"这不过是次社交活动"的表象，居然到了不惜为此而将一份打开的报章杂志故意摊放在膝头上的程度。

在第一个上午的会议进程中我因为不得不频繁出入于会客厅，所以无法完全跟进会议的整个过程。不过我记得达林顿勋爵的开场白是首先正式欢迎各位嘉宾的莅临，然后就概述了一下需要放宽《凡尔赛和约》诸多条款的苛酷规定这一强烈的道德诉求的基本内涵，强调指出了他亲眼目睹的德国人民正在承受的巨大苦难。当然，这同样的感想我之前已经在很多场合听爵爷表达过了，可是他在这个庄严的场景中的发言句句出自肺腑，是如此令人信服，我不禁再次为之而动容。大卫·卡迪纳尔爵士接下来发言，虽然我错过了他发言的大部分内容，不过感觉基本上更偏重技术性的层面，而且坦白说我觉得是有些高深莫测。不过其基本的要旨似乎与爵爷的意思非常接近，他的讲话以呼吁不要让德国再继续赔款以及法国军队撤出鲁尔区做结。那位德国伯爵夫人紧接着发言，不过这个时候我不得不离开会客厅相当长一段时间，具体原因已经不记得了。等我再次进去的时候，来宾们已经开始进行开放式的讨论，而这些讨论的内容——大部分是关于商业贸易和金融利率的——就不是我能理解得了的了。

至少据我的观察而言，杜邦先生并没有参与到讨论当中，从他那闷闷不乐的行为举止上也很难看出他到底是在认真倾听别人的发言呢，还是全神贯注在别的思绪当中。在某个阶段，我碰巧在一位德国绅士的发言中间有事要离开，杜邦先生也突然站起身来，跟我一起走了出来。

"管家，"我们一走进门厅他就说道，"不知道能不能叫人帮我换换脚上的纱布。它们现在搞得我不舒服极了,根本就听不进那些绅士们在说些什么了。"

我记得,我在请求肯顿小姐给予协助以后——自然是派人送去的口信——就把杜邦先生安置在弹子房里坐等护士的到来,正在这时第一男仆急匆匆地从楼梯上奔下来,面带痛苦的神情告诉我家父在楼上病倒了。

我匆忙朝二楼跑去,刚转过楼梯口,就看到了一幅奇怪的景象。在走廊的尽头,几乎就正在那扇大窗户前面,映着灰蒙蒙的光线和窗外的雨景,家父定格在一个姿势当中,就好像正在参加某种庄严的仪式一般。他单膝跪地,脑袋低垂,好像正在奋力推着面前那辆手推车,而那辆小车不知何故竟顽固地纹丝不动。两位卧房的女仆表示尊敬地离开一段距离,面带敬畏的神情注视着他所做出的努力。我走到家父面前,把他紧抓在手推车边缘的手松开,扶着他在地毯上躺下来。他双目紧闭,面如死灰,前额上满是汗珠。我叫人前来帮忙,及时搬来了一辆带篷的轮椅,家父就被转移到了他自己的房间。

将家父安置在床上以后,我一时间颇有些手足无措,不知道接下来该如何是好;因为家父正处在这种情况下,我就这么一走了之实在不合情理,但我又真是一点空余时间都匀不出来。正当我站在门口踌躇不决之际,肯顿小姐出现在了我身旁,并且说道:"史蒂文斯先生,在目前这种情况下,我比您还微多那么点空余时间。如果您愿意的话,我可以代您照顾一下令尊。我会带梅雷迪思大夫上这儿来进行诊治,要是有什么要紧的情况我会通知您的。"

"谢谢您,肯顿小姐,"我说,然后我就离开了。

当我返回会客厅的时候,一位神职人员正在讲述柏林的儿童所遭受的苦难。我立刻忙着为客人们添茶倒咖啡。有几位绅士,我注意到,正在饮用烈酒;尽管有两位女士在场,有一两位绅士已经开始抽起烟来。我记得当我手持空茶壶离开会客室的时候,肯顿小姐叫住了我,说:"史蒂文斯先生,梅雷迪思大夫正准备离开了。"

她说这番话的时候,我看到那位大夫正在门厅里穿戴雨衣和帽子,于是我就走上前去,那把茶壶还在我手里拿着。大夫面带不悦地望着我。"令尊的状况不太乐观,"他说。"如果情况恶化,马上通知我。"

"是,先生。谢谢您,先生。"

"令尊高寿了,史蒂文斯?"

"七十有二了,先生。"

梅雷迪思大夫想了一会儿,然后又说:"如果情况恶化,务必马上通知我。"

我再度向大夫致谢,然后送他出去。

也正是在那天傍晚,晚餐即将开始前,我无意中听到了刘易斯先生和杜邦先生的谈话。当时我出于某个原因上楼来到杜邦先生的房间,在敲门前我习惯性地稍停了片刻,听一下门内的动静。您或许没有养成这种习惯,为了避免在某些极不适宜的时候敲门打搅了别人而采取这种小小的预防措施,我却一直都有这种习惯,而且我敢担保这在我们许多同行当中也是非常普遍的做法。也就是说,我们这样做的背后并无什么不可告人的动机,就拿这次来说,我根本不是有意要去偷听他们讲话的。

然而，也是事出偶然，当我把耳朵贴到杜邦先生的房门上时，正巧听到了刘易斯先生的说话声，虽然我不记得当时听到的确切字句了，可他讲话的语气引起了我的怀疑。这位美国绅士的声音听来仍旧一如既往地亲切而又和缓——自打他来到这里以后，这声音已经为他赢得了很多人的好感——可是这会子却又带上了某种绝不会弄错的鬼鬼祟祟的成分。正是因为这一点，再加上他正在杜邦先生的房内、应该正在跟这位至关重要的人物侃侃而谈的事实，使得我没有去敲门，反而继续听了下去。

达林顿府各间卧室的房门都是很厚实的，我是无论如何也听不清楚完整的谈话内容的；因此上，我现在也很难回忆得起当时听到的确切的语句，其实当天的稍晚时候我向爵爷汇报此事时，情况就已经是如此了。话虽如此，这并不等于我对当时房内正在发生的事情没有一个相当清楚的概念。事实上，那位美国绅士正在表明这样的一个观点，即杜邦先生受到了爵爷以及其他与会者的操纵；他们故意将邀请杜邦先生与会的时间推后，以便于其他人等在他不在场时先行讨论重大的议题；即便在他来到之后，也有人看到爵爷与几位最重要的代表举行了好几次私下的讨论，而没有邀请杜邦先生参加。然后刘易斯先生就开始打小报告，把他来到这里第一天的晚宴上爵爷和其他人说过的那些话讲给杜邦先生听。

"坦白说吧，先生，"我听到刘易斯先生这么说，"我因为他们对于贵国人民的态度而惊骇万分。他们实实在在地使用了'野蛮'和'可鄙'这样的词汇。事实上，几个小时之后我就把它们原原本本地记在了我的日记里。"

杜邦先生简短地说了句什么，我没听清，然后刘易斯先生又说道:"我就跟您说吧,先生,我真是惊骇万分。这样的词汇能用来形容仅仅几年前还肩并肩站在一起的盟友吗?"

现在我已经不能确定当时自己有没有去敲门了;考虑到我听到的内容那令人警醒的性质,我当时的判断应该还是撤退为宜。反正是并没有在门外逗留太久——正如事后不久我责无旁贷必须跟爵爷解释清楚的那样——没有听到更多的内容,以便可以据以判断杜邦先生听了刘易斯先生的这番话以后到底会持一种什么样的态度。

第二天,会客室里的讨论已经达到了一个全新的激烈水平,到午餐时间的时候,唇枪舌剑的往还已经趋于白热化了。我的印象是发言的内容已经带有责难的意味,发言的态度也愈发无所顾忌,矛头直指杜邦先生,而他则手捻胡须,端坐在扶手椅中,几乎不言不语。每次暂时休会,我注意到——爵爷无疑也会有些担忧地注意到——刘易斯先生都会马上就把杜邦先生拉到某个角落或是别的他们能够不受打扰地密商的所在。我清楚地记得,用过午餐后不久,我无意中撞见这两位绅士就在藏书室刚刚进门的位置颇为鬼鬼祟祟地交谈,让我印象格外深刻的是,他们一见到我走上前来,就马上闭口不谈了。

与此同时,家父的状况既没有好转,也没有恶化。据我的理解,他多数的时间都在昏睡,有几次我有点空余时间爬到那个小阁楼上去探望他的时候,他确实是沉睡不醒。我实际上一直都没有机会再跟他说说话,直到他病情再次发作后的第二天傍晚。

那次我进去的时候,家父也在睡梦中。可是肯顿小姐留下来照看家父的那个卧房的女仆一看到我就马上站起来,开始摇晃家父的肩膀。

"蠢丫头！"我叫道。"你这是在干什么？"

"史蒂文斯先生交代过，如果您再来的话就叫醒他。"

"让他睡吧。他这个病就是累的。"

"他说过一定要把他叫醒，先生，"那姑娘道，又开始摇晃家父的肩膀。

家父睁开眼睛，在枕头上微微侧了一下头，看着我。

"希望父亲现在感觉好些了，"我说。

他继续盯着我看了一会儿，然后问我："楼下一切尽在掌控中吧？"

"情况一直都瞬息万变。这才刚过六点钟，所以父亲也很可以想象此刻厨房里的气氛了。"

家父的脸上掠过一丝不耐烦。"但一切都尽在掌控之中吧？"他又问了一遍。

"是的，我敢说您对此可以尽管放心。我很高兴父亲感觉好些了。"

他有些慎重地慢慢把胳膊从被单底下抽出来，疲惫地盯着自己的手背。看了好长一段时间。

"我很高兴父亲现在感觉已经大好了，"我最后又说了一遍。"现在我真的最好还是回去了。就像我说的，现在的情况真是瞬息万变。"

他又继续看了自己的手背一阵子。然后才缓缓地道："真希望我对你来说是个好父亲。"

我轻轻一笑道："真高兴您现在感觉好些了。"

"我为你感到骄傲。一个好儿子。希望我对你来说也是个好父亲。但我想我并不是。"

"恐怕我们现在真是忙得不可开交,不过我们可以明天早上找时间再聊。"

家父仍旧望着自己的双手,仿佛对它们略有些恼怒似的。

"真高兴您现在感觉好些了,"我又说了一遍,然后就告退了。

* * *

来到楼下,我发现厨房里几乎是一片混乱,而且总体来说,各级员工无不笼罩在一种极端紧张的气氛当中。不过,我很高兴地记得,到大约一个钟头以后的晚宴时间,就我的团队而言,展现出来的就唯有高效以及专业性的镇定自若了。

看到那座富丽堂皇的宴会厅高朋满座的场景,总是让人过目难忘,那天傍晚就是如此。当然了,略显美中不足的是那一排排鱼贯入场、清一色身着晚宴礼服的绅士们在数量上超过女性的代表太多,整体的氛围未免显得有些过于严峻;不过话又说回来了,当年餐桌上方悬挂的那两盏巨型的枝形吊灯还是以煤气为燃料的——整个大厅因此都笼罩在一片清浅而又柔和的光晕之中——不像电气化时代以后的灯光那样亮得刺眼。在会议期间那第二次也是最后一次晚宴上——大部分来宾预计第二天用过午餐后就将动身离开——在座的来宾已经卸去了那在前几天里显而易见的大部分矜持和拘谨。不仅是闲谈更加随心和大声,我们发现斟酒的频率也显著提升。从专业的角度来看,晚宴进行得可说是相当顺畅,并无任何明显的差池;宴会临近结束之时,爵爷起身向众位宾客致辞。

他首先向在座的所有来宾表示感谢,因为在前两天的讨论当中"虽不时有令人振奋的坦率陈词",却也始终秉持友好的精神以及乐见"善"最终获胜的意愿。他在前两天中亲眼目睹的团结一致已经远远超出了他之预期,他确信,在次日上午举行的"总结"会上,与会者必将达成充分共识,承诺各自都将在瑞士即将举行的重要国际会议之前采取有效的行动。大约正是在这个节骨眼上——我不知道他是否事先就已计划好要这么做——爵爷开始缅怀起了他的故友卡尔-海因茨·布雷曼先生。这实在是个小小的不幸,这一直都是爵爷心念系之的一个话题,而且他一提起来就会滔滔不绝地说个没完。或许有一点也该说明,即爵爷从来就不是那种可以被称为天生演说家的人,所以没过多久,整个宴会厅就响起了坐立不安的喊喊喳喳声,这表明听众们已经渐渐失去了耐心。说实话,到了爵爷终于把话讲完,敦请诸位来宾全体起立为"欧洲的和平与正义"而干杯之时,那种嘈杂的程度——或许也是大家尽兴畅饮的结果——在我看来已经迹近于失礼了。

众人纷纷再次落座,闲谈重又开始启动之际,突然响起一阵颇有权威性的指节敲击桌面的声音,杜邦先生已经站了起来。立刻,室内全都安静了下来。这位显赫的绅士以近乎严厉的目光环视了餐桌周围的众人一眼。然后他说:"我希望我并没有僭越在座的某位绅士所肩负的职责,不过迄今为止我还没有听到任何人提议大家共同举杯感谢我们的主人,最可敬、最仁厚的达林顿勋爵。"现场响起一阵喃喃的赞许声。杜邦先生继续道:"在过去这几天的时间里,大家在这幢府第里讲过了很多令人感兴趣的事。很多非常重要的事。"他稍作沉吟,此刻的宴会厅里一片肃静。

"有很多言论,"他继续道,"非常含蓄甚或坦率地批评——这个措辞还不算是言过其实——批评了敝国的外交政策。"他再次稍作沉吟,神色相当严峻。你也许都会以为他动怒了。"在这两天当中,我已经几次听到对于欧洲当前异常复杂的情势所做的详尽而又睿智的分析。不过恕我直言,还没有一种分析对于法国为什么会对其邻国秉持这样的态度表现出真正的理解。然而,"——他伸出一根手指——"现在不是进行此类辩论的时候。事实上,在过去的这几天当中我一直都刻意地避免参与这类辩论,因为我来到这里主要是为了倾听的。现在请容许我告诉诸位,我在这里听到的不少意见都给我留下了深刻的印象。不过诸位也许要问了,这印象到底有多么深刻呢?"杜邦先生再度稍作沉吟,以一种近乎悠闲的态度挨个儿扫视了一圈所有注视着他的面孔。最后他才继续道:"先生们——还有女士们,请原谅——对此我已进行过反复的思考,我希望借此机会推心置腹地跟诸位交个底:尽管对于如何解读欧洲目前的真实现状,我本人与在座的诸位之间仍然存在着分歧,尽管如此,对于大家在这次会议中所提出的要旨,我深为信服,先生们,既为其正义性又为其务实性而深深信服。"一阵既宽慰而又欢欣的喃喃低语传遍了餐桌周围,可是这时杜邦先生却稍稍提高了嗓音,压过这阵窃窃私语继续道:"我很高兴向在座的诸位做出保证,我保证竭尽个人的绵薄之力,努力促成法国政策的重心之改变,以期符合本次会议的多数意见。而且我将赶在瑞士会议之前及早地采取行动。"

宴会厅里响起了阵阵掌声,我看到爵爷跟大卫爵士交换了一个眼色。杜邦先生举起手来,不知道是表示接受还是阻止大家的掌声。

"不过在我接下来向我们的主人达林顿勋爵表示感谢之前,我还有件小事不吐不快,希望能在此一抒胸臆。诸位也许有人会说,在餐桌上把自己胸臆中的东西吐出来可是有些失礼之举。"这句话引来了热情的欢笑。"不过我在这类事情上一直都是直言不讳的。这就像一定要正式地、公开地向达林顿勋爵表示感激之情一样,是他将我们召集到这里,并使得目前这种团结一致、友好善意的精神成为可能的;同样,我也相信一定要公开地谴责任何跑到这儿来滥用主人的殷勤好客,一门心思只想着散布不满和猜疑的宵小之辈。这种人不但在社交场合令人厌恶,在我们现今的社会气候之下更是极端危险的。"他再次稍作沉吟,整个宴会厅里再次鸦雀无声。杜邦先生继续语气平静、从容不迫地道:"对于刘易斯先生我只有一事不明:他那令人憎恶的行径在多大程度上代表了美国当局的态度?女士们、先生们,那就请容我斗胆一猜吧,因为对于这样一位几天来已经充分地展现出其欺诈水准之高的绅士,我们是没办法指望他能给我们提供一个诚实的答案。所以,我也就只能姑且一猜了。当然了,如果德国不再继续赔款,美国自然会很关心我们对其债务的偿付能力。不过在过去这半年当中,我也曾有机会跟不少位高权重的美国人士直接讨论过这个问题,依我看来,该国对这一问题的看法要远比他们这位在座的同胞所代表的观点高瞻远瞩得多。我们所有这些关心欧洲未来福祉的人尽可以但放宽心,因为事实上刘易斯先生现在的影响力——我们该怎么表述呢?——已经是今非昔比了。您也许会觉得我这么丝毫不肯假以辞色未免过于不近人情,但事实上,女士们、先生们,我已经算得上是仁至义尽了。您瞧,我并没有把这位绅士一直以来对我说的那些话原样搬出来——关于在座的每一位。他所说的那些话,其技巧是如此拙劣低能,其态度是如此厚颜无耻,其内容是如此粗鄙下流,简直令人难以置信。不过谴责的话已经说够了，该是我们表示感谢的时候了。那就请跟我一起，女士们、先生们，我们一起举杯敬达林顿勋爵。"

杜邦先生在讲这番话的过程中，一直都不曾朝刘易斯先生的方向看过一眼，也确实，大家在向爵爷敬酒致谢、再次落座后，目光也似乎全都刻意地避免朝那位美国绅士看去。一种令人难堪的沉默一度笼罩了宴会现场，然后刘易斯先生终于站起身来。他的脸上仍习惯性地堆满了亲切的笑容。

"喔，既然每个人都发表了讲话，我不妨也来说上两句，"他说道，听他的声音明显是已经喝得很不少了。"对于我们的法国朋友刚才的那一番无稽之谈，我没什么话好说。对那样的言论我根本就不屑于理会。有多少人都曾妄图将此谰言强加到我头上，我见得多了，但让我来告诉诸位吧，先生们，这也不过是枉费心机。枉费心机罢了。"刘易斯先生突然停住了话头，一时间似乎不知该如何接下去才好了。终于他又笑了笑，继续道："如我所说的，我不会再在我们那位法国朋友身上浪费时间了。不过事有凑巧，我倒确实还有几句话想说。既然我们现在都这么坦诚相见了，我也就实话实说吧。你们在座的诸位先生，恕我直言，你们全都不过是一群幼稚的梦想家罢了。你们要是不这么一门心思地想着掺和影响全球的那些重大事务的话，你们其实还都挺有魅力的。就拿我们这位善良的东道主来说吧。他是何等样人呢？他是位绅士。这一点我相信在座的没有任何人会反对的。一位典型的英国绅士。正派，诚实，用心良苦。可是这位爵爷却是个外行。"他在这个字眼上面略作停顿，并且环顾了一下众人。"他是个外行，而如今的国际事务已经轮不到这些外行的绅士们插手了。这一点，你们这些欧洲人越早明白越好。诸位在座的为人正派、用心良苦的绅士大人们,让我问你们一句,你们知道你们周围的这个世界正在变成什么样子吗?你们可以出于你们那高贵的本性治国理政的日子已经一去不复返了。只不过当然啦,你们这些欧洲人似乎都还没有意识到这一点。像我们善良的主人这样的绅士仍旧相信,他们就该去瞎掺和那些他们根本就不懂的事务。这两天以来,在这儿说了多少蠢话和废话。用心良苦、天真幼稚的蠢话和废话。你们这些欧洲人需要专业人士来掌管你们的事务。你们如果仍旧执迷不悟,很快你们就要大难临头了。举杯吧,先生们。让我们一起举杯——敬专业精神。"

现场一阵惊愕,寂然无声,没有一个人动弹。刘易斯先生耸了耸肩膀,举起酒杯向所有人照了一圈,一饮而尽,坐了回去。达林顿勋爵几乎马上就站了起来。

"我本不希望,"爵爷道,"在我们这济济一堂的最后一个夜晚陷入无谓的争执当中,因为这是个欢庆胜利的时刻,大家本该好好享受一下的。不过正是出于对您这种观点的尊重,刘易斯先生,我感觉就更不应该把它当作某个街头怪人的演说那样置之不理了。让我这么来说吧:您所谓的'外行',先生,我想在座的大多数人更愿意称之为'荣誉'。"

这番话引来了一阵响亮的赞许声,夹杂着几句"听听,听听"的感叹声以及几声鼓掌和喝彩。

"更重要的是,先生,"爵爷继续道,"我相信我很清楚您所谓的'专业精神'指的是什么。它指的无非是通过欺骗和操纵的手段来为所欲为。它指的无非是依照自己的贪欲和利益来排定轻重缓急,而绝非是为了看到善良与正义在世界上获得胜利。如果这就是您所谓的'专业精神',先生,我实在是有些嗤之以鼻,巴不得对它敬而远之呢。"

这一席话赢得了迄今为止最为热烈的赞许声,继之以热情而又持久的鼓掌和喝彩。我看到刘易斯先生冲着自己的酒杯微微一笑,萎靡不振地摇了摇头。也正是在这个时候,我觉察到第一男仆来到我身边,附耳对我悄声道:"肯顿小姐想跟您说句话,先生。她就在门外。"

我尽可能小心翼翼地悄悄退出,因为爵爷仍然站在那儿,正在发表进一步的看法。

肯顿小姐一脸忧色。"令尊的情况非常危急,史蒂文斯先生,"她说。"我已经派人去请梅雷迪思大夫了,不过据我所知他可能要稍微耽搁一会儿。"

我的面色想必是有些摸不着头脑,因为肯顿小姐又接着道:"史蒂文斯先生,他的情况真的非常不好。您最好是去看看他。"

"我只能抽出一点点时间。先生们随时都有可能离席前往吸烟室。"

"当然。不过您现在务必要去一趟,史蒂文斯先生,要不然事后您也许会追悔莫及的。"

肯顿小姐已经在头前领路了,我们急匆匆地穿过府第,朝家父那个小阁楼上的房间奔去。莫蒂默太太,我们的厨娘,正站在家父的床头,身上的围裙都没摘。

"哦,史蒂文斯先生,"我们一进来她就道,"他已经快不行了。"

确实,家父的脸色已经变成了一种暗红色,我还从没见过哪个活人有过这样的面色。我听见肯顿小姐在我身后轻声说:"他的脉搏非常弱了。"我凝视了家父一会儿,轻轻摸了一下他的额头,然后就把手抽了回来。

"依我看,"莫蒂默太太道,"他是中风了。我这辈子亲眼看到过两次中风,我想他是中风了。"说着,她就哭了起来。我注意到她身上散发出浓烈的煎炸和烧烤的气味。我转过身对肯顿小姐道:

"这太让人难过了。可是,我现在必须回到楼下去了。"

"当然,史蒂文斯先生。大夫到的时候我会告诉您的。或者出现任何变故的时候。"

"谢谢您,肯顿小姐。"

我匆忙来到楼下,及时地赶上了绅士们正开始移师到吸烟室。几位男仆一看到我也似乎松了一口气,我马上示意他们各就各位。

不管在我暂时离开期间宴会厅里到底发生过什么,反正现在的客人当中洋溢着的是一种货真价实的欢庆气氛。在整个吸烟室里,绅士们三五成群地站在一起,全都有说有笑,相互拍着对方的肩膀。刘易斯先生,据我判断,已经告退回自己的房间去了。我穿梭于诸位宾客之间,托盘上摆着一个装满波尔图葡萄酒的酒壶。我刚为一位绅士斟了一杯,一个声音在我背后说:"啊,史蒂文斯,你对鱼儿也感兴趣的,你说过。"

我转身,发现是小卡迪纳尔先生正对我笑逐颜开。我也微微一笑,说:"鱼儿,先生?"

"我小时候曾在一个鱼缸里养过各个品种的热带鱼。简直可以称得上个小水族馆了。我说,史蒂文斯,你没事吧?"

我又笑了笑。"我挺好的,谢谢您,先生。"

"你说得很是,我真该春天的时候再到这儿来一趟。那时候的达林顿府肯定美极了。上次我来这儿的时候,我想也是在冬天。我说,史蒂文斯,你确定你没事吗?"

"我好端端的,谢谢您,先生。"

"不是身体有什么不舒服吧?"

"绝对不是,先生。我暂且告退了。"

我又继续为他们几位客人斟酒。我背后爆发出一阵响亮的笑声,我听到那位比利时神职人员兴奋地嚷道:"这可真是异端邪说!绝对是异端邪说!"然后自己又放声大笑。我感觉有什么东西碰了一下我的胳膊肘,转身发现是达林顿勋爵。

"史蒂文斯,你没事吧?"

"没事,先生。我很好。"

"你看起来好像哭了。"

我笑了笑,掏出手帕迅速了擦了擦脸。"非常抱歉,先生。是劳累了一天,太紧张了。"

"是呀,确实够累的。"

有人跟爵爷讲话,他转过身去作答。我正准备继续四处走动侍酒的时候,透过敞开的房门看到了肯顿小姐,她正朝我点头示意。我就穿过人群朝门口走去,可是还没到门口,杜邦先生就拉了一下我的胳膊。

"管家,"他说,"不知道你能不能帮我找些干净的绷带过来。我的脚又受不了了。"

"好的,先生。"

我继续朝门口走去的时候,意识到杜邦先生就跟在我后头。我转过身对他说:"我会过来找您的,先生,一拿到绷带就马上过来。"

"请快一点,管家。真有点疼。"

"好的,先生。非常抱歉,先生。"

肯顿小姐仍然站在门厅里我第一次看到她的地方。我一出来，她就默不作声地朝楼梯走去，奇怪的是举动中又没有一点着急的意思。然后她才转过身来对我说："史蒂文斯先生，我深感遗憾。令尊在大约四分钟以前过世了。"

"我知道了。"

她看了看她的手，然后又抬眼看着我的脸。"史蒂文斯先生，我深感遗憾，"她说。然后又补充道："真希望我能说些什么。"

"不必了，肯顿小姐。"

"梅雷迪思大夫还没有到。"她低下头好一阵子，忍不住迸发出一声啜泣。不过她几乎马上就控制住了自己，声音沉着地问："您想上去看看他吗？"

"我眼下实在是太忙了，肯顿小姐。过一会儿再说吧。"

"这样的话，史蒂文斯先生，您允许我为他合上眼睛吗？"

"如果您肯的话，我将感激不尽，肯顿小姐。"

她开始走上楼梯，但我又叫住她，跟她说："肯顿小姐，请别把我此刻不肯马上上楼去为家父送终看作不近人情之举。您知道，我相信家父也会希望我现在履行好自己的职责。"

"当然，史蒂文斯先生。"

"否则的话，我感觉，反而会让他感到失望。"

"当然，史蒂文斯先生。"

我转过身，那装着波尔图葡萄酒的酒壶仍旧在我的托盘里，重又回到了吸烟室。在那个相对狭小的房间里，就像是出现了一片由黑色的晚宴礼服、灰白的头发和雪茄烟雾组成的森林。我在这帮绅士们当中缓步前进，寻找需要添酒的酒杯。杜邦先生拍了拍我的肩膀说：

"管家，我的事情你关照过没有？"

"我很抱歉，先生，可是眼下还没办法立刻为您提供帮助。"

"你这是什么意思，管家？你们的医疗用品都用光了吗？"

"实际的情况是，先生，有位大夫正往这儿赶。"

"啊，太好了！你已经叫了大夫来了。"

"是的，先生。"

"好，很好。"

杜邦先生重新回到他跟旁人的谈话中，我则继续在房间里转悠了一段时间。其间，那位德国伯爵夫人突然从男人堆里冒了出来，我还没来得及为她斟酒，她就自己拿起酒壶给自己倒了些波尔图。

"你得替我夸奖一下你们的厨娘，史蒂文斯，"她说。

"当然，夫人。谢谢您，夫人。"

"还有你和你的团队也表现得非常出色。"

"非常感谢您，夫人。"

"在晚宴进行当中，史蒂文斯，我一度还当真以为你至少一下子变成了三个人呢，"她说得开心地笑了起来。

我马上也报以一笑，说："我很高兴能为您效劳，夫人。"

一会儿以后，我看到小卡迪纳尔先生就在不远处，还是独自一人站在那里，我猛然想到，这位年轻的绅士置身于这么一大群显赫的人物当中可能会有些畏畏缩缩的。反正他手里的酒杯也已经空了，我于是朝他走了过去。他看到我过来显得非常高兴，立刻把酒杯朝前一递。

"我想，你热爱大自然是件极好的事，史蒂文斯，"他在我给他斟酒的时候说道。"我敢说，达林顿勋爵有你这么一位行家里手帮他督促园丁的工作,也真是一大福气。"

"您说什么,先生?"

"大自然呀,史蒂文斯。那天我们不是一直都在谈论大自然的神奇奥妙吗?我非常同意你的看法,面对我们周围的这些伟大的奇迹,我们都未免太过沾沾自喜了。"

"是的,先生。"

"我的意思是说,你看看我们整天谈论的都是些什么。合约啦,疆界啦,赔款啦,占领啦。而大自然母亲却一直都以她美好的方式生生不息。这么想问题的话确实挺可笑的,你说是不是?"

"是的,确实是这样,先生。"

"我有时在想啊,如果万能的上帝将我们都创造成为——呃——某种植物什么的,是不是会更好一些?你知道,全都牢牢地扎根在土壤当中。这么一来,像战争啊,疆界啊之类的这些鬼话岂不从一开始就根本不会出现了吗?"

这位年轻的绅士似乎觉得这是个很有趣儿的想法。他笑了笑,又想了想,又笑了笑。我也和他一起笑了笑。然后他用胳膊肘轻轻捅了捅我说:"你能想象得出吗,史蒂文斯?"然后又笑了起来。

"是的,先生,"我也笑着说,"那将成为一个最为奇特的替代性选择。"

"可是我们仍旧需要像你这样的伙计来回地传递口信、端茶倒水什么的。要不然,我们又怎么能办成任何一件事呢?你能想象得出吗,史蒂文斯?我们全都扎根于土壤中?你想象一下!"

正在这时,一个男仆出现在我身后。"肯顿小姐想跟您说句话,先生,"他说。

我跟卡迪纳尔先生告了罪,朝门口走去。我注意到杜邦先生显然一直就守在门边,看到我走近了,他就问我:"管家,大夫到了吗?"

"我正要出去看看,先生。我马上就回来。"

"我真是有点疼。"

"我很抱歉,先生。大夫应该很快就到了。"

这一次杜邦先生就干脆跟着我走了出去。肯顿小姐又一次站在门厅里候着。

"史蒂文斯先生,"她说,"梅雷迪思大夫已经到了,现在到楼上去了。"

她是特意压低了声音说的,可是我身后的杜邦先生却马上大声叫道:"啊,太好啦!"

我转身对他道:"那就请您随我来吧,先生。"

我把他领进弹子房,他在一把皮椅子上坐下来开始脱鞋子的时候,我赶紧把壁炉里的火拨旺。

"很抱歉这里实在有点冷,先生。大夫马上就会过来了。"

"谢谢你,管家。你做得很到位。"

肯顿小姐仍在门厅里等着我,我们俩默不作声地一起穿过整个府第。来到父亲的房间,发现梅雷迪思大夫正在做着一些记录,莫蒂默太太哭得很伤心。围裙还在她身上,显然她一直就是拿它来擦眼泪的;结果弄得她脸上尽是一道道油渍,她那副模样简直就像是在参加一场假扮黑人的滑稽说唱秀。我原本以为房间里肯定会弥漫着死亡的气息,但是拜莫蒂默太太——或者是她的围裙所赐,房间里居然一股子烧烤味儿。

梅雷迪思大夫起身对我说:"请节哀顺变,史蒂文斯。令尊发作的是一次严重的中风。他应该没有遭受太多的痛苦,这也算是不幸中的万幸。他这个病你无论做什么都已经无能为力了。"

"谢谢您,先生。"

"我这就走了。你会安排好一切后事吧?"

"是的,先生。不过如果方便的话,楼下有一位最为尊贵的绅士还需要您的诊治。"

"紧急吗?"

"他表达了迫切需要见到您的愿望,先生。"

我领梅雷迪思大夫下去,带他来到弹子房,然后立刻又返回了吸烟室,那里的气氛如果说有什么不同的话,就是已经变得越发欢快友好了。

当然了,绝不应该由我来暗示,我已经配得上跟我同辈的比如说马歇尔或是莱恩先生一样,跻身于"伟大"的管家之列了——虽然也不应讳言,确有很多人或许是出于谬赏之意,过于慷慨地倾向于如此认为。请容我澄清一下,当我说一九二三年的那次会议,尤其是那个夜晚在我的职业发展进程中构成了一个转折点的时候,我主要是以我自己那远为卑微的标准来衡量的。即便如此,如果您能考虑到那一晚我所承受的那些不可预料的压力,倘若我斗胆认为我在面对一切意外情况时,也许的确表现出了至少是某种程度上的"尊严"素质——这种素质只有像马歇尔先生,或者实事求是地说,像家父这样的管家才能具备的,您或许不会认为我是过于自欺了吧?的确,我又何必惺惺作态呢?那一晚诚然会有种种令人悲痛的联想,但每忆及此,我发现一种巨大的成就感总会油然而生。

第二天——傍晚

莫蒂默池塘,多塞特郡

看来，对于"怎样才算得上一个'伟大'的管家"这个问题，似乎还有很大的一个维度迄今为止我还没有好好地思考过。对于这样一个如此心念系之，尤其是这些年来我已经反复思考过的问题，意识到这一点，不得不说真让我颇为忐忑不安。现在想来，我当初对于海斯协会有关其会员资格之规定的某些方面嗤之以鼻，或许是有些操之过急了。请先允许我解释清楚，我并无意收回自己对于"尊严"及其与"伟大"之间关键联系的个人观点。不过，我不免对于海斯协会的另一项规定做了些更为审慎的思考——亦即其公开承认加入协会的先决条件之一是"申请者须服务于显赫门庭"。我现在的感觉跟当初并无二致，仍旧认为这表现了该协会的一种不假思索的势利心态。不过，我现在想到，我所特别反对的或许只是他们对于何为"显赫门庭"的过时理解，而非其中所表达的一般原则。确实，在进一步对此问题进行过一番思考以后，我相信，"伟大"的先决条件是"须服务于显赫门庭"这种说法本身也许确有其道理——只要对于"显赫"的理解比海斯协会的认识更加深入即可。

事实上，只要将我对于"显赫门庭"可能的诠释与海斯协会对它的理解做一比较，则我相信就能极为鲜明地体现出我们这一代与上一代管家在价值观上的根本差异。我这么说，不仅是想请您注意到这样一个事实，即我们这一辈对于雇主到底是地产贵族还是"经商致富"的态度已经没有那么势利了。我想说的是——

我并不认为这种说法有失公允——我们是远比上一代更加理想主义的一代。我们的老辈更加关心的或许是雇主是不是有封号的贵族，或者是否出身于"旧"族，而我们更在意的则是雇主的道德地位。我这么说的意思并不是指我们一心瞩目于雇主的私人行为，我的意思是我们更加热切地希望效力于那些——可以这么说——其作为正在促进人类进步的绅士，这一追求在上一代看来想必是颇不寻常的。打个比方说，我们宁肯效力于像乔治·凯特里奇先生这样尽管出身卑微，却为大英帝国未来的福祉做出过无可争辩之卓越贡献的绅士，而不愿意侍奉那些虽有显赫的贵族出身，却只会把光阴虚掷在俱乐部和高尔夫球场上的老爷们。

当然，在实际中，很多出身于最高贵家族的绅士一直都有着致力于缓解当前面临之重大难题的传统，所以乍看之下，我们这代人的抱负可能表现得与我们的先辈也并无多大差异。不过我敢断言，在态度上还是有根本之不同的，这种不同不仅表现在业内的同行相互间热衷于传达的种种话题，更反映在我们这一代中的众多翘楚人物在职位去留方面做出的选择上。做出这类决定所考虑的已不仅仅是所得薪水的高低、手下员工的多寡或者雇主门庭的显赫与否了；对我们这代人而言，我们职业声望的高低最根本地取决于我们雇主道德价值的高下上，我感觉这不失为一种公允的说法。

我相信，借助形象化的比喻方式可以最为鲜明地突出这两代人之间的不同。可以这么说，家父那一代管家更倾向于将世界看成是一架梯子——王室成员、公爵以及出身最古老世家的勋爵们居于顶端位置，那些"新贵"阶层等而次之，以此类推，直到降到一个基准点，基准点之下的层级就全由财富的多寡甚或有无来确定了。任何一位有雄心有抱负的管家只管竭尽全力往这架梯子顶上爬就是了，总的说来，爬得越高，其职业声望也就越大。这当然也正是海斯协会那套"显赫门庭"的观念所体现出来的价值观，而迟至一九二九年该协会还在大言不惭地公开发表此类声明，这一事实本身就已清楚不过地说明为什么其灭亡是不可避免的，甚至早就该到来的了。因为到了那个时候，这样的想法已经完全跟不上我们这个行业中涌现出来的佼佼者们的观念了。对于我们这代人而言，这个世界已经不再是一架梯子，而更像是一个轮子了，我相信这种说法还是相当准确的。或许我该进一步做些解释。

在我的印象中，是我们这代人最先认识到了前几代人全都忽略了的一个事实：即世界上的那些重大的决定事实上并不是在公共议事厅里，或者在会期只有寥寥数日又完全置于公众和新闻界关注之下的某个国际会议上做出的。更多的情况下，那些关键性的决定反倒是在国内那些隐秘而又幽静的豪宅里经过讨论、进行权衡后做出的。在众目睽睽之下伴以无比盛大的排场和典礼所发生的那一切，经常不过是执行在这样的豪宅内部经过几周甚或几个月的时间达成的决议，或只是对其进行官方的认可。因此在我们看来，这世界就是个轮子，以这些豪门巨宅为轴心而转动，由他们做出的那些重大决策向外辐射到所有围着他们转的人，不论穷人还是富人。我们所有这些拥有职业抱负的人，莫不竭尽所能以尽量靠近这个轴心为志向。因为正如我说，我们是充满理想主义的一代人，对我们来说，问题并不是简单地在多大程度上发挥出了我之所能，而是以我之所能达到了何种结果；我们每个人都怀抱着这样的渴望，愿为创造一个更加美好的世界略尽绵薄，做出贡献；我们也都认识到，身在我们这一行，要想做到这一点，最可靠的途径就是效命于那些肩负着当代文明重任的伟大的士绅。

当然了，我这么说不过是最为宽泛地概而论之，我乐于承认，我们这一代中有太多人根本就没耐心去做这样深入的思考。反而言之，我敢肯定家父那一代当中也有很多人出于本能，已经意识到了他们的工作的这一"道德"维度。不过总的来说，我相信我这些概括还是准确无误的，而且我所描述的这种"理想主义的"动机至少在我个人的职业生涯中，确实起到了至关重要的作用。在我职业生涯的早期，我曾动不动就更换雇主——就是因为意识到那些环境全都无法给我带来持久的满足感——总算是天道酬勤，一直到有机会效命于达林顿勋爵我才终于安顿下来。

说也奇怪，我是直到今天才头一次从这个角度来考虑问题的；的确，当初我们在仆役大厅里围炉夜话的时候，曾花了那么多时间来讨论"伟大"的本质，像格雷厄姆先生这样杰出的管家和我都从来没考虑到在这个问题当中还有这样的一整个维度。尽管我不会收回之前我对于"尊严"的特质所发表的任何观点，但我必须承认对于这一论题应该附加一个补充条款，即无论一位管家已在多大程度上具备了这样的素质，如果他未能成功地找到一个适当的通道来将他的成就发挥出来，他也很难期望同行们能够认可他的"伟大"。当然，我们也注意到像马歇尔和莱恩先生这样的人物，他们都只效命于那些其道德地位毫无争议的绅士——韦克林勋爵、坎伯利勋爵、伦纳德·格雷爵士——你不免会得到这样的印象，即他们是不会屈身侍奉那些成色不足的绅士的。确实，这个问题你越想就越明显：隶属于一个真正的显赫门庭确是达至"伟大"的先决条件。一个"伟大的"管家肯定只能是那种人：他在指点自己多年的服务生涯时能够自豪地说，他已经将他的全副才能用以服务一位伟大的绅士了——而通过这样的一位绅士，他也等于是服务了全人类。

我说过，这些年来我居然从来没有从这样的角度考虑过这个问题；不过话又说回来了，或许正是难得地出门进行这样一次旅行，才促使我对于这个我本以为早就彻彻底底思考清楚了的题目产生了如此出乎意料的新鲜观点。而且大约一个钟头之前发生的一个小状况想必也起到了推波助澜的作用，促使我沿着这样的思路来思考问题——我得承认，这个小状况还颇使我担了不小的心。

我在极为宜人的天气中心情愉快地开了一上午的车，然后又在一个乡村小酒馆里享用了一顿丰盛的午餐。但在刚驶入多塞特郡不久，我就觉察到从汽车引擎那儿发出了一种过热的气味。一想到我可能对主人的福特车造成了某种损害，我当然吓得不轻，赶快就把车停了下来。

我发现自己正处在一条狭窄的小路当中，小路的两侧全都被繁茂的林木遮了个严实，很难看清周围的情况。往前也看不远，因为那条小路在前方大约二十码的地方就拐了个大弯。我意识到我不能在这儿长时间停留，因为如果前方有车转过那个弯道，弄不好就会跟我主人的福特车撞个正着。于是我又重新发动了引擎，发觉这次的气味已经没有先前那么强烈了，这才稍稍安了一下心。

我知道最好的办法是找一家修车行，或者是找一家绅士的大宅，宅里极有可能找到能看得出毛病出在哪里的司机。可是那条小路继续蜿蜒了不短的距离，道路两旁高大的树篱也一直都不曾间断，很大程度上挡住了我的视线，所以尽管我经过了几户人家的大门，有的院内明显是有车道的，我却一直都没办法瞥见里面的宅第。我又开了约莫半英里远，那恼人的气味已经是越来越浓了，这才终于摆脱了那条小路，开上了一段乡村的主干道路。我看到前方的不远处，没错，就在我的左侧，隐约浮现出一幢高大的维多利亚时代的宅第，宅前有一大片草坪，还有一条显然是由旧的马车道改造而成的汽车道。当我驶近那幢大宅时，我就更是大受鼓舞了，因为主建筑附设的车库大门敞开着，里面赫然停着一辆宾利汽车。

宅第的大门也敞开着，我于是将福特车沿着车道开了一小段，下车朝宅第的后门走去。开门的是个只穿了件衬衣的男人，也没有系领带，不过我在向他打听府上的司机时，他开心地回答说我"一下子就中了头彩"。听我描述了一下问题以后，他大步流星地来到福特车前，打开引擎盖只查看了几秒钟的时间就跟我说："水，您哪。您的散热器里得加点水啦。"他貌似对这整个状况感到非常好笑，不过又很热心帮忙；他回到屋里去，不一会就提着一壶水和一个漏斗回来了。他在把散热器灌满的过程中，头低在引擎上方，开始亲切地跟我闲聊起来，知道我正驾车在这一区域旅行以后，他向我推荐了当地的一处美景，是个距此不过半英里远的池塘。

趁着这个工夫，我也好好观察了一下这幢大宅；宅子的高度要大于其宽度，有四层楼高，正立面几乎爬满了常春藤，一路都爬到了顶端的山墙上。可是透过窗户往里看去，却发现至少有一半的房间里都蒙着防尘布。一等那个人给散热器加满了水，重新盖好引擎盖，我就跟他说起了这件事。

"真是可惜啊，"他说。"这是幢很招人喜欢的老房子。实际情况是上校打算把它给卖了。他现在也是用不着这么大的房子了。"

我忍不住向他打听这里一共雇了多少人,听他说就只有他一个人,再有就是一个厨子每天傍晚过来做做饭的时候,我也并没有感到吃惊。看起来他是身兼管家、贴身男仆、司机和清洁工于一身了。他在大战期间曾是上校的勤务兵,他解释道;德军入侵比利时的时候他跟上校正在那里,协约国联军登陆时他跟上校也躬逢其盛。之后他又仔细地打量了我一番,这才说:

"现在我才明白了。一开始我还没看出来,不过现在我弄明白了。您就是他们说的那种顶尖级别的大管家。是那种名门贵族的大宅门里出来的。"

我跟他说这话也不算离谱以后,他又继续道:

"现在我算是明白了。一时间我还没看出来,您瞧,因为您说起话来十足就像个绅士。而且您还开着这么辆漂亮的古董车,"——他朝那辆福特做了个手势——"一开始我还想,哟,来了位货真价实的贵族老爷子。这就对啦,您哪。真是上流社会的做派,我是说。我还从来都没真正领教过呢,您瞧。我不过就是个退了伍的老勤务兵。"

然后他又问我受雇于哪户人家,我跟他说了以后,他侧着头,脸上露出好奇的神情。

"达林顿府,"他自语道。"达林顿府。肯定是个上流社会的人家,就连在下这样的白痴听着都觉得耳熟。达林顿府。等等,您说的不会就是达林顿勋爵的那个达林顿府吧?"

"以前确实是达林顿勋爵的府第,直到三年前爵爷逝世,"我告诉他。"如今是约翰·法拉戴先生的住处了,他是位美国绅士。"

"您在那样的地方工作,那就肯定是顶尖级别的大管家无疑啦。像您这样的如今剩下来的可不多了吧,呃?"然后他在问的时候语气明显有了变化。"您是说,您当真曾为那位达林顿勋爵工作过?"

他再次细细地打量了我一番。我说:

"哦,不是,我是受雇于约翰·法拉戴先生的,就是那位从达林顿家族手里买下那幢宅第的美国绅士。"

"喔,那您就不大可能认识那位达林顿勋爵了。我只是很好奇他到底什么样子。他是个什么样的人。"

我告诉那人我得上路了,郑重地感谢了他的热心帮助。他可真是个可亲可爱的小伙子,不厌其烦地引导我把车倒出大门,分别前,他俯下身再次推荐我去参观一下当地的那个池塘,反复告诉我该怎么到那儿去。

"那是个很美的小地方,"他补充道。"要是错过了你肯定会后悔的。事实上,上校这会子就正在那儿钓鱼呢。"

福特车确乎又回到了最佳状态,既然那个池塘离我预定的线路并不远,只需稍微绕一下,我就决定从善如流,采纳那位勤务兵的建议。他的指示听起来原本挺清楚的,可是我一旦离开了主干道,打算照他的指示往那儿开,我就发现自己在那些狭窄而又曲里拐弯的小路上迷了路,那些小路就跟之前我第一次闻到那令人心焦的气味时的路段非常相似。有时候道路两旁的树木是如此浓密,几乎完全把阳光给遮住了,于是我的眼睛就不得不努力地去适应明亮的阳光与阴暗的浓荫之间的强烈反差。不过在经过一番搜寻之后,我终于还是找到了那个指向"莫蒂默池塘"的路标,于是在半个多钟头前,我顺利抵达了这个景点。

此刻我觉得自己真该深深地感激那位勤务兵,因为除了帮我修好了车以外，他还让我发现了这么一个万分迷人的所在，要是没有他，我是绝不可能找到这儿来的。池塘并不大——周长估计不过四分之一英里左右——只要站在任何一个突起的位置，它的全景你都可以尽收眼底。这里弥漫着一种异常静谧的气氛。池塘周遭遍植树木，其密度恰好能为池畔提供宜人的荫蔽，这里那里一丛丛高高的芦苇和香蒲钻出水面，也打破了那静止不动的天光云影。我脚上的鞋子颇不便于我绕着池畔走上一圈——从我现在坐着的位置就能看到池畔的小径逐渐没入了一片片深深的泥泞中——不过我要说，一见之下这正是此地风景的魅力所在，我真想踩着泥泞走上那么一圈。只有在想到这样一番探险可能导致的灾难性后果，想到这么一来我身上这套旅行服装就要毁于一旦了，我这才按捺住这一时的冲动，退而求其次地满足于坐在这条长凳上静静地欣赏。半个钟头过去了，我就这么坐在这里，静观池畔各个位置静坐垂钓者的进展。从我坐的那个位置，我大约能看到十来位钓客，不过那强烈的日光再加上低垂的枝柯形成的树荫却让我无法看清楚他们当中的任何一位，于是我也不得不放弃之前期望着不妨一试的那个小游戏：猜测哪位钓客有可能是刚刚帮了我一个大忙的那幢宅第的主人——那位退役的上校。

无疑，正是周遭环境的清幽使我能够更为全面透彻地细细思考这半个多钟头以来进入我思绪的那些念头。的确，要不是周围的这份静谧，我也不太可能再细细去咂摸跟那位勤务兵邂逅以后我自己的言行举止。也即，我为什么要给人留下我从未受雇于达林顿勋爵这样一个明确的印象。因为毋庸置疑，方才发生的情形确实是这样的。他问我："您是说，您当真曾为那位达林顿勋爵工作过？"而我给出的回答只能被理解为我并没有为爵爷工作过。当时我也可能只是突发奇想,并无深意——不过对于如此明显的怪异举动,这恐怕很难说是个令人信服的解释。因为不管怎么说,我现在都得承认,像是跟勤务兵之间发生的类似的小插曲,这已经并非是头一遭了;虽说我对其性质还没有明确的认识,不过这个小插曲无疑跟几个月前威克菲尔德夫妇来访期间发生的那件事有些必然的联系。

威克菲尔德先生和太太是对美国夫妇,已经在英国——据我所知,是在肯特郡的某个地方——定居了有二十年了。因为跟法拉戴先生在波士顿的社交圈里有些共同的熟人,他们有一天就造访了达林顿府,待到用过午餐,在下午茶之前离开。那个时候法拉戴先生来到达林顿府也不过几周的时间,他对这处房产的热情正是最为高涨的时候;于是威克菲尔德夫妇来访的大部分时间都花在参观这处房产上,由我的雇主亲自带领上上下下看了一个遍,连那些罩着防尘布的区域都没放过,实在是显得没这个必要。不过,威克菲尔德夫妇对于四处探访表现出来的兴致至少跟法拉戴先生一样高涨,我在府里各处忙我工作的时候,经常会听到从他们刚刚到达的地方传来的各式各样美国人所特有的赞叹和惊呼声。法拉戴先生是带领客人从顶楼开始参观的,等他们来到底层逐一参观那些富丽堂皇的厅堂时,他已经像是坐上了一飞冲天的飞机,陶陶然、飘飘然了,不厌其烦地向客人指出檐口和窗架上那精雕细琢的细部,手舞足蹈地描述"那些英国的爵爷"在每个房间都曾做过些什么。我当然不会有意去偷听,不过从听到的一句半句当中也就知道他们谈话的大意了,我不禁为我的雇主知识面之广博而感到吃惊,其中除了偶有不尽不实之处以外,足以透露出他对英式传统和习惯的深深迷恋。值得注意的还有,威克菲尔德夫妇——尤其是威克菲尔德太太——对我国的传统其实也所知甚详,从他们的言谈话语当中可以得知,他们自己也拥有一幢颇为富丽堂皇的英式旧宅。

在那次参观探访活动的某个阶段——我从门厅那儿穿过,本以为宾主一行已经到户外参观庭院去了——发现威克菲尔德太太并没有出去,正在仔细地检视通往餐厅的那道石质的拱形门廊。我从她身边经过时,轻声道了声"请原谅,夫人",她转过头道:

"哦,史蒂文斯,也许你能够告诉我。这座拱廊看起来像是十七世纪的,不过它难道不是相当晚近的时候才添造的吗?也许就是达林顿勋爵的时代修建的?"

"有这个可能,夫人。"

"非常美。不过它有可能是仿造时期的一个产物,其实只有几年的历史。难道不是这样吗?"

"我不能确定,夫人,不过确实有此可能。"

接着,威克菲尔德太太刻意压低嗓音道:"不过请跟我说说,史蒂文斯,这位达林顿勋爵到底是什么样子的呢?你想必肯定是为他工作过的。"

"没有,夫人,我并没有。"

"哦,我还以为你有过呢。奇怪了,我怎么会有那样的想法呢。"

威克菲尔德太太转回头去继续端详那座拱廊,把手放在那上面道:"如此说来我们是没办法确定了。不过,在我看来它还是像一件仿造品。非常精妙,但是仿造的。"

本来我可能很快就会把这次短暂的交谈完全忘掉的;然而,在威克菲尔德夫妇离开后,我把下午茶给法拉戴先生端到会客厅

里的时候,却注意到他显得颇为心事重重。经过开始的一段沉默后,他说:

"你知道吗,史蒂文斯,威克菲尔德太太对这幢宅子的好感并没有我原本料想的那般强烈。"

"是吗,先生?"

"事实上,她似乎认为我夸大了这座庄园的背景和世系。认为所有那些可以追溯到几世纪前的建筑特色都是我编造出来的。"

"真的吗,先生?"

"她不断地断言每一样东西这也是'仿造的'那也是'仿造的'。她甚至认为连你都是'仿造的',史蒂文斯。"

"真的吗,先生?"

"真的,史蒂文斯。我跟她说过你是货真价实的,一位货真价实的老牌英国管家。跟她说你在这幢老宅里已经工作了三十多年,效命于一位货真价实的英国爵爷。可是威克菲尔德太太在这一点上都敢于反驳我。事实上,她反驳我的时候显得可有把握了。"

"是吗,先生?"

"威克菲尔德太太确信,史蒂文斯,你是在被我雇定以后才到这儿来工作的。事实上,她给人的印象是这都是你亲口告诉她的。你应该能够想象,这让我显得十足像个傻瓜。"

"这真是太令人遗憾了,先生。"

"我的意思是说,史蒂文斯,这确是一幢名副其实、历史悠久的英国府第,难道不是吗?我就是为了这个才花钱买下了的。你是一位名副其实的旧式英国管家,并不是什么小男仆假装冒充的。你是货真价实的,不是吗?我想要的是真货,我得到的难道不是真货吗？"

"我敢说您得到的确实是真货，先生。"

"那么你能跟我解释一下威克菲尔德太太到底在说些什么吗？对我来说这可真是个不解之谜。"

"关于我的职业，我确实有可能对这位夫人造成了一点点误导，先生。如果由此而导致了您的难堪，我要向您郑重地道歉。"

"我得说，这确实让我很难堪。那些人现在肯定把我当成吹牛大王和骗子手了。可是，你说你有可能对她造成了'一点点误导'，你这话到底是什么意思？"

"我深表歉意，先生。我原不知道我有可能会让您这么难堪的。"

"真该死，史蒂文斯，你为什么要跟她编这么个故事呢？"

我权衡了一下当时的情势，而后说道："我深表歉意，先生。不过我这么做是出于本国传统礼俗的考虑。"

"你到底在说些什么呀，伙计？"

"我的意思是说，先生，在英国，一个雇员随便议论他前任的雇主是不符合礼俗的行为。"

"史蒂文斯，你不希望辜负前任雇主对你的信任，这很好。但你至于离谱到空口白牙地否认在我之前就再没有为别的人工作过吗？"

"如果您要这样说的话，这确实显得有些离谱了，先生。不过对于雇员来说，给人这样的印象的确经常被认为是值得称许的。就让我这么来说吧，先生，这就有点像是婚姻方面的习惯性做法。如果一位离过婚的女士陪同她的第二任丈夫抛头露面，通常认为还是压根不要提及她的前一段婚姻更为合适。在我们这一行里，也有类似的习惯性礼俗。"

"好吧，要是我能早点知道你们有这些讲究就好了，"我的雇主说着靠回到椅背上去。"这让我看起来活像是个傻瓜。"

我相信即便就在当时，我也已经意识到我对法拉戴先生的解释——虽说，当然了，并没有全然违背事实——非常不幸，是很不充分的。不过当一个人有太多别的事情需要考虑的时候，也就很自然地不会过多地去考虑这类问题了，所以有段时间我也确实把整个儿这个插曲全都抛在了脑后。可是如今在池塘边这静谧的环境中再次回想起此事，就可以看出，那天我对威克菲尔德太太的那番举动毫无疑问跟今天下午刚刚发生的这件事是有明显的关联的。

当然了，现如今很多人对于达林顿勋爵都发表过很多无知的谬论，也许您会以为我是对自己跟爵爷的关系感到难堪或是羞耻，而正是为此才会做出了那样的举动。那就让我在此明确地予以澄清，事实绝非如此。现在人们听到的有关爵爷的传闻，其绝大多数都纯属无稽之谈，几乎没有任何事实的根据。在我看来，如果将我那古怪的举动解释为希望借此避免再次听到有关爵爷的无稽之谈，这确实倒是颇为讲得通的；也就是说，在这两次事件当中我都选择以善意的谎言予以应对，无非是为了避免不愉快的事情发生。我越想越是觉得这的确像是非常合理的解释；因为确实，这些日子以来最让我感到恼怒的就无过于反复听到这种无知的谬论了。让我这么来说吧，达林顿勋爵是一位具有崇高道德地位的绅士——这种高度足以使那些传播有关他的无知谬论的绝大多数人都相形见绌——而且我非常乐意担保，他这种高度的道德感一直到他逝世都未曾有过丝毫的松懈。如果有人以为我会因为自己跟这样一位绅士的关系而感到后悔的话，那可绝对是大谬不然。事实上，您应该可以理解，在过去那么长的岁月中我都得以朝夕侍奉、亲炙爵爷，就等于是最为接近了这个世界运行的轴心，而这正是我这样的人所梦寐以求的最佳契机。我为达林顿勋爵整整服务了三十五年；如果我说在这些年间，我是真正意义上的"隶属于显赫门庭"的话，这肯定是不会有丝毫疑义的。回顾我迄今为止的职业生涯，我最大的满足即来自那段岁月所获得的成就，今天，对于自己居然能获得如此之殊荣，我体验到的唯有最为深切的自豪与感恩。

第三天——上午

汤顿市,萨默塞特郡

昨夜我投宿于萨默塞特郡汤顿城外不远处的一家小旅店，名叫"马车与马"。这是位于路边的一幢茅草屋顶的小村舍，在最后一线夕阳当中我来到这里的时候，从福特车内望去，那小旅店显得异常迷人。店老板领我走上一段木质楼梯，来到个小房间里，屋内陈设相当简朴却非常适用。他问我是否用过了晚餐，我就请他送一份三明治到我房间里，结果证明我这个选择虽说简单无比，却非常令人满意。不过随着夜幕的降临，我在房间里开始有点坐立不安了，最后我决定还是到楼下的酒吧里去尝一点当地的苹果酒。

总共有五六位顾客，全都聚在吧台周围——从外表看来都是干各种农活儿的——房间的其余部分还是空荡荡的。我向店老板要了一啤酒杯的苹果酒，在距离吧台有段距离的一张桌子边坐下来，打算放松一下，并且整理一下这一天来的思绪。不过没过多久我就意识到，我的出现还是干扰了那几位本地人，他们似乎觉得有必要表现一下好客之道。每次他们的闲谈稍有停歇，他们其中就总有一位朝我坐的方向偷瞄上一眼，仿佛是一心想找个机会跟我攀谈两句。最后，终于有个人提高嗓门对我说：

"看来您是要在楼上住一宿了，先生。"

我跟他说正是如此，说话的那位表示怀疑地摇了摇头道："您在楼上恐怕是睡不了几个钟头的，先生。除非是您喜欢老鲍勃弄出来的动静，"——他指了指店老板——"砰砰地在这底下一直闹到夜半三更。天刚破晓您就会被他老婆冲他吼叫的声音给吵醒的。"

尽管店老板一叠声地抗议，还是引来周围人等的哄堂大笑。"确实如此吗？"我说。说话间，我突然想到——最近有好多次在法拉戴先生面前也有同样的念头浮起——这时候我应该回应一句俏皮话之类的。的确，那帮当地人此时都颇有礼貌地保持着沉默，等着我下面的言辞。我于是搜索枯肠，最后终于道：

"堪称本地的鸡鸣变奏曲喽，无疑该是。"

起先，沉默仍在继续，仿佛那些当地人以为我还有进一步的发挥。不过在注意到我脸上那逗人发笑的表情时，这才爆发出一阵笑声，但笑得总有点困惑不解的意思。完了以后他们又重新回到之前的闲谈当中，我也再没有跟他们有什么言谈往还，直到不久之后互道了一声晚安。

我刚想到那句俏皮话的时候，还颇曾感觉沾沾自喜，而且我得承认，眼看着它的效果居然不过如此，我还是稍稍有些失望的。我尤其感到失望之处，我想，正在于最近的这几个月来我颇花了不少时间专用来提升我在这一领域的技巧。也就是说，最近我一直竭尽所能将这一技巧添加到我的职业锦囊当中，以便于可以满有把握地充分满足法拉戴先生在打趣调侃方面对我所抱的期望。

比如说，近来我只要有一点空余时间，就会回到房间里去听无线电广播——像是碰到法拉戴先生晚间外出的时候。我经常收听的一个节目叫作《每周两次或更多》，实际上每周播出三次，基本上是由两位主持人针对读者来信提出的各种话题进行幽默的评论。我一直都在认真地研究这个节目，因为它表现出来的谐趣，其品位一直都是最高的，而且在我看来，其基调也跟法拉戴先生可能期待我表现出来的风趣相去不远。从这个节目得到启发以后，我已经设计出了一个简单的演练方案，我争取每天至少实际操练一次；只要一有空闲，我就尝试以当时所处的即时环境为素材，构想出三句俏皮话来。或者，作为这同一种演练的变通方式，也可能会尝试着以过去一个钟头内发生的事件构想出三句俏皮话来。

如此一来，您可能也就会理解对于昨天晚上的那句俏皮话，我所感到的失望之情了。起先，我以为它不太成功的原因可能是我说得不够清楚。可是在我已经回房休息以后，我才想到我有可能已经冒犯了这些当地人。毕竟，我那句俏皮话很容易被理解为我是在暗示老板娘就像一只鸡——当时我可是绝无此意的。这个想法在我尽力入睡的过程中继续不断地折磨着我，我甚至都有些想在今天一早跟店老板正式道歉了。可是他在为我端来早餐时表现得非常愉快，情绪上没有任何的保留，最后我也就决定略过不提了。

不过这个小小的插曲极好地说明了那些脱口而出的俏皮话有可能带来的风险。由于谐趣的本质就在于当下的急智反应，你在顺应情势把一句俏皮话抛出去之前是不会有时间去充分评估它可能引发的各种后果的，你要是没有事先就掌握了必要的技巧和经验，就有极大的风险会脱口说出各种不甚得体的话语来。只要假以时间和勤学苦练，没有理由认定我在这个领域就成不了行家里手，不过既然存在这样的风险，我已经决定现在最好还是暂时不要急着去履行法拉戴先生期望于我的这一责任，等我多加练习、熟谙此道以后再去表现不迟。

不管怎么说吧，我很遗憾地向诸位报告，昨晚那些当地人当作玩笑话来说的——预计我是睡不好的，因为楼下不时地会有干扰——倒是被证实了果不其然。老板娘倒是并没有大呼小叫，可是你能听到她跟她丈夫两个人一直在楼下四处走动忙活这忙活那，一边喋喋不休地说个没完，而且今天一大早就又开始了。不过，我能够体谅这对夫妻，因为他们很显然已经养成了辛勤劳作的习惯，至于他们制造出来的那些噪声，也全都应该归因于此。再者说了，我昨天也说过那么一句很不得体的俏皮话，所以我在向店老板致谢的时候丝毫没有提及我其实一夜未曾安枕，然后我就动身前去探访汤顿这个著名的集镇①了。

也许，我昨晚本该在我眼下正愉快地享用一杯早茶的这家店里住宿的。因为的确，外面的店招上大字写着，店里不仅提供"茶点、小吃和蛋糕"，还有"干净、安静而又舒适的客房"。这家店就位于汤顿的主街之上，离市集广场咫尺之遥，是一幢有些沉陷的建筑，外观以深色的木质桁梁为特色。眼下我就坐在它那宽敞的茶室里，墙面是橡木镶板，茶桌的数量我猜就是同时招待二十几位客人都丝毫不会显得拥挤。两位快活的年轻姑娘站在柜台后面负责招待顾客，柜台上陈列着琳琅满目的各色糕点。总而言之，这是个享用早茶的绝佳场所，可是愿意光顾此地的汤顿居民却出奇地稀少。眼下，店内的顾客除了我以外就只有两位上了年纪的女士，并肩坐在我对面靠墙的一张桌子边；还有一位男士——可能是位退休的农夫——坐在一扇巨大的凸窗旁边。我看不清他的长相，因为明亮的晨光此刻将他照得只剩下了一个剪

---

① 集镇（market town），定期举行集市贸易的市镇。

影。不过我能看得出他正在仔细地阅读手里的报纸，时不时地抬头望一下窗外人行道上的过路人。他的这一举止起先让我以为他是在等什么人，不过后来看来他不过是想跟路经此处的熟人们打个招呼。

我自己几乎隐藏在茶室最里面的靠墙位置，不过即便隔着整个房间的距离，我依然能清楚地看到户外阳光朗照的街道，还能辨认得出对面人行道上的路标，上面指出了几个附近的目的地。其中一个目的地是默斯登村。您或许也会觉得"默斯登"这个地方听来耳熟，我昨天在道路交通图上第一次看到这个地方时心里也是一动。实际上，我必须承认，我甚至一度想稍稍调整一下既定的路线，绕点路前去亲眼看看那个村庄。萨默塞特郡的默斯登曾是吉芬公司的所在地，在过去，人们都是向默斯登发送订单，订购吉芬公司生产的抛光用深色蜡烛的，该产品是"切成薄片后与上光蜡粉以手工混制而成"。在很长一段时间里，吉芬的产品绝对是市面上最好的银器上光剂，一直到战前不久，市场上出现了新式化工替代品以后，对这一优质产品的需求才开始衰落。

我记得，吉芬银器上光剂是二十年代初问世的，而且我能肯定，我并非唯一一个将这一产品的出现与我们业内心态上的转变紧密联系在一起的人——那一转变将为银器清洁上光的工作推到了至为重要的中心位置，而且总体说来直到今天仍是如此。这一重心的转移，我认为，就像这一时期其他众多的转变一样，是一种代际间的变革；正是在那些年间，我们这一代管家已经"长大成人"，尤其是像马歇尔先生这样的人物，在使银器上光成为核心要务方面扮演了关键性的角色。当然这并不是说为银器清洁上光的工作——尤其是那些会摆上餐桌的银制器皿——在过去并没有得到严肃的对待。但如果说，比如家父那一代管家并没有把这项工作看得有如此重要，这应该不算是有失公允的；有如下事实可资证明：在当时，大户人家的管家极少有人亲自监管银器清洁上光的工作，大都认为交给像是副管家这样的下属去督管也就足够了，只不过时不时地检查一下而已。大家公认是马歇尔先生首度全面认识到了银器的重要意义——亦即，阖府上下再也没有其他任何物件会像餐桌上的银器那般受到外人如此深入的仔细审视，由是，银器也就起到了衡量一户人家整体水准的公共指数的作用。马歇尔先生是第一位因为将沙勒维尔府的银器抛光到前此无法想象的程度，使得来访的淑女士绅为之而心醉神迷的人物。势所必然，全国上下的管家们在各自雇主的压力之下，很快也就将全副精力集中在银器的清洁上光这一问题之上了。我记得，很快也就有好几位管家异军突起，每一位都宣称自己发现了可以超过马歇尔先生的妙方——这种妙方他们又无不装模作样地当作独得之秘概不外传，就如同那些独守祖传食谱秘方的法国名厨一般。可是我确信——在当时我就这么认为——像是杰克·内伯斯之辈所卖弄的那些煞有介事而又神秘兮兮的上光步骤对于最终的结果是极少甚至根本就不会有任何作用的。在我看来，这项工作并无任何神秘可言：只要你使用上好的上光剂，只要你加以严格的督责即可。吉芬曾是当时所有独具慧眼的管家们的共同选择，只要使用得法，你就无须担心自家的银器会比任何人家的有丝毫逊色。

我很高兴能够回忆起，达林顿府的银器有好几次都对于客人产生了可喜的影响。比如说，我记得阿斯特夫人曾经说过，语气中不无一定的苦涩，我们的银器"有可能是无与伦比的"。我还记得曾亲眼看到萧伯纳①先生,那位著名的剧作家,有天晚上在餐桌上极为仔细地检查他面前的那把吃甜点的小银匙,还特意把它举到灯光底下,拿它的表面跟手边的主菜盘进行细细的比照,对于周围的客人则完全视而不见。不过,如今回忆起来最让我感到得意的,应属某个夜晚一位相当显赫的人物——一位内阁大臣,不久后即出任外交大臣——对达林顿府进行的一次绝对"不宜公开"的访问。事实上,既然当时那些来访所造成的结果早已详细地记录于文献当中,我也就没有理由再遮遮掩掩了,我所说的这位访客就是哈利法克斯②勋爵。

结果,那次特别的来访只是哈利法克斯勋爵与时任德国驻英大使里宾特洛甫③先生之间整个一连串此类"非官方"会晤的开始。不过在那第一个晚上,哈利法克斯勋爵的态度却极为审慎;实际上他来到达林顿府的第一句话就是:"说实话,达林顿,我真不知道你敦促我到这儿来干什么。我知道我肯定会为此而后悔的。"

里宾特洛甫先生估计还要一个多钟头才能到,爵爷于是就建议先带客人参观一下达林顿府——这个策略曾帮助不少精神紧张

---

① 萧伯纳(George Bernard Shaw, 1856—1950),英国剧作家、评论家,费边社会主义者,主要剧作有《恺撒和克娄巴特拉》《人与超人》《巴巴拉少校》《皮格马利翁》《圣女贞德》等,获一九二五年度诺贝尔文学奖。
② 哈利法克斯(Edward Frederick Lindley Wood Halifax, 1881—1959),英国保守党人,历任印度总督、上院领袖等要职,在外交大臣任内对纳粹德国实行绥靖政策,后任驻美大使,称号为哈利法克斯伯爵一世。
③ 里宾特洛甫(Joachim von Ribbentrop, 1893—1946),纳粹德国战犯,外交部部长,一九三六至三八年曾任驻英大使,一九三九年赴莫斯科签订《苏德互不侵犯条约》,战后被纽伦堡国际军事法庭判处绞刑。

的客人放松下来。不过我在继续忙我的工作的时候，多次听到哈利法克斯勋爵在府里不同的地方不断地表达着他对于当晚那次会晤的疑虑之情，达林顿勋爵对他的反复安抚也终归是徒劳。可是又过了一段时间，我突然听到哈利法克斯勋爵惊呼道："我的天哪，达林顿，尊府的这些银器真是太赏心悦目了。"当时我听到这样的赞誉自然是非常高兴，不过这个小插曲所带来的真正令人满意的结果却是两三天后才出现的，达林顿勋爵特意对我说："顺便说一句，史蒂文斯，咱们的银器那天晚上给哈利法克斯勋爵留下了极为深刻的美好印象，使得他整个的心绪都为之而一变。"这是——我记得很清楚——爵爷的原话，所以那可绝非是我个人的想入非非：银器所保持的良好状态对于缓和那晚哈利法克斯勋爵和里宾特洛甫先生之间的紧张关系，的确做出了虽说微不足道却又是意义重大的贡献。

话已至此，关于里宾特洛甫先生的情况我再多说几句或许也不为过。当然，现在大家普遍接受的看法是里宾特洛甫先生是个大骗子手：那些年间希特勒的计划就是尽可能长时间地欺骗英国，隐瞒其真实意图，而里宾特洛甫先生在我们国家唯一的使命即具体地实施这一骗术。如我所说，这是大家普遍持有的观点，我并不想在此提出异议。然而，令人着恼的是听到大家如今说起这件事来的那种口气，就仿佛他们从未有一时一刻上过里宾特洛甫先生的当似的——仿佛就只有达林顿勋爵一个人相信他是位高尚的绅士，只有爵爷一个人跟他建立过工作上的关系似的。事实是，在整个的三十年代，里宾特洛甫先生在所有那些最为显赫的宅第中都被视为一位备受尊敬的人物，甚至是位光彩照人、富有魅力的人物。尤其是在一九三六和三七年间，我还记得仆役大厅里随侍主人来访的仆佣们围绕着"那位德国大使"的所有那些话题，从他们的谈话当中可以清楚地了解到，当时本国的许多最为显赫的名媛和士绅都很为他着迷和倾倒。如前所说，听到同样这些人现在谈起当时的情况居然完全变了样，尤其是有些人说到爵爷的那些话，实在是令人着恼。只要看看他们其中几位当年的邀客名单，你立刻就会明白这些人有多么伪善；你就会看得清清楚楚，当初里宾特洛甫先生不仅仅是在同样这些人的餐桌上用过餐，而且还经常是作为贵宾被奉为上座的。

不仅如此，你还会听到同样这些人说起来就好像是因为达林顿勋爵做了什么见不得人的事，所以他在那些年间的几次德国之行才受到了纳粹的特别礼遇。如果，比方说，只要《泰晤士报》刊登一份纽伦堡集会①期间德国人大宴宾客的邀客名单，我想这些人肯定就不会这么大言不惭地胡说八道了。事实上，英国最为显贵、最受尊敬的名媛和士绅都曾受到德国领导人的殷勤款待，而且我敢发誓，我亲眼所见、亲耳所闻这些人当中的绝大多数从德国回来以后对于招待他们的东道主都赞誉有加。任何对于达林顿勋爵当初是在跟一位众所周知的敌人暗通款曲的暗示，都可以说是只图自己方便而完全罔顾了当时真实的政治气候。

还需要说明的一点是，有人声称达林顿勋爵是个排犹主义者，或者说他跟类似英国法西斯主义者同盟那样的组织过从甚密，这都绝对是卑鄙龌龊的无耻谰言。这类说法只能是那些对于爵爷的为人一无所知之辈的诬罔之词。达林顿勋爵对于排犹主义

---

① 纽伦堡集会（Nuremberg Rally），即德意志帝国一九二三至一九三八年每年一度的纳粹党代会，在一九三三年希特勒掌权后尤其成为盛大的年度纳粹宣传活动。

憎恶之极；我就亲耳听他在好几个不同的场合表达过他在面对排犹主义情绪时的厌恶之情。还有人指控爵爷从不允许犹太人踏入达林顿府一步或者从不雇用犹太员工，这也是完全没有根据的信口雌黄——唯一一次例外或许就是三十年代发生过的一个非常微不足道的小插曲，结果后来却被言过其实地大肆渲染。至于说到那个英国法西斯主义者同盟，我只能说任何有关将爵爷跟这些人联系起来的说法都是非常荒唐可笑的。我要说的是，奥斯瓦尔德·莫斯利爵士①，领导"黑衫党"的头目对达林顿府的造访最多只有三次，而且全都是在该组织成立的早期，那时候他们还没有背叛其初衷。一旦黑衫党运动的丑恶嘴脸大白于天下——且不说爵爷比大多数人都更早地看穿了他们的真面目——达林顿勋爵就再未跟这些人有任何瓜葛了。

再怎么说，这类组织对于本国政治生活的核心而言也根本就是无足轻重的。您应该能够理解，达林顿勋爵是那种只会致力于那些真正的核心事务的绅士，而且多年以来他所努力罗致的也都是那些对于这类令人厌恶的边缘组织避之唯恐不及、距离十万八千里的人士。他们不但备受尊敬，而且都是对英国的政治生活具有真正影响力的人物：政治家、外交家、军方人士和神职人员。的确，这其中就有犹太人，单单这一个事实就足以说明，有关爵爷的大多数传闻是多么地荒诞无稽。

不过我跑题了。我谈的原本是银器，以及哈利法克斯勋爵

---

① 莫斯利爵士（Sir Oswald Mosley, 6th Baronet, 1896—1980），英国法西斯主义者同盟头目，一九一八至一九三一年在下院工作，相继为保守党党员、无党派人士和工党党员，一九二九至三〇年在工党政府任职，一九三二年创立英国法西斯主义者同盟。

跟里宾特洛甫先生会晤的那天晚上，达林顿府的银器给他留下了多么深刻的印象。请允许我特别澄清一下，我可从来就没有暗示过一个原本极有可能令我的雇主大为失望的夜晚，完全是因为银器擦得雪亮就变得无比成功了。不过，正如我说过的，达林顿勋爵就曾亲口表示过，那些银器至少有可能是那晚使来宾的心情大为改观的一个小小的因素，如果我在回顾这样的事例时怀有一种称心满意的心情，或许也不算是太过荒唐可笑吧。

我们这一行中也有一些人认为无论为什么样的雇主服务都是没什么实质性的不同的；认为我们这代人中盛行的那种理想主义——即我们这些做管家的应力争去为那些能够促进人类福祉的伟大的绅士们服务的这种观念——只不过是唱高调，并无现实的基础。当然，显而易见，散布这种怀疑主义论调的个人，结果无一例外地证明自己只是我们这一行中的平庸之辈——他们知道自己根本就不具备跃居显要位置的能力，所以只能力图将尽可能多的同行拉低到他们自己的水平——没有人愿意认真对待这样的观点。即便如此，如果能够从自己的职业生涯中举出一些实例，以清楚地烛照出他们是何等大谬不然，这仍旧是令人感到满意的赏心乐事。当然了，我们所追求的是为自己的雇主提供全面而又持久的服务，其价值绝不该被降低至几个特定的实例——比如上述跟哈利法克斯勋爵有关的这件事。但我要说的是，正是这一类的实例，透过时间的流逝愈加清晰地彰显出一个无可辩驳的事实；即此人曾经有幸身处于那些重大事件至为枢纽的位置，实践了自己的职业操守。而且此人或许有权利体验到一种满足感，这是那些安于为平庸的雇主服务之辈所永远无缘体味的——这种满足感就在于，它让你有理由可以说，我所付出的努力，不管多么微不足道，毕竟对于历史的进程做出了属于自己的贡献。

不过也许一个人不该如此频繁地回望过去。毕竟，摆在我面前的仍有要求我尽心服务的好多个年头。法拉戴先生不仅是位最好的雇主，他还是位美国绅士，这肯定是我责无旁贷的义务，向他充分展示英国最高的服务水准。既然如此，将自己的注意力聚焦于当下就是至为重要的了；必须谨防因为过去所取得的一点点成就而滋生任何自满的情绪。因为不得不承认，在过去的几个月中，达林顿府内的现状已经显得不那么尽如人意了。近来已经出现了几次小小的疏失，这其中就包括去年四月发生的那个跟银器有关的小插曲。万幸的是当时法拉戴先生并没有客人在场，不过即便如此，那对我而言也是极端难堪的一刻。

事情发生在某天上午的早餐时间，在他那方面，法拉戴先生——要么是他宅心仁厚，不忍苛责，要么就是因为他是个美国人，所以对那次差错的程度缺乏认识——自始至终未曾有过只字的埋怨。他在餐桌前就座以后，只是拿起一把餐叉细看了一下，用指尖碰了碰叉尖，然后就将注意力转移到晨报的头版新闻上去了。他整个的姿态都是以一种漫不经心的方式做出的，不过当然了，我已经全都看在了眼里，马上快步走上前去，拿走了那样碍眼的东西。可能因为我心里不安，动作太快了一点，因为法拉戴先生略为有些吃惊，嘟囔了一句："啊，史蒂文斯。"

我拿着那把餐叉快步走出房间，没作任何耽搁马上又拿了一把令人满意的餐叉回来。我朝餐桌走去的时候——法拉戴先生显然已经全神贯注于他的报纸当中——我也想到我可以悄没声地把餐叉放在桌布上，不要打搅了我的主人读报。可是，我已经想到了法拉戴先生有可能是为了不让我感到难堪才佯装浑然不觉的，如果我这么偷偷摸摸地把餐叉换回去，恐怕会被主人误解为对于自己的疏失我非但不痛心疾首，反而自鸣得意——或者更糟，是试图予以遮掩了。正是为此，我于是决定我应该带有某种强调的意味把餐叉放回到桌上才算合适，结果是又让主人吃了一惊，他抬眼一看，又嘟囔了一句："啊，史蒂文斯。"

类似这样的疏失，在过去的这几个月里，自然是对我身为管家的自尊心的一种伤害，不过话又说回来了，我认为这只是人手短缺造成的，并没有理由相信它们是更加严重的问题的先兆。并不是说人手短缺的问题无足轻重；不过只要肯顿小姐当真愿意重返达林顿府，我相信这样的小小疏漏也就自然会成为过去。当然了，我们必须谨记，肯顿小姐在来信上并没有愿意复职的明确表示——顺带提一下，昨晚在关灯之前我又在房内重读了一遍。事实上，我必须承认确实有这种可能，即我出于一厢情愿的工作上的考虑，而过于夸大了她那方面有此意愿的蛛丝马迹。因为我必须承认，昨晚我不无惊讶地发现，还真的很难明确指出她来信当中有任何一段清楚明白地表示出了她想回来工作的愿望。

不过话又说回来了，现在也不值当地再在这样的问题上煞费苦心地去思忖揣测，因为很可能在四十八个钟头之内我就能够跟肯顿小姐当面进行晤谈了。不过我还是得承认，昨天晚上我躺在黑暗当中，听着楼下传来的店老板和老板娘洗洗涮涮的声响，我还是颇花了不少的时间，在我脑子里反复地琢磨肯顿小姐信中的字句。

第三天——傍晚

莫斯科姆村，近塔维斯托克，德文郡

我觉得也许有必要再回到爵爷对待犹太人的这个问题上多说几句,既然排犹主义的这整个问题,我意识到,近来已经变得如此敏感。尤其是,让我在此澄清一下外界有关达林顿府绝不雇用犹太人的传闻。既然这一指控直接就落在我本人的管辖范围,我也就能有绝对的权威予以批驳了。在我服侍爵爷的这全部的岁月当中,我的雇员里面一直都有很多的犹太人,而且我要再补充一句的是,他们从来都没有因为其种族的缘故而受到任何不同的对待。你真是猜不出这些荒唐无稽的指控到底所为何来——除非,这是非常荒谬可笑的,它们全都源自三十年代初期那短暂的几个星期里发生的几件完全无足轻重的小事,在那段时间里卡罗琳·巴尼特太太曾对爵爷拥有过某种非同寻常的影响力。

巴尼特太太是查尔斯·巴尼特先生的遗孀,当时四十开外——是位非常健美端庄,有人也会说是光彩照人、魅力四射的女士。她拥有聪颖无比、令人敬畏有加的盛誉,在当年,你经常能听说她是如何在宴会上就当今某个重大问题将这位或是那位饱学之士羞辱得无地自容的传闻。在一九三二年的大半个夏季里,她曾是达林顿府的常客,经常跟爵爷一谈就是几个钟头,就重大的社会或者政治问题深入地交换意见。我记得,也正是这位巴尼特太太,曾带领爵爷数度深入伦敦东区最贫穷的地段,进行"有向导引领的视察工作",其间,爵爷曾亲自实地访问了那些年间很多身陷赤贫境地的人家。这也就是说,巴尼特太太极有可能在促使爵爷越来越关心我们国家的贫困问题上做出过重要的贡献，如此说来，她对于爵爷的影响也不能说全都是负面的。不过当然了，她是奥斯瓦尔德·莫斯利爵士领导的"黑衫党"组织的成员，而爵爷与奥斯瓦尔德爵士仅有的几次接触也就在那年夏天的几个星期之内。我猜想，应该就是在这短短的几周里发生在达林顿府里的几桩完全不具有典型意义的事件，给那些荒唐无稽的指控提供了完全站不住脚的所谓依据。

我将其称为"事件"，但其中有一些根本就不值一提。比如说，我记得在一次晚宴上听到他们提到某一份报纸，爵爷对此的反应是："哦，你们说的是那份犹太宣传单啊。"同样还是在那段时期里另有一次，我记得他指示我不要再给某个定期上门募捐的当地慈善组织捐款，因为其管理委员会"或多或少都是犹太人组成的"。我之所以记得这些确切的表达，是因为当时乍听之下我真是大为惊讶，爵爷此前可是从未对于犹太民族表露过任何的敌意。

再后来，当然就是终于出了那档子事。有天下午爵爷把我叫到他的书房里，起先只是一些大而化之的闲谈，问问我府里的情况是否一切正常，然后他就说：

"最近我反反复复思考良久，史蒂文斯。思考良久。我已经得出了结论。我们达林顿府里不能雇用犹太员工。"

"先生？"

"这是为了我们府里着想，史蒂文斯。是为了来我们这里做客的客人的利益着想。我已经就此做过认真的调查，史蒂文斯，我现在就是要让你知道我的结论。"

"很好，先生。"

"告诉我,史蒂文斯,目前我们的员工当中就有几位,对吧?犹太人,我是说。"

"我相信目前我们的员工当中有两名是属于这个类别的,先生。"

"啊。"爵爷沉吟了半晌,凝视着窗外。"当然,你必须让他们离开。"

"您说什么,先生?"

"这非常令人遗憾,史蒂文斯,可我们别无选择。必须考虑到我的客人们的安全与康乐。我可以向你保证,对此问题我已做过认真的调查,而且彻彻底底地考虑清楚了。这完全是出于我们最大利益的考虑。"

这其中涉及的两位员工,事实上都是卧房的女仆。所以,如果不事先将此情况告知肯顿小姐就采取任何行动的话,那将是极为不妥的,于是我决定当天傍晚去她的起坐间里喝可可的时候就跟她说一声。对于每天工作结束以后去她的起坐间里碰个面的这种安排,或许应该稍作说明。应该说,这种安排完全是事务性的——虽说时不时地,我们也会讨论一些非正式的话题。我们安排这种会面的理由非常简单:我们发现我们各自的公务经常都过于繁忙,经常是一连好几天我们连交换一些最基本的信息的机会都没有。我们认识到这种情况会严重地危及正常工作的平稳运转,而最直接有效的补救办法莫过于在一天的工作结束以后,在肯顿小姐的起坐间里不受打扰地待上个一刻钟左右的时间。我必须重申的是,这些会面主要都是工作性质的;也就是说,打个比方,我们可能会商量即将举行的某一社交活动的具体计划,或者讨论某位新近招募的员工的适应情况。

总之,言归正传,您应该可以理解,考虑到要告诉肯顿小姐我即将解雇她手下的两位女仆，我内心也难免会有些波澜起伏。实事求是地说，这两位女仆一直以来都是非常令人满意的优秀雇员——既然近来犹太人的问题已经变得如此敏感，我不如索性把话挑明了——出于本意，我是完全反对将她们解雇的。尽管如此，我在这一问题上的职责又是非常明确的，而且我也看得很清楚，即便是我不负责任地将我个人的质疑和盘托出，也是完全于事无补的。这是个艰巨的任务，可是正因为如此，就尤其要求我要颇有尊严地予以完成。也正是为此，当天傍晚在我们的日常交谈即将结束的时候，我才把这件事提了出来，而且是以尽可能简明扼要和就事论事的态度提出的，我具体是这样说的：

"明天上午十点半，我将在我的餐具室里跟这两位雇员谈一下。如果届时您能差她们过来一趟的话，肯顿小姐，我将感激不尽。至于您事先是否要将我会跟她们谈的内容知会她们，就交由您全权决定吧。"

话已至此，肯顿小姐像是全然无言以对了。我于是继续道："那好，肯顿小姐，谢谢您的可可。我想我也该回房休息了。明天又是繁忙的一天。"

在这个时候，肯顿小姐终于开口说话了："史蒂文斯先生，我简直不相信自己的耳朵。鲁思和萨拉在我手底下已经工作了有六年多了。我完全信任她们，她们也的确信任我。她们在达林顿府里的工作非常出色。"

"我相信这都是事实，肯顿小姐。可是，我们决不能让私人情感渗透进我们的判断中来。好了，我现在真的要跟您道声晚安了……"

"史蒂文斯先生，我非常气愤，你居然可以坐在那儿轻轻松松地说出刚才那番话,就仿佛你不过是在跟我讨论家用食品的订货似的。我实在是无法相信。你说鲁思和萨拉要被解雇,就因为她们是犹太人?"

"肯顿小姐,我刚刚已经把全部的实情跟您解释过了。爵爷已经做出了决定,你我是没有任何可以争辩的余地的。"

"你难道就没有想过,史蒂文斯先生,以这样的理由解雇鲁思和萨拉根本就是——错的吗?我不会容忍这样的事情发生。我不会在居然发生这种事情的宅第中继续工作下去了。"

"肯顿小姐,我请求您不要这么激动,并请您以与您的职位相称的态度规范您的言行。这是一桩简单明了的事务。如果爵爷希望终止这两份特定的雇用合同的话,那么别人谁都没有资格说三道四。"

"我警告你,史蒂文斯先生,如果你明天把我的两位姑娘给解雇了的话,我也跟着一起走。"

"肯顿小姐,我很惊讶于您居然做出这样的反应。我肯定不需要提醒您我们的职业责任不应以自己的癖好和情感为出发点,而应遵从我们雇主的意愿。"

"我要告诉你的是,史蒂文斯先生,你如果明天解雇了我的两位姑娘,那将是大错特错的,那将是莫大的罪恶,我决不会继续在这样的宅第中工作下去了。"

"肯顿小姐,请容我向您提个忠告,您所处的地位还不足以使您做出如此趾高气扬的决断。事实上,现今的世界是个异常复杂而又危机四伏的所在。有很多事情,比如说有关犹太民族的本质这样的问题,都不是处在你我这样地位的人能够理解的。然而爵爷,我冒昧说一句,肯定比我们更有资格判定怎么做才是最好的。好了,肯顿小姐,我真的必须告退了。再次感谢您的可可。明天上午十点半。请让那两名相关的雇员过来见我。"

第二天上午,从那两位女仆踏进我餐具室的那一刻看来,肯顿小姐已经跟她们说过了,因为她们俩都是抽抽搭搭地进来的。我尽可能简明扼要地将情况向她们解释了一下,特别强调了她们的工作一直都是非常令人满意的,因此肯定会拿到评价很高的推荐信。据我的记忆,她们俩自始至终都没说过任何值得注意的话,那次面谈最多也就持续了三四分钟的时间,她们就像来的时候一样,抽抽搭搭地离开了。

自从解雇了那两位女仆以后,肯顿小姐一连好多天对我的态度都极其冷淡。确切说来,有时对我甚至相当粗鲁,而且还是当着其他员工的面。尽管我们仍旧保持着每天傍晚碰个头、喝杯可可的习惯,会面的时间却变得异常短促,而且气氛也很不友好。事情都过去半个月了,她的态度仍然没有缓和的迹象,我想您也应该能够理解,我也开始有些不耐烦了。于是在我们某次碰头一起喝可可的时候,我故意语带讽刺地跟她说:

"肯顿小姐,我还以为您这会儿应该已经递上辞呈来了呢,"说完我轻轻一笑。我想,我当时是希望她的态度能够终于和缓下来,做出某种和解的回应之类的,如此一来,我们就能把这整件事彻底抛到一边去了。可是肯顿小姐却只是目光严厉地看着我说:

"我仍旧一如既往,很想把辞呈递上去,史蒂文斯先生。只是因为我这段时间实在太忙,没有时间实际着手这件事。"

我得承认,她这番话还当真让我担心了好一阵子,唯恐她的这个威胁是当真的。不过随着时间一周周地过去,显然她并没有离开达林顿府的打算，而且随着我们之间的气氛逐渐趋向和缓，我想我也开始时不时地提起她曾经威胁要辞职的这件事来取笑她。比如说，如果碰上我们正在讨论府里即将举行的某项重大的社交活动，我就会故意找补一句："也就是说，肯顿小姐，那得假设您届时还会跟我们在一起。"即便是在事情已经过去了好几个月以后，这样的取笑仍会让肯顿小姐一下子就默不作声了——虽说到了这个阶段，我想这更多的是出于尴尬而非恼怒。

最后，当然了，这件事基本上也就逐渐被淡忘了。不过我记得这件事最后一次又被提起，是在那两位女仆被辞退的一年多以后。

有一天下午我在会客厅为达林顿勋爵奉上茶点的时候，是爵爷首先旧事重提的。那个时候，卡罗琳·巴尼特太太对爵爷拥有巨大影响的时期已经过去了——的确，那位夫人已经完全不再是达林顿府的座上宾了。还有一点值得指出的是，爵爷到了那时也已经认识到"黑衫党"那丑陋的真面目，跟该组织中断了所有的联系。

"哦，史蒂文斯，"他对我道。"我一直都想再跟你谈谈。关于去年的那件事。就是那两位犹太女仆。你还记得吧？"

"当然，先生。"

"我想，现在也没办法找到她们的去向了吧，是不是？我当初的处理方式是错的，所以我总想能为她们受到的错待做一点补偿。"

"我一定去追查一下这件事，先生。不过时至今日，我一点都没有把握是否还有可能查明她们的去向。"

"你就尽力而为吧。当初的做法是错的。"

159

我猜想我跟爵爷的这番交谈肯顿小姐应该是有兴趣知道的，而且我也认为只有把这件事告诉她才是唯一正确的做法——即使冒着再次把她激怒的风险。却不料，在那个雾蒙蒙的下午，我在凉亭里碰到她跟她说起这件事的时候，竟产生了某些意想不到的结果。

我记得那天下午我横穿草坪的时候，雾气已经开始降了下来。我到凉亭里去是为了将爵爷刚才招待几位客人在那儿享用茶点的残剩收拾干净。我记得我远远地就看到——距离家父当年摔倒的那几级台阶还很远——肯顿小姐的身影在凉亭内走动。我走进凉亭的时候，她已经在散放于里面的其中一把柳条椅子上坐了下来，显然正忙于手上的针线活儿。走近一看，发现她是在缝补一个靠垫。我开始把散放在盆栽当中和藤编家具上的各种瓷器收拾起来，我应该是一边收拾，一边跟肯顿小姐相互打趣了几句，也许还讨论了一两件工作上的事情。事实上，一连好几天都在主楼里面足不出户，这会子能来到这个户外的凉亭里，感觉格外神清气爽，所以我们俩都不着急把手里的活计干完。也确实，虽说因为那天雾气渐浓，外面也看不到很远的地方，再加上那时候天光正迅速地暗下去，迫使肯顿小姐不得不就着最后几缕光线飞针走线，我记得我们仍旧经常停下手上的工作，只是为了抬眼望望我们周遭的景色。事实上，我也只能望到草坪那头沿着马车道种植的那排白杨树，那里已经被浓雾所笼罩了，这时我才终于把话题引到了去年解雇两位女仆的那件事上。也许可以预见，我是这么说的：

"我刚才还一直在想呢，肯顿小姐。现在想来感觉还是挺滑稽的，可是您知道，就在一年前的这个时候，您还一直执意打算要辞职来着呢。一想起来我就觉得挺好玩儿的。"我说完呵呵一笑，可是我身后的肯顿小姐却默不作声。等我终于回头去看她的时候，发现她正透过玻璃，怔怔地望着窗外铺天盖地的浓雾。

"您可能没有想到，史蒂文斯先生，"她终于说道，"我曾经多么认真地考虑过要离开这里。发生的那件事对我的冲击太大了。我如果还有一丝一毫值得让人尊敬的地方，我敢说我老早就已经离开达林顿府了。"她沉吟片刻，我把目光转向外面远处的白杨树。然后她用倦怠的口气继续道："那是怯懦，史蒂文斯先生。完完全全就是怯懦。我能到哪儿去呢？我没有家人。只有一位姨妈。我很爱她，可如果跟她住在一起的话，我没有一天不会感觉我整个的一生都被蹉跎掉了。当然，我也的确曾安慰过自己，我很快就能找到一个新的职位。可是我太害怕了，史蒂文斯先生。每次我一想到要离开这里，我眼前就会浮现出我孤零零流落在外的情景，而周围没有一个认识我、关心我的人。您瞧，我所有的高尚原则总共也就值这么多。我真是为自己感到羞愧难当。可我就是离不开这儿，史蒂文斯先生，我就是下不了一走了之的决心。"

肯顿小姐再次停了下来，像是深陷在思绪当中。于是我想这倒是个好机会，就尽可能精确地把之前我和达林顿勋爵之间的那番对话复述了一遍。转述完以后，我又加了一句：

"事已至此，覆水难收，不过能听到爵爷如此毫不含糊地宣称当初那件事完全是个可怕的误会，至少让人心下大为宽慰。我只是觉得您应该愿意听到这个消息，肯顿小姐，因为我记得您当时为了这件事是跟我一样深感苦恼和难过的。"

"不好意思,史蒂文斯先生,"我身后的肯顿小姐以一种全新的声音说道,就仿佛她刚从梦中被惊醒一样,"我真是搞不懂你了。"我转过身来面向她的时候,她继续道:"我记得,你当时认为让鲁思和萨拉卷铺盖走人才是唯一正确而又正当的做法。对于这件事你当时根本就是兴高采烈的。"

"肯顿小姐,您这种说法实在是既不正确又不公道。那整个事件曾引起我极大的忧虑,的的确确是万分的忧虑。在这幢宅子里发生这样的事情,那绝非是我乐于看到的。"

"那为什么,史蒂文斯先生,你为什么当时不这样跟我说呢?"

我笑了笑,可是一时间竟也无言以对。还没等我想出应对之词,肯顿小姐已经把手里的针线活放下来道:

"你有没有意识到,史蒂文斯先生,如果你去年就肯跟我分享你的感受的话,那对我的意义有多么重大?你明知道我那两个姑娘被解雇的时候,我是多么五内俱焚。你有没有意识到那会对我有多大的帮助?为什么,史蒂文斯先生,为什么,为什么,为什么你总是要去假装呢?"

对于我们的谈话这突然间匪夷所思的转向,我又笑了笑。"说真的,肯顿小姐,"我说,"我不是很确定能明白您的意思。假装?真是的,我为什么要……"

"我因为鲁思和萨拉不得不离开我们而痛苦万分。而令我感觉更加痛苦的是我当时以为自己是完全孤立无援的。"

"说真的,肯顿小姐……"我端起那个我用来放使用过的瓷器的托盘。"对那样的解雇我自然是极不赞同的。我还以为那是不言自明的。"

她没再说什么,离开前我回头看了她一眼。她再次怔怔地望着窗外的景色，但到了这个时候，凉亭里面已经差不多完全暗了下来，我能看到的，就只是暗淡和空茫的背景映衬下的她的侧影。我向她告了个退，就走出了凉亭。

由于回忆两位犹太雇员遭到解雇的那一事件，连带地也让我想起另一件事，我想可以被称为是那整个事件的一个有些奇怪的必然结果：就是那个叫丽萨的女仆的到来。也就是说，我们不得不找人替代那两位被解雇的女仆，而这位丽萨就成为其中的一位。

这个年轻女人是带着一封最为可疑的推荐信前来应征那个空缺的，任何一位有点经验的管家从中都能看出，她离开前一个职位的时候是蒙受着某种嫌疑的。更有甚者，肯顿小姐和我在面试的时候发现，显然她在任何一个工作岗位上最长都没有干够一个月的时间。总之一句话，她整个的态度和作风在我看来都极不适合在达林顿府供职。然而，令我吃惊的是，对这个姑娘的面试结束以后，肯顿小姐却开始坚持我们应该雇用她。"我在这个姑娘身上看到了极大的潜力，"面对我的反对她继续道。"我会将她置于我的直接监管之下，我会负责让她证明她是能够干得好的。"

我记得我们因为意见分歧僵持了好一阵子，或许只是因为解雇那两位女仆的事件在我们的脑海中是如此切近，我才没有像原本可能的那样坚持己见，反对肯顿小姐的主张。不管怎么说吧，结果是我终于让了步，尽管我还是这么说：

"肯顿小姐，我希望您能意识到如此一来，雇用这个姑娘的责任就完完全全落到你的肩膀上了。因为在我看来，至少在目前她毫无疑问是远远没有资格成为我们团队的一员的。我现在姑且允许她加入进来，但前提是您必须亲自负责监督她在职业上的发展。"

"这姑娘会表现得很不错的，史蒂文斯先生。你就等着瞧吧。"

让我吃惊的是，在接下来的几个礼拜当中，这位年轻的姑娘倒是的确取得了长足的进步。她的态度简直是每日一新，就连她走路和执行任务的仪态——在刚开始的那几天里实在是懒散邋遢到了惨不忍睹的程度——居然也有了极为显著的改善。

随着时间一周周过去，这姑娘像是发生了奇迹一般，居然已经蜕变为我们团队中非常有用的一员，肯顿小姐的成功是显而易见了。她似乎特别喜欢给丽萨分配一些需要负担那么一点额外责任的工作任务，我要是在旁边看着，她肯定就会特意跟我交换个眼神，脸上不乏几分揶揄的表情。那天夜里我们在肯顿小姐的起坐间里一边喝可可一边闲谈的时候，丽萨可是个逃不过的重要话题。

"毫无疑问，史蒂文斯先生，"她对我这么说，"听说丽萨迄今为止居然还没有犯什么值得一提的大错儿，您想必非常失望吧。"

"我一点都没有感到失望，肯顿小姐。我很为您也为我们大家感到高兴。我承认，到目前为止，您已经在这个姑娘身上取得了些微的成功。"

"些微的成功！瞧瞧您脸上的微笑，史蒂文斯先生。我一提到丽萨，您就总会浮现出这样的笑容。这笑容本身就在告诉我们一个有趣的故事。一个非常有趣的故事，一点没错。"

"喔，真的吗，肯顿小姐？我能请教到底是个什么样的故事吗？"

"的确非常有趣，史蒂文斯先生。您居然对她抱有如此悲观的偏见,这本身就非常有趣。一定是因为丽萨是个漂亮姑娘的缘故,这一点是毫无疑问的。而且我已经注意到了,您对于咱们团队中的漂亮姑娘总是抱有一种奇怪的厌恶之情。"

"您自己也很清楚您这绝对是无稽之谈,肯顿小姐。"

"啊,可我真的已经注意到了,史蒂文斯先生。您不喜欢我们的团队中有漂亮姑娘。也许是因为我们的史蒂文斯先生害怕因此而分心?难道我们的史蒂文斯先生终究也是血肉之躯,不能完全信得过自己吗?"

"真有你的,肯顿小姐。我要是觉得您这番话里哪怕有那么一丁点儿的道理,我也许就会耐着性子跟您好好地探讨一番了。照目前的情况来看,我想我还是省点心想想别的去吧,由着您怎么高兴怎么说去。"

"啊,可是为什么那心虚的笑容仍旧挂在您的脸上呢,史蒂文斯先生?"

"那根本就不是什么心虚的笑容,肯顿小姐。我只是为您那惊人的瞎扯功夫感觉有些好笑罢了。"

"您脸上挂的就是心虚的笑容,史蒂文斯先生。而且我已经注意到您是如何几乎都不敢正眼瞧丽萨了。当初您为什么那么强烈地反对录用她,那原因现在已经开始变得非常清楚了。"

"我当初的反对意见都绝对是有真凭实据的,肯顿小姐,您自己也心知肚明。这姑娘前来应聘的时候是完全够不上录用标准的。"

当然了,您想必也能理解,我们是从来不会在员工们听得到的情况下以这样的语气调侃抬杠的。不过也差不多就在那个时候,我们的可可之夜在本质上虽然仍属于工作性质,却也经常会为这种无伤大雅的闲扯留出相应的空间——应该说，这对于纾解辛苦工作的一天所带来的压力是大为有益的。

丽萨和我们一起工作了大约有八九个月的时间——到了这个时候我已经基本上忘掉她的存在了——然后就跟第二男仆双双消失不见了。当然了，对于任何一位大户人家的管家而言，这种事情已经是其日常生活的一部分了。事情诚然非常令人恼火，不过你也得学着去接受。事实上，在这类"夜奔"的事件当中，这一次还算是比较文明的。除了一点食物以外，这对小情侣并没有顺带携走任何府里的财物，不仅如此，人家两位还都分别留下了书信。第二男仆，他的名字我已经记不得了，留了一张短笺给我，大致的内容是："请不要对于我们过于苛责。我们相爱了并且就要正式成婚。"丽萨给"女管家"写了一封长信，在他们失踪以后的第二天一早，肯顿小姐带着这封信来到了我的餐具室。我记得那封信里有很多拼写错误和不通的句子，详细描述了他们俩是如何相爱，第二男仆是个多么出色的人，以及他们的未来是何等地美妙无比。我还记得其中有一句的大意是这样的："我们没有钱但是谁在乎这个我们已经有了爱情谁还想要别的什么呢我们拥有了彼此再也别无所求。"这封信虽然足足写了有三页纸，可是没有一个字对肯顿小姐给予她的无微不至的照顾表示感激，也没有任何因为让我们大家都感到失望了的歉意表示。

肯顿小姐明显地非常难过。我在快速浏览那年轻女人的长信期间，她始终都坐在我面前的桌子旁边，低头看着自己的双手。事实上——这也让我觉得挺匪夷所思的——我真不记得曾见过她有比那天早上更失魂落魄的时候。当我把那封信放到桌子上的时候，她说道：

"这么看来，史蒂文斯先生，还是你对了，是我错了。"

"肯顿小姐，你实在没必要自寻烦恼，"我说。"这种事情总是有的。我们无论做什么，都是没办法防止这些事情发生的。"

"错在我身上，史蒂文斯先生。我诚心接受。你一直都是对的，一如既往，错的是我。"

"肯顿小姐，你这话我实在是无法苟同。你在那个姑娘身上创造了奇迹。通过你的指导，她已经多少次用事实证明了实际上当初是我错认了她。说真的，肯顿小姐，现在发生的这种事情也可能发生在任何雇员身上。你在她的身上已经取得了了不起的成就。你有绝对充分的理由为她的忘恩负义感到失望，可是没有任何理由为她的错误感到自责。"

肯顿小姐看上去仍旧很灰心丧气。她轻声道："你这么说真是宽宏大量，史蒂文斯先生。我非常感激。"然后她疲惫不堪地叹了口气，说道："她真傻。她本来完全可以有一个锦绣前程的。她有这个能力。有那么多年轻女人就像她那样把大好的机会全都浪费掉了，为的又是什么呢？"

我们俩不约而同地看着我们之间桌子上的那几张信纸，然后肯顿小姐怒冲冲地把头别了过去。

"的确，"我说。"真是种浪费，你说得没错。"

"真傻。那姑娘以后肯定会后悔的。她只要肯坚持下去，会过上不错的生活的。不出一两年，我就能让她够资格去个规模不大的公馆里担任女管家的。你也许觉得这有些痴心妄想，史蒂文斯先生，可是你瞧瞧这才几个月的时间，我已经把她调教成什么样子了。可是现在，她就这么把这一切全都抛下了。真是白忙活了一场。"

"她真是傻透了。"

我已经开始收拾面前的那几张信纸,想着或许应该把它们存档备查。可是我在这么做的时候,又有点不太确定肯顿小姐是否打算让我保留这封信,抑或她更希望由她自己保留,于是我又把那几张信纸放回到我们之间的桌子上。可是不管我怎么做,肯顿小姐一直都显得心不在焉。

"她日后肯定会后悔莫及的,"她又说了一遍。"太傻了。"

不过看起来我已经有些迷失在这些陈年往事的记忆中了。这绝非我的本意,不过或许这也并非什么坏事,因为如此一来,我至少就可以避免过分地沉溺于今天傍晚发生的那些事情中了——我确信这些事情终于算是告一段落了。因为刚刚过去的那几个钟头,我必须坦言,对我来说实在是一种煎熬。

此刻,我正借宿于泰勒先生和太太那幢小小的农舍的阁楼上。也就是说,这是一幢私人住宅,泰勒夫妇非常热心地供我今晚借宿的这个房间原本是他们的长子住的,他早已长大成人,如今住在埃克塞特[①]。房间里最显眼的就是顶上粗重的梁椽,木地板上没有铺任何地毯和地垫,气氛却出奇地舒适惬意。很明显,泰勒太太不只是为我铺好了床铺,她还特意清扫收拾了一番;因为除了椽子那儿还有几个蜘蛛网以外,几乎看不出这个房间已经有好多年无人居住了。至于泰勒先生和太太,我已经探听清楚,他们夫妻俩自从二十年代起就经营村里的蔬菜水果店,一直干到三年前退休。他们夫妻心地善良、为人和气,尽管今晚我不止一次

[①] 埃克塞特(Exeter),英格兰西南部城市,德文郡首府。

提出要为他们的好意收留给以报酬，可他们一概都坚辞不受。

眼下我之所以来到这里，今晚之所以流落到只能仰仗泰勒先生和太太的慷慨大度才有地方过夜的地步，全都是因为我自己的一个愚蠢的、令人恼怒的简单疏忽造成的：即我居然把那辆福特车开得完全没有了汽油。一位旁观者如果从这件事以及昨天因散热器缺水而造成的麻烦上得出我这个人办事天性就缺乏条理的结论，那也不能说是完全没有道理的。当然了，可以稍稍为我开脱的理由也不是没有：我在驾车长途旅行方面毕竟还是个新手，这类愚蠢的疏忽也还不算是特别离谱。可是话又说回来了，当我想到良好的组织才能和深谋远虑恰恰是干我们这一行最重要的职业素养之时，不管怎么说，我也就很难避免再次深为自己感到失望和沮丧了。

不过在汽油耗尽之前的那一个小时左右的时间里我一直都有些丧魂失魄的，这也是事实。我原本是计划夜宿塔维斯托克镇的，在不到八点的时候我就到了那里。可是在镇上那家最大的客栈里，店家却告诉我，由于当地正在举办一个农产品交易会，他们所有的房间都已经客满了。他们向我推荐了其他几家旅店，我一家家问过去，但每一家都以同样的理由向我道歉。最后，在镇子边上的一家家庭旅馆里，老板娘建议我不妨继续朝前再开个几英里，路边有她亲戚开的一家小旅店——那家店，她向我保证肯定会有空房，因为距离塔维斯托克太远，不会受到交易会的影响。

她给了我详尽的指示，当时感觉是够清楚的了，现在也不可能说清楚到底是谁的错了，反正结果我是没有发现这家路边旅店的任何踪影。而在往前开了十五分钟左右以后，我发现自己已经驶入了一条蜿蜒穿越荒凉开阔的高沼地的长路。道路两侧看上去都像是沼泽地,而且一阵薄雾正慢慢漫过我眼前的道路。在我左手边,我能看到太阳落山的最后一缕霞光。天际线时不时会被不远处田野当中的谷仓以及农舍的轮廓打破,否则的话,我真像是已经被遗落在了荒无人烟的野地。

我记得大约是到了这个时候,我才掉转车头,往回开了一段距离,想找到之前经过的一个岔路口。可是等我开上那条岔路以后,却发现这条路比我刚才离开的那条路线更加荒凉。有一段时间,我就在近乎全黑的道路中行驶,两旁都是高大的树篱,然后又发现那条路开始爬起了陡坡。事已至此,我已经放弃了找到那家路边旅店的希望,决定还是继续往前开,等来到下一个城镇或是乡村的时候再找栖身之地。我可以明天一早再返回预定的路线,那应该是很容易做到的,我这样说服自己。就在这个时候,在山路爬了一半的时候,引擎开始发出了突突的噪声,我这才第一次注意到汽油已经用光了。

福特车又继续爬行了几码远,然后就停了下来。我走下车来评估一下当下的情势时,发现我只剩下几分钟的天光可用了。我站在一条陡路之上,被茂密的树木和灌木树篱夹在当中;再往山上望去,在老远的地方才看到连绵不断的树篱有了个缺口,衬着背后的天空现出一道栅栏门的宽大轮廓。我开始朝山上的那个地方走去,心想从那道栅栏门那儿也许能辨明自己的方位;或许甚至有希望在附近看到一家农舍,我能够指望得到及时的帮助。可是最后出现在我眼前的景象却不禁让我有点仓皇失措了。那扇门的另一侧是一片地势陡降的草地,视野所及只能看到面前二十码左右的距离,再往下就什么都看不清了。越过那片牧场隆起的高坡,远远的有一个小村庄——直线距离十足有一英里左右。透过薄雾可以辨别出一座教堂的尖塔，尖塔周围是一片深色石板瓦的屋顶；散布四处的烟囱里正冒出缕缕白烟。我得承认，在那一刻，我的内心是颇为灰心丧气的。当然了，当时的情况绝对说不上令人绝望；福特车并没有损坏，只不过没了汽油。半个小时之内就能走到那个小村庄，到了那里以后我肯定是能找到个投宿的地方和一桶汽油的。可是独立伫立在一个荒凉的山坡上，透过一扇栅栏门望着远处一个村庄的灯火，天光几乎已经完全褪尽，雾气越来越浓，那滋味实在不怎么好受。

可是徒然地意气消沉也于事无补。不管怎么说，浪费掉那天光仅存的最后几分钟时间就真是太傻了。我下坡走回福特车旁，把一些必需品放进一个公文包里。然后用一盏自行车灯把自己武装起来——那盏灯投射出来的光柱居然出人意料地明亮——我就开始寻找一条能让我步行前往那个村庄的道路。虽然我往山上走了挺长一段距离，已经把那扇栅栏门远远抛在后面了，可我还是找不到这么一条道儿。这时我才感觉到那条路已经不再向上攀升，而是开始朝那个村庄相反的方向缓缓地蜿蜒而下——透过树篱枝叶的缝隙我不时能瞥见那个村庄的灯火——我的心头再次感到一阵灰心丧气。事实上，我一度怀疑最好的策略是不是应该重新回到福特车那里，干脆在车里坐等另一位司机开车经过。可是到了这个时候，天色几乎已经完全黑了下来，我很清楚，如果在这样的情况下招手去拦截路过的车辆，是很容易会被人误以为拦路抢劫的。再者说了，自打我从福特车里出来，还没有一辆车从我身边开过；事实上，打从我离开塔维斯托克以来，我压根就不记得曾经看到过一辆其他的汽车。最后我打定主意，还是回到那扇栅栏门附近，就从那儿走下那个草坡，尽量朝着村里的灯火直线前进，不去管它有没有什么适合行走的道路了。

结果我发现，那个斜坡倒并非太过险峻。一片片牧草地，一片紧接着一片，朝着村庄的方向铺展开去，而下坡的时候只要尽量贴着草地的边缘，走起来倒也并不太费力。只有那么一次，在距离村庄已经很近的地方，我实在找不到一条可以进入下面一片草地的明显通道了，我只得拿着那盏自行车灯来回地探照挡住我去路的灌木树篱。最后终于被我找到了一个小缺口，我人是可以勉强钻过去，只不过我外套的肩部和裤脚的卷边就得做出点牺牲了。不仅如此，最后那几片草地变得越来越泥泞不堪，我只能故意强忍着不把灯光朝我的鞋子和裤脚上面照，免得自己越发灰心丧气。

渐渐地，我发现自己终于走上了一条通往村庄的经过铺砌的小路，也正是在沿着这条道路往下走的时候，我碰见了泰勒先生，今晚好心接待我的东道主。他从我前面几码远的一个拐弯处走出来，很有礼貌地等着我赶上他，然后他碰了一下帽檐向我致意，主动问我是否有可以为我效劳之处。我尽量简明扼要地解释了一下我的处境，补充说明若是承蒙他指点一处不错的旅店，我将不胜感激之至。言已至此，泰勒先生不禁摇头道："本村恐怕没有这样的旅店，先生。约翰·汉弗莱斯先生平常倒是会接待过往的客人入住'十字钥'的，可是不巧他眼下正在整修旅店的房顶。"不过，还没等这个令人失望的消息发挥其全部的效力，泰勒先生马上就接口说："如果您不介意稍微将就一点的话，先生，我们可以为您提供一个房间和一个床铺供您过夜。没有任何特别之处，不过我老伴儿肯定会负责把一切都收拾得干干净净、舒舒服服的。"

我相信自己也客套了几句，或许是颇为言不由衷，大意是我不能这么麻烦他们。泰勒先生对此的回答是："实不相瞒，先生，您若是肯光临寒舍，那将是我们的莫大荣幸。我们这个莫斯科姆村可是不大见到像您这样的人物莅临的。而且恕我直言，天都这么晚了，除此以外您恐怕也没别的办法可想了。我要是就这么着把您扔在这黑更半夜里不管的话，我老伴儿是绝不会轻饶于我的。"

我于是恭敬不如从命，就这样接受了泰勒先生和太太的热情招待。不过我方才说起今晚的经历实在是种"煎熬"时，指的可并非只是汽油耗尽以及来到村里这一路上的狼狈不堪。因为随后发生的事情——在我坐下来和泰勒先生和太太以及他们的邻人共进晚餐以后所发生的一系列事件——以自己的方式证明了它们对我身心的压力可远比之前那单纯的肉体不适繁重得多。不瞒您说，等到我终于能够退回到这个房间，可以把时间花在回味达林顿府那些陈年往事上的时候，这真算得上是一种巨大的解脱。

事实上，近来我变得越来越容易沉湎于这些回忆当中了。自打几周前第一次产生了再次见到肯顿小姐的希望之后，我想我已经花费了大量时间用来反复思量我们之间的关系为什么会经历了那样的变化。经过多年的共事，我们之间已经稳定地确立起一种良好的工作互信，可是在一九三五或是一九三六年，这种关系却产生了确确实实的转变。实际上，到了最后，我们就连每天的工作结束后一起喝杯可可、聊聊天的例行性会面都放弃了。可是引起这种改变的到底是什么，究竟哪一串具体的事件真正要为此负责呢？我始终都没办法完全确定。

近来在反复琢磨的时候，我觉得那天傍晚肯顿小姐不请自来、发生在我的餐具室里的那个奇怪的小插曲有可能就是个关键的转折点。她为什么要到我的餐具室里来，我已经记不真切了。感觉上她可能是捧了一瓶花来使"餐具室显得明亮一点"，可是这么一来，我可能又把它跟多年前我们刚开始共事时她那次同样的举动给搞混了。我确实记得在这些年间，她至少有三次试图把鲜花带进我的餐具室，不过也许真是我记混了，认定这就是那个特别的傍晚她来找我的原因。可是无论如何，我都想特别强调一下，尽管这些年来我们的工作关系都很融洽，我却从来也没有放任到允许女管家可以成天随意进出我的餐具室的程度。管家的餐具室，至少在我看来，是个办公要地，是家务运营的心脏，在性质上并不亚于一场战役当中的司令部，所以，在这其中的大小物件，每一样都必须完完全全依照我的意愿摆放得井井有条——并且要维持原样——这是绝对不能含糊的。我可不是允许各色人等进进出出、又是质询又是聒噪抱怨个没完的那种管家。如果想要一切事务都能顺畅协调地得以施行，管家的餐具室就一定得确保私密和清静，这是显而易见、毋庸置疑的。

事有凑巧，那天傍晚她进入我的餐具室的时候，我其实并没有在处理公事。也就是说，那时正是一天的工作临近尾声，那个礼拜又碰巧风平浪静，因此我也难得地享受到一个钟头左右的闲暇时间。前面已经说过，我已经不太确定肯顿小姐是不是捧着一瓶花进来的了，不过我确实记得她是这样说的：

"史蒂文斯先生，您的房间在晚上显得甚至比白天还要令人不快。那个电灯泡太暗了，肯定是不适合用来阅读的。"

"它完全合乎需要，谢谢您，肯顿小姐。"

"说真的，史蒂文斯先生，这个房间活像个囚室。只需要在墙角摆上一张小床，就完全想象得出那死刑犯在这儿度过最后几个钟头时光的情景。"

也许对此我也说过一句什么，我不记得了。总之，我的目光并没有离开面前的书本，时间一分一秒地过去，我正等着肯顿小姐告退然后离开呢，却不料突然听到她说：

"现在我很好奇您到底在读什么呢，史蒂文斯先生。"

"不过一本书而已，肯顿小姐。"

"这个我看得出来，史蒂文斯先生。可到底是本什么书呢——这才是让我大感兴趣的。"

我一抬头，发现肯顿小姐正朝着我走过来。我把书一合，把它紧紧地抓在手里、贴在胸口，站起身来。

"说真的，肯顿小姐，"我说，"我必须要请您尊重我的隐私。"

"可是你为什么要对自己读的书感到这么难为情呢，史蒂文斯先生？我相当怀疑这可能是本相当下流的书呢。"

"这是绝不可能的，肯顿小姐，爵爷的书架上面是没有一本你所谓的'下流'的书的。"

"我曾听说很多学术性的书籍当中都包含最下流的段落，可我从来都没有胆量去找找看。好了，史蒂文斯先生，请你务必让我看看你在读的到底是本什么书。"

"肯顿小姐，我必须要请您不要再纠缠我了。我难得有这么点属于自己的空闲时间，而您却非要这样胡搅蛮缠，这真是让人难以忍受。"

可是肯顿小姐却继续向我走来，我必须承认，在这种情况下最好以什么样的举动来应对还真是有点难以确定。我曾想到过干脆把书往桌子的抽屉里一扔，然后把抽屉锁上，不过这未免有些过于戏剧化了。我只能往后退了几步,那本书仍紧贴在我胸口上。

"请让我看看你抱在怀里的到底是本什么书,史蒂文斯先生,"肯顿小姐道,继续步步紧逼,"看过以后我就不再打搅你,让你尽管去享受阅读的乐趣了。这到底是本什么书啊,为什么你这么着急上火地要去藏藏掖掖呢?"

"肯顿小姐,您是否发现了这到底是本什么书,其实对我来说根本就无所谓。可是就原则而论,我反对您就这么不请自来,并且侵犯我的私人时间。"

"我很好奇,这到底是一本完全高尚的书呢,史蒂文斯先生,还是你其实是在保护我,以免我受到它可怕的影响呢?"

这时她已经站到了我面前,而突然间,气氛发生了奇怪的变化——就仿佛我们俩一下子一起被推到了另一个时空当中。恐怕我也很难把我的意思完全解释清楚。我所能说的只是,我们周围的一切突然间变得完全凝固了;在我的印象中,肯顿小姐的态度也发生了突然的变化;她的表情奇怪地严肃了起来,我猛然间感觉她几乎像是被吓到了。

"请让我看看你的书,史蒂文斯先生。"

她伸出手,开始轻轻地把我手里的那本书往外抽。我感觉在她这样做时我最好还是把目光从她身上避开,可是她人靠我这么近,要想做到这一点,就只能把我的脑袋扭到一个很不自然的角度。肯顿小姐继续非常轻柔地掰开我握着那本书的手指,简直可以说是一根手指掰开以后再去掰另一根手指。这个过程似乎持续了很长的时间——在此期间我一直都尽量保持着那个很不自然的姿态——一直到我听到她说:

"天哪,史蒂文斯先生,这根本就不是什么见不得人的书嘛。

只不过是个感伤的爱情故事。"

我相信，大概正是在这个时候，我决定无须再忍耐下去了。我不记得当时我所说的具体字句了，不过我记得我相当坚决地将肯顿小姐请出了我的餐具室，这个小插曲也就此告一段落。

我想，我应该就这个小插曲所实际涉及的那本书的情况再多说两句。那本书确实可以被描述为一部"感伤的罗曼司"——有不少这类小说摆放在藏书室里，也放在几间客房里，主要是供女客们消遣之用。而我之所以会选择阅读此类作品，有一个很简单的原因；这是一种维持并且提高自己对于英语这门语言的掌握程度的极为有效的方法。我个人认为——不知道您是否同意——就我们这一代管家而言，都一直过于强调高雅的口音和对语言的掌握在专业期许方面的地位；我的意思是说，有时候这些因素被强调得过了头，甚至不惜以牺牲更为重要的专业素质为代价。尽管如此，我从来也没有否认优雅的口音和对语言的熟练掌握自是一种极有魅力的特质，而且一直都认为，尽我所能地发展自己在这方面的能力也是我分内的职责。而最直接有效的一种方法就是在零碎的空余时间里尽可能多读上几页文辞优美的书籍。这就是我多年以来一直采取的策略方法，而我之所以经常选择肯顿小姐那天傍晚发现我在看的那类作品，只是因为其中那众多措辞优雅的对话对我具有极大的实用价值。换了一本分量更重的书籍——比如说一本学术专著——虽然总体来说更有提高自身修养的价值，但它更倾向于大量使用学术术语，这对于我在跟绅士淑女们日常交流过程中起到的作用反而非常有限。

我极少有时间或者意愿把任何一本这类的罗曼司从头到尾读一遍，就我的认识，它们的情节全都甚为荒唐可笑——确实够得上感伤已极——若非因为前面提到的那些益处，我是一分一秒的时间都不愿意浪费在它们身上的。不过话虽如此，如今我也不介意坦白承认——我并不觉得这其中有任何应该感到羞愧的地方——从这些故事当中我有时候也确实能得到一些附带的乐趣。或许当初我不太愿意承认这一点，不过就像我说过的，这有什么好自感羞愧的呢？一个人为什么就不该放松心情，去享受那些绅士淑女陷入爱河的故事之乐呢？况且他们之间又是以最为优雅的遣词造句去尽情倾诉爱慕之情的。

不过我这么说并非是想暗示那天傍晚我处理这件事的方式有欠妥当。因为您必须理解，问题在于这牵涉到一个重要的原则。事实上，在肯顿小姐长驱直入我的餐具室的那一刻，我已经"下班"了。当然，任何一位以其职业为荣的管家，任何一位矢志于追求海斯协会所谓"与其职位相称之尊严"的管家，在面对他人时是决不会允许自己"下班"的。所以在那一刻走进来的到底是肯顿小姐还是一个完全的陌生人，都是无关紧要的。任何一位具有专业素养的管家在别人面前都必须完全彻底地活在自己的角色中；他一刻都不能被人看到自己一会儿将这个角色抛到一边，一会儿又披挂整齐，就仿佛那职位不过是哑剧演员的一件戏服而已。只有在唯一的一种情况之下，一位注重其尊严的管家可以随意地卸下他的职业角色；那就是在他完全独处的时刻。如此说来，您也就可以理解，肯顿小姐在我不无道理地认定自己是独自一人的时刻硬闯了进来，这件事也就成了一个至关重要的原则性问题、一个的的确确关乎尊严的问题了，因为我在任何人面前都不得有一丝一毫不符合我的角色设定的表现。

不过，我的本意并非是想在此分析多年前这个小插曲的不同方面。而重点是这件事使我警觉到肯顿小姐和我之间的关系已经发展到了——无疑是经过了很多个月的渐进过程——一种很不合适的状态。她居然会有那天傍晚如此这般的举动，这个事实本身就等于是敲响了警钟，我在把她送出餐具室、稍稍集中了一下思想以后，我记得我就决定要着手在一个更为适当的基础上来重建我们的工作关系。不过至于说到那一事件对于那以后我们之间的关系所经历的巨大变化究竟有多大的影响，那就很难说得清了。或许还有其他更加根本性的事态发展导致了最后的结果。比如，肯顿小姐的休假问题。

自从来到达林顿府工作，直到餐具室那一事件发生前大约一个月，肯顿小姐的休假安排一直都遵循着一个可以预期的模式。每过六个星期她会休两天的假，去南安普敦①看望她姨妈；要不然就学我的样，不会真正去休假，除非有段时间特别平静无事，在这种情况下，她会整天都在庭院里四处逛逛，或者就在她的起坐间里看看书。可是到了我说的那个时候，这种模式也起了变化。她突然开始充分利用合同上规定的休息时间，经常一大早就不见了人影，除了当晚预计返回的时间以外，别的信息一概不留。当然了，她从来没有超出她应该享有的休息时限，所以我觉得再去询问她这些外出的详细情况也并不合适。不过我想她的这种改变确实使我有些心绪不宁，因为我记得自己曾跟詹姆斯·钱伯斯爵士的贴身男仆兼管家格雷厄姆先生提起过此事——他真是一位极好的同行，可是顺便提一句，我现在已经跟他失去了联

---

① 南安普敦（Southampton），英格兰南部港市。

系——就在他随主人定期造访达林顿府的某天晚上,我们围炉谈心的时候。

其实,我不过就说了句我们的女管家情绪"近来有些阴晴不定",所以颇有些惊讶于格雷厄姆先生闻言居然点了点头,探身挨近我,以一种心照不宣的语气对我说:

"我早就料到了,只是不知道还有多长时间。"

我问他这话到底什么意思,格雷厄姆先生继续道:"你们的肯顿小姐呀。她今年多大年纪了?三十三?三十四?已经错过了做母亲的最佳年龄,不过还不算太晚。"

"肯顿小姐,"我向他保证,"可是位格尽职守的职业女性。我碰巧知道,她根本就无意于组建家庭。"

可是格雷厄姆先生却面带微笑摇了摇头道:"如果一个女管家告诉你她不想组建家庭,你可千万不可信以为真。说起来了,史蒂文斯先生,咱们就坐在这里掰着指头数一下,至少得有十多位女管家都信誓旦旦地这么宣称过,结果还不是嫁了人,离开了我们这一行。"

我记得那天傍晚我还颇有自信地对格雷厄姆先生的理论置之不理,可打那以后,我必须承认,我就发现自己很难摆脱肯顿小姐这些神秘外出可能是去会一位追求者这样的想法。这的确是个令人颇为困扰的念头,因为不难看出,肯顿小姐的离开将是我们工作上相当重大的损失,一个达林顿府将很难从中恢复过来的重大损失。而且,我不得不承认,颇有些其他的小征兆看来也在支持格雷厄姆先生的理论。比方说,收取信件一直都是我的一项职责,我忍不住注意到肯顿小姐已经开始相当规律地收到——大约每周一次——同一位通信者的来信,而且这些信件上盖的都是本地的邮戳。在此我或许应该指出的一点是,这样的变化我几乎是不可能注意不到的,因为此前她在达林顿府里这么多年间本来是极少收到信件的。

此外,还有其他一些隐微的迹象也在支持格雷厄姆先生的观点。比方说,虽然她继续以一贯的全副勤勉态度履行其职责,她的情绪总的来说却变得有些阴晴不定,这是我迄今为止从未有见到过的。而事实上,当她一连好几天情绪特别高涨的时候——而且没有任何明显的理由——几乎就跟她经常性地突然陷入长时间的郁郁寡欢同样让我备感困扰。如我所说,她自始至终都保持着绝对的专业态度,可话又说回来了,为达林顿府的长远利益着想是我的职责,如果这些迹象果如格雷厄姆先生所言,预示着肯顿小姐正考虑为了爱情的缘故离开工作岗位,我自然是有责任就此事做些进一步的探究的。于是在某个我们惯常碰面一起喝杯热可可的傍晚,我就不揣冒昧把问题提了出来:

"您礼拜四还要外出吗,肯顿小姐?我是说您休假的那天。"

我原以为我这么问她,她多半是要生气的,可是恰恰相反,她简直就像是好长时间以来一直都在等着提出这个话题的机会似的。因为她以几分如释重负的口气说:

"哦,史蒂文斯先生,那不过是之前我在格兰切斯特宅工作时认识的一个人。事实上,他当时是那座宅子的管家,不过他现在已经完全离开了这一行,受雇于附近的一家商号。他不知怎的得知了我在这里工作,就开始给我写信,建议我们重续旧交。史蒂文斯先生,长话短说就是这么回事。"

"我明白了,肯顿小姐。偶尔离开这儿出去走走确实也能让人感觉身心舒畅。"

"我发现正是如此,史蒂文斯先生。"

出现了一阵短暂的沉默。然后肯顿小姐像是下定了决心,继续道:

"说起我的这位旧相识。我记得他在格兰切斯特宅做管家的时候,他可真是壮志凌云。事实上,我想他的终极梦想就是成为像达林顿府这样的豪门巨室的管家。哦,可我现在一想起他当初的那些管理方法!说真的,史蒂文斯先生,如果您现在看到他那些做法的话,我能想象得出您会有什么样的表情。也真是难怪他壮志难酬了。"

我轻轻一笑。"以我的经验,"我说,"有太多的人相信自己有能力在更高等级的岗位上工作,对于这更高的岗位所要求的素质却又没有丝毫的概念。这样的工作肯定不是任何人都干得了的。"

"这话说得是。史蒂文斯先生,如果您当初就有机会对他做出观察的话,真不知道您到底会怎么说!"

"干我们这一行的,肯顿小姐,到了这样的级别以后,就真不是每个人都能胜任的了。心怀凌云壮志自是容易,可是如果不具备特定的素质,一个做管家的到了一定的层次以后就真是再难有所进境了。"

肯顿小姐像是对这番话默想了片刻,然后道:

"我突然想到,您肯定已经心满意足了吧,史蒂文斯先生。毕竟,您看,您已经处在了事业的顶峰,对于这个领域的方方面面,无不尽在您的掌握之中。我真是无法想象您还会有什么样的人生目标。"

我一时还真想不出对此该如何回应。在继之而起的一阵略显尴尬的沉默当中,肯顿小姐把目光转向手里盛热可可的杯子的底部,就好像被她在那里发现的某样东西给吸引住了。最后,在经过一番考虑之后,我说:

"就我而言,肯顿小姐,我得一直等到尽我之所能协助爵爷把他为自己设定的那些伟大的任务统统完成以后,我的职业才能算得上是圆满了。爵爷的工作大功告成之日,到他对自己已经取得的荣誉终于感到满足了,到他满意地知道他已经做到了每个人对他提出的所有的合理要求以后,只有到了那一天,肯顿小姐,我才能够自称为,如您所言,一个心满意足之人。"

她可能对我的这番话感到了一丝困惑;或者也许是其中有些地方让她感到了不快。总之,她的情绪似乎就是在那一刻发生了改变,我们之间的谈话马上就丧失了一开始那种相当私人化的基调。

就在那次谈话以后不久,我们在她的起坐间里举行的这些热可可聚谈便无疾而终了。事实上,我清楚地记得我们最后那次以这种方式进行的聚谈;我本来是希望跟肯顿小姐商量一下一桩即将到来的社交盛会的安排——苏格兰的一群名流显贵将来此举行一次周末聚会。事实上,那个活动尚有一个月左右的时间才会举行,不过对于盛大活动的具体安排及早进行讨论一直就是我们的习惯。就在那天傍晚,对于那次活动的方方面面我已经径自谈论了有一会儿了,这才意识到肯顿小姐一直都没怎么表态;又过了一段时间,我已经清楚地发现她的心思其实完全就不在这上头。我有几次还特地问她:"您在听我说话吗,肯顿小姐?"尤其是在我针对某一点说了一大段话以后,虽然经我这么一问以后,她每次都会变得稍稍警醒一点,可是不出几秒钟,我就看得出来她已经又神游天外了。在我滔滔不绝地讲了好几分钟以后,她唯一的反应也不过就是回一句类似"当然,史蒂文斯先生",或者"我非常同意,史蒂文斯先生"这样的话。最后我终于对她说:

"很抱歉,肯顿小姐,不过我看我们再继续下去也没什么意思了。您像是根本就不觉得这次讨论有什么重要的。"

"很抱歉,史蒂文斯先生,"她说,稍稍坐直了身子。"只是因为我今晚真的有点累了。"

"您现在越来越容易累了,肯顿小姐。在过去您可是从来不需要求助于这样的借口的。"

让我吃惊的是,肯顿小姐突然勃然变色道:

"史蒂文斯先生,我这个礼拜都忙得不可开交。我已经很累了。事实上,三四个钟头以前我就希望赶快上床休息了。我真是非常、非常累了,史蒂文斯先生,难道您一点都看不出来吗?"

我原本也没有期望她会为一直都心不在焉而向我道歉的,可是这个回答之强硬,我必须说,还是让我有点吃惊。不过,我决定还是不跟她卷入一场无谓的争执,我刻意停顿了好一会儿以后,这才心平气和地道:

"如果您的感受是这样的话,肯顿小姐,那我们也就根本无须再继续这些晚上的碰面了。我很抱歉,我居然一直都没有觉察到这样的碰面给您造成了这么大的不便。"

"史蒂文斯先生,我只是说我今天晚上很累……"

"不,不,肯顿小姐,这是完全可以理解的。您本来就工作繁忙,这些碰面等于又给您增加了不必要的负担。即便是不以这种方式每天碰面,也还有很多其他的方法可以保证在我们之间实现工作层面上的必要沟通。"

"史蒂文斯先生,实在没这个必要。我只是说……"

"我是认真的,肯顿小姐。事实上,已经有一段时间,我一直都在考虑是不是还要继续这样的碰面,既然它们平白又延长了我们本已经非常忙碌的日常工作。我们每天在您这儿碰面晤谈的方式虽已延续了多年,但这一事实本身并不成其为我们就不该寻求一种更方便的安排方式的理由。"

"史蒂文斯先生,请别这样,我相信这些碰面还是非常有用的……"

"可是它们给您带来了不便啊,肯顿小姐。它们使您精疲力竭。请容我建议,从今往后,我们就只在正常的工作时间内找些空当来沟通重要的信息。万一不能及时地找到对方,我建议我们写个字条留在对方的房门上。在我看来这不失为一种完善的解决办法。好了,肯顿小姐,很抱歉耽误了您这么长时间。非常感谢您的热可可。"

自然——我又何必不肯承认呢?——我偶尔也会暗自思忖,如果对于我们晚间的晤谈问题我的态度不是如此决绝的话——也就是说,如果在那以后的几个星期里,面对肯顿小姐好几次恢复晚间晤谈的建议,我的态度肯于软化的话,长远看来事态的发展究竟会是怎么样的。直到现在我才开始考虑这个问题,是因为有鉴于此后事态的发展,我很有理由认为当初我在一劳永逸地决定终止那些晚间碰头的例会之时,我也许并没有完全意识到我的所作所为可能带来的全部影响。的确,甚至可以说我的这个小小的决定竟在某种程度上成为一个关键的转折点;我的这一决定使得事态的发展无可避免地迈向了最终的结果。

不过话又说回来了,人一旦凭借着后见之明,开始在自己的过去当中找寻类似的"转折点",我想就常常会开始觉得它们无处不在。不仅是我针对我们的晚间晤谈所做的决定,还有在我的餐具室里发生的那个小插曲,如果愿意这么想的话,也可以被视作是这样的"转折点"。人们也许会问,如果那天傍晚肯顿小姐捧着花瓶走进来的时候,我的反应稍有不同,那又会有什么样的结果呢?还有,在肯顿小姐收到姨妈的死讯后,我跟她在餐厅里不期而遇的那一次——大约跟这些事件发生在同一个时期——或许也可以被视作另一个这样的"转折点"。

那死讯是几个钟头前送到的;的确,那天早上就是我敲开她起坐间的房门,亲手把那封信递给她的。我走进去待了一小会儿,跟她讨论了某件工作上的事务,我记得我们围坐在她的桌前,而她就是在我们交谈中间把那封信拆开的。她一下子就呆住了,值得赞扬的是她的神态仍能保持镇定,将那封信从头到尾看了至少有两遍。然后她把信小心地塞回信封,抬头看着桌子对面的我。

"是我姨妈的伴当约翰逊太太写来的。她说我姨妈前天去世了。"她顿了顿,然后说:"葬礼定在明天举行。不知道我能不能告假一天?"

"肯定可以安排的,肯顿小姐。"

"谢谢您,史蒂文斯先生。请原谅,不过我也许现在想单独待一会儿。"

"当然了,肯顿小姐。"

我告退离开,可是直到我已经出来以后,这才想起我实际上并没有明确向她致以慰唁之意。我完全可以想象这消息对她是个多大的打击，因为她姨妈一直以来在方方面面对她而言就像是她的亲生母亲一样。我在走廊里犹豫了一会儿，思量着我是否应该返回去敲开门，好好弥补一下我的疏漏。可是我接着又想，要是我真这么做的话，极有可能会打扰到她不欲公开流露的哀伤之情。的的确确，就在那一刻，肯顿小姐极有可能就在距离我只有几英尺之遥的屋内痛哭失声。这种想法在我心里激起了一种奇怪的感觉，使得我就在那走廊上独自踌躇、徘徊了良久。不过最终我还是判定，最好还是另找机会表达我的慰问之情，于是就先离开了。

结果是我直到当天下午才又见到她，如前所说，我是在餐厅里碰到她的，她正把瓷器往餐具柜里放。在此之前，肯顿小姐的丧亲之痛已经在我心头盘踞了好几个钟头，我一直都在琢磨最好是做点什么或是说点什么才能稍稍减轻一下她的情感负担。因此，我在听到她走进餐厅的脚步声以后——我当时正在门厅里忙着某样工作——我等了约莫有一分钟，就放下手里的工作走进了餐厅。

"啊，肯顿小姐，"我说。"今天下午您感觉还好吗？"

"挺好的，谢谢您，史蒂文斯先生。"

"一切都还正常吧？"

"一切都很正常，谢谢您。"

"我一直想问问您，最近这批新到的员工有没有给您带来什么特别的麻烦。"我轻轻一笑。"一时间有这么多新人同时到来，很容易出现各种各样的小麻烦和小问题。我敢说，在这样的时候如果我们能稍稍探讨一下，即便是我们这一行当中的佼佼者都经常能得益匪浅呢。"

"谢谢您,史蒂文斯先生,不过我对新来的那两个姑娘感到非常满意。"

"有鉴于近来有多位新员工加入进来,您不觉得目前的人员配置规划有必要做些调整吗?"

"我不觉得有什么调整的必要,史蒂文斯先生。不过如果我的想法有变的话,我会第一时间告诉您的。"

她转头继续整理餐具柜,我一时间打算就此离开餐厅了,事实上,我相信我实际上已经朝餐厅门口走了几步了,不过我停下脚步,转过头来又对她说:

"这么说来,肯顿小姐,您觉得新来的几位员工适应得还不错喽?"

"两个姑娘表现得都非常好,我可以向您保证。"

"啊,很高兴听您这么说。"我又短促地一笑。"我只是想了解一下情况,因为我们都知道,她们俩都没有在这样规模的宅第里工作过。"

"的确如此,史蒂文斯先生。"

我看着她把瓷器往餐具柜里摆,等着看看她还有什么想说的。过了好一会儿,看到她很明显再没有什么话要说了,我才开口道:"事实上,肯顿小姐,请恕我直言。我已经注意到最近有一两件工作做得有失水准。我真觉得对于新来的这批员工,您也许还是不要这么沾沾自喜才好。"

"您这话是什么意思,史蒂文斯先生?"

"就我个人而言,肯顿小姐,每当有新的员工到来,我都会加倍注意,以确保一切都不出问题。我会在各个方面检查他们的工作成效,并试图评估他们与其他员工相处得如何。毕竟,对于他们在业务方面以及整体的精神面貌方面的影响有个清楚的认识是非常重要的。我不得不很遗憾地指出,肯顿小姐,不过我相信您在这些方面可能稍稍有点粗心大意。"

肯顿小姐一时间显得有些困惑不解。然后她转身看着我,脸色明显绷得紧紧的。

"您说什么,史蒂文斯先生?"

"比方说,肯顿小姐,虽说这些餐具清洗的情况符合我们一贯的高标准,可是我注意到它们摆放在厨房架子上的方式,尽管目前来看并无显而易见的危险,不过长此以往,餐具的破损率恐怕就会超过必要的标准了。"

"是这样吗,史蒂文斯先生?"

"是的,肯顿小姐。还有啊,早餐厅后面那个小壁龛也有段时间没有打扫过了。恕我失礼,不过还有一两件其他的小事可以提一下。"

"您不必再特别强调了,史蒂文斯先生。我会遵照您的建议,重新检查新来的女仆的工作。"

"忽略了这么明显的小瑕疵,这可不像是您的做派啊,肯顿小姐。"

肯顿小姐把脸别过去,脸上再次出现了那种表情,就像是努力想弄清楚让她困惑不已的某一件事。她的神色与其说是生气,不如说是疲惫。然后她把餐具柜一关,说:"失陪了,史蒂文斯先生,"径自离去。

可是,总是在悬想当年的某时某刻若是不像当初那般行事的话,结局将会怎样,这又有什么意义呢?这样下去,恐怕只会徒然让自己心烦意乱。总之,说说当初的哪件事成了"转折点"自是无妨,可是这样的时刻也只能在回顾当中才能追认。自然,如今在回顾这些往事的时候,它们在我的人生当中确实呈现为异常关键而又珍贵的时刻;可是在当时自然是不会有这种想法的。反而会觉得在我面前还有数不尽的日、月、年,可以在其中慢慢地理清我跟肯顿小姐关系当中的那些别扭和无常;将来还有无数的机会可以弥补这个或那个误会所造成的影响。当时可是绝对没有丝毫迹象显示,这些显然都是渺不足道的小事竟会致使所有的梦想永远都无法兑现。

不过我看我是变得有些过度内省了,而且还是一种性质相当阴郁的内省。无疑,这肯定是跟夜静更深,以及今晚所经受的那一连串恼人的事件有关。无疑,我现在的心境肯定也跟明天我应该就能在多年睽违之后终于又能见到肯顿小姐这一事实不无关系——只要我能在当地的汽修厂买到汽油,就像泰勒夫妇向我保证的那样——我预计明天午饭时间就能到达小康普顿。当然,没有任何理由认为我们的重逢不会是友好而又热诚的。事实上,以我的预期,我们的会晤——除了几句在此情况下必不可少的朋友间的嘘寒问暖以外——主要应该还是以谈工作为主。也就是说,既然肯顿小姐的婚姻已经是不幸地貌似走向了失败,而且连家都没有了,那么我的责任就是要确认她是否还有兴趣回到达林顿府重操旧业。在此我也不妨直说了吧,今晚再次重读她的来信以后,我倾向于认为我此前对于其中某些字句的解读或许有先入为主和强作解人之嫌,实在不够明智。不过我仍旧认为她来信当中的特定段落的确流露出不只是一星半点的怀旧之情,尤其是当她写下类似这样的话语时:"当时我是多么喜欢从三楼的那几间卧室里俯瞰大草坪以及远处那绿草如茵的开阔高地。"

不过话又说回来了，既然明天就能当面获悉肯顿小姐目前的真实意愿，再这样没完没了地反复猜度思量又有什么意义呢？反正，我也已经远远偏离了对于今晚各种遭遇的讲述。就容我这么说吧，最后这几个钟头过得实在是活活要把人给累死。我原以为，在一个晚上不得不把福特车弃置于荒郊野岭、不得不摸黑从根本没有路的山上跋涉到这个村子里，这些遭遇已经是够我受的了；而且我相信，我那善良的主人泰勒先生和太太也绝非是故意让我承受刚刚经历的这番苦楚的。但事实就是如此，一旦我在他们的餐桌前坐下来准备用晚餐，一旦他们的几位邻居开始过来拜访，那一连串最令人难熬的事件就在我身边轮流开始上演了。

农舍楼下的房间看起来被泰勒先生和太太用作了餐厅兼日常的起居室。房间相当温馨舒适，正中摆放着一张农家的厨房里常见的那种做工粗糙的大木桌，桌面没有上漆，布满了切肉刀和切面包的刀子留下的细小刀痕。尽管我们仅靠墙角架子上的一盏油灯那昏黄的光线照明，这些刀痕仍旧清晰可见。

"并不是说我们这个偏僻地方没有供电，先生，"用餐期间泰勒先生对我说，同时朝那盏油灯点了点头。"可是线路出了问题，我们有差不多两个月没有电了。不过实不相瞒，我们也并不太想念有电的那些日子。咱们这个村子里有几户人家就从来没用过电灯。油灯的光线给人的感觉更加温暖。"

泰勒太太给我们端上来可口的肉汤，我们以脆皮面包佐餐，那时还没有什么迹象预示着今天晚上还会有什么令人发怵的事情发生，我本以为也就再花一小时左右的时间愉快地聊聊天就可以上床休息了。然而，我们刚刚吃完晚饭，泰勒先生正给我倒一杯邻居家酿的艾尔啤酒的时候，听到屋外的砾石路上传来了脚步声。在我听来，黑暗当中逐渐逼近一幢孤零零的偏僻村舍的脚步声里自有一点点不祥的味道，不过无论是主人还是主妇倒都像是并没有觉得来人有什么恶意。因为从泰勒先生的问话当中就只听得出好奇的语气：「哈啰，来的是谁啊？」

他这话更像是自言自语，可是接着我们就听到门外有人大声地自报家门，就像是回答他这句问话一样：「是我，乔治·安德鲁斯。正巧打这儿路过。」

紧接着，泰勒太太就将一位身材魁梧、五十来岁的男人迎了进来，看他的穿着打扮，他这一天应该都在干农活儿。从他熟不拘礼的态度上可以看出他是这儿的常客，他在进门的一个小凳子上坐下，有点费劲地脱下脚上的威灵顿橡胶靴，一边跟泰勒太太闲聊了几句。然后朝餐桌走来，停下脚步，在我面前以立正姿势站得笔直，就像是军队里向长官进行汇报一样。

「敝姓安德鲁斯，先生，」他说。「祝您晚上好。听闻您的不幸遭遇我深感遗憾，不过我希望您在敝村莫斯科姆度过的这一夜不至于让您太过失望。」

我有点困惑不解，这位安德鲁斯先生又是怎么听说他所谓的我的「不幸遭遇」的呢？不管怎么说，我还是面带微笑地回答说，我绝没有感到什么「失望」，对于受到的盛情款待唯有不尽的感激之情。我说这话当然指的是泰勒先生和太太的好心相助，谁知安德鲁斯先生像是自认为也被包括在我所感激的对象当中了，因为他马上就自卫一样地举起两只巨掌，说道：

「哦，不，先生，您太客气啦。我们非常高兴您能来到这里。像您这样的人物可是不会经常途经敝村的。您能在此停留我们更是高兴还来不及呢。"

听他这话的意思,像是说这整个村子的人都已经知道了我的"不幸遭遇"以及随后入住这幢农舍的经过。我后来发现,事实上也差不多正是如此;我只能猜想,就在我刚刚被领进这个卧室以后——在我洗净双手,正尽力补救一下外套和裤脚的污损之际——泰勒先生和太太就把有关我的消息讲给了路过的村民们听了。总而言之,几分钟以后就又来了一位客人,那人的外貌跟安德鲁斯先生非常相像——也就是说,同样是肩宽背厚、务农为业,脚下一双沾满泥浆的威灵顿橡胶靴,而且他进门和脱靴的方式就跟安德鲁斯先生如出一辙。事实上,他们两位的相貌和做派真是太像了,我还真以为他们是兄弟俩,直到新来者自我介绍说:"敝姓摩根,先生,特雷弗·摩根。"

摩根先生先是对于我的"不幸"表达了遗憾之情,向我保证第二天一早一切都会迎刃而解,然后又表示整个村庄是多么欢迎我的到来。当然,稍早之前我已经听到过类似的亲切致意了,可是摩根先生的原话居然是:"像您这样的绅士居然来到莫斯科姆村,这真是我们的无上荣光,先生。"

我还没来得及想好跟如何回答他这番话,屋外的小径上就又传来了更多的脚步声。不久,一对中年夫妇就被迎了进来,主人向我介绍他们是哈里·史密斯先生和太太。这两位看起来却全然不像是务农的;史密斯太太是位发了福的大块头女人,不禁令我想起了二三十年代在达林顿府服务近二十年之久的厨娘莫蒂默太太。哈里·史密斯先生却和太太形成了鲜明的对比,是个小个儿,眉头紧锁,表情一直都很紧张。他们在桌边坐下以后,史密斯先生对我说:"您的车就是停在荆棘山上的那辆古董福特吧,先生?"

"如果您说的就是俯瞰这个村子的那座小山的话,"我说。"不过听您说您居然见到了那辆车,我倒是挺惊讶的。"

"我并没有亲眼见到,先生。不过戴夫·桑顿刚才开着拖拉机回家的时候,在路上见到了它。看到居然有那么一辆车停在路边,他大为惊讶,他还特地停下拖拉机,下来看了看。"说到这里,哈里·史密斯先生转过头去对着围桌而坐的其他人说道:"真是漂亮极了,那辆车。他说他从来也没见过这么漂亮的车。把林赛先生从前开的那辆车完全给比下去了!"

这引起大家的哄堂大笑,泰勒先生特地给我解释说:"林赛先生是从前住在离这儿不远的那幢大房子里的一位绅士,先生。他干过一两件挺出格的事,惹得周围的乡亲们不大待见他。"

这话引起一阵喊喊喳喳的赞同声。然后有个人说:"祝您健康,先生,"举起一大杯泰勒太太刚才给大家斟满的艾尔啤酒,紧接着大家就全体共同举杯向我敬起酒来。

我微笑道:"我向诸位保证,能来到贵地是我的荣幸。"

"您太客气了,先生,"史密斯太太道。"这才是真正的绅士风度。那个林赛先生根本就不是什么绅士。他也许有很多钱,可他绝不是个绅士。"

这话再次赢得大家的一致赞同。然后泰勒太太凑在史密斯太太的耳边悄声说了句什么,史密斯太太回答说:"他说他会尽快赶过来的。"这两位太太一起转脸看着我,神色有些不太自然,还是史密斯太太开口道:"我们跟卡莱尔医生说了您在这儿的消息,先生。医生表示非常高兴能有机会跟您结识。"

"我想他还有病人要接诊,"泰勒太太表示歉意地补充道。"恐怕我们无法确定他能在您需要休息之前及时赶过来。"

这个时候,那位眉头紧锁的小个子男人哈里·史密斯先生再次探身向前说道:"那位林赛先生,他真是大错特错了,不是吗?做出那样的事来。自以为不知道比我们高明多少,把我们全都当傻瓜。哼,我可以告诉您,先生,很快他就知道不是这么回事儿啦。咱们村里可是有不少肯动脑筋、喜欢讨论的人。咱们这里有的是明确的主见,而且从来不会羞于把它表达出来。你们那位林赛先生很快就知道厉害,学了乖啦。"

"他不是绅士,"泰勒先生平静地道。"他根本就不是个绅士,那位林赛先生。"

"一点都不假,先生,"哈里·史密斯先生道。"你只要打眼一看,就看得出他不是个绅士。不错,他是有一幢漂亮的房子,一身上等的套装,可尽管如此你就是知道。他也很快就露了馅儿啦。"

又是一阵嘁嘁喳喳的赞同声,一度所有在场的人都似乎在考虑向我透露当地这位名人的故事是否合适。后来还是泰勒先生打破了沉默。

"哈里说得没错。你一打眼就能看得出谁是真正的绅士,谁是衣着光鲜的冒牌货。就拿您自己来说吧,先生。使您成为一位绅士的可不是您身上衣服的剪裁,甚至不是您谈吐的优雅方式,而是别的某一种特质。很难说得清楚,可是只要眼睛不瞎,一打眼就看得出来。"

这话引来了大家更多的赞同。

"卡莱尔先生应该很快就到了,先生,"泰勒太太插嘴道。"您肯定会跟他谈得很愉快的。"

"卡莱尔先生也有那样的特质,"泰勒先生道。"他是有的。他是个真正的绅士,一点不假。"

摩根先生自打进来以后就没怎么开口,这时候探身向前对我说:"您觉得这种特质到底是什么呢,先生?也许拥有这种特质的人能说得更加清楚。我们一直都在这么议论谁有谁没有的,可我们绝不可能比我们议论的对象更明智。也许您能指点我们一二,先生。"

大家顿时安静了下来,我能感到所有人都把脸转向了我这边。我轻咳了一声,说:

"让我来对于我可能具备也可能不具备的特质发表意见,是极不合适的。不过,就这个具体的问题而言,我料想大家所谓的这种特质可能可以最为方便地用'尊严'二字来界定。"

我认为对此无须再做任何进一步的解释了。的确,我不过是在倾听大家谈话的过程中将我头脑中一闪而过的想法随口说了出来,若非大家的突然要求,我都很怀疑自己是否还会说出这番话来的。不过,大家对我的回答倒似乎是颇为满意。

"您的话很有道理,先生,"安德鲁斯先生道,频频点头,其他几位也应声附和。

"那位林赛先生也确实需要更多一点尊严才好,"泰勒太太道。"可是他这一类人的问题就在于他们错把装腔作势、趾高气扬当成了尊严。"

"不过请注意,"哈里·史密斯先生插嘴道,"应该说我非常尊重您的意见,先生。不过,尊严可并非绅士们所独有的。尊严是这个国家的每一个男人和女人都可以凭自己的努力去争取并且能够最终得到的。恕我冒昧直言,先生,不过就像我方才说过的,我们这里的人在需要表达自己观点的时候是不会客套的。而这就是我的看法,不管说得对不对。尊严可并不只是绅士们所独有的。"

当然,我觉察到哈里·史密斯先生对于"尊严"的理解跟我的原意是大相径庭的,不过要想跟这些人解释清楚我的观点,这个任务就未免过于艰巨了。所以我觉得最好的办法莫过于简单地微微一笑并加以认可:"当然,您说得很对。"

这话非常有效,马上就驱散了哈里·史密斯先生刚才说那番话时所造成的那种轻微的紧张气氛。而哈里·史密斯先生本人却似乎变本加厉,变得毫无顾忌了,因为他倾身向前,继续说道:

"毕竟,这就是我们抗击希特勒的目的。如果希特勒得逞了的话,我们现在就全都沦为奴隶了。全世界就将只有几个主子和数以亿万计的奴隶了。而我不需要提醒在座的任何一位,作为奴隶可是没有任何尊严可言的。而这正是我们为之而奋战,也是我们最终所赢得的。我们赢得了成为自由公民的权利。这就是生为英国人的一项基本人权,不管你是谁,不管是贫穷还是富有,你生而自由,你生而拥有自由表达你的观点的权利,你可以投票选举你支持的议员,或者投票将其罢免。这就是尊严的真正意义,如果您恕我冒昧直言的话,先生。"

"好了,好了,哈里,"泰勒先生道。"我看得出你又在为你的某个政治演说热身呢。"

这引起一阵笑声。哈里·史密斯先生有点腼腆地微微一笑,不过却又继续道:

"我这不是在谈政治。我只是想说说我的看法,仅此而已。你要是个奴隶的话,你就不可能有任何尊严。不过每一个英国人,只要他愿意,对此都会有深刻的体会。因为我们曾为了这种权利而浴血奋战。"

"我们这个村子也许看起来只是个偏僻的小地方,先生,"他妻子道。"可是我们在战争中的付出超过了我们分所应该的程度。远远超过了。"

她这句话一说完,气氛一下子就变得相当凝重了,一直到泰勒先生最终对我说:"哈里为我们地方上做了大量的人员组织工作。只要给他半点机会,他就会详详细细地告诉你这个国家的管理方式到底错在了哪里。"

"啊,可我这次说的倒恰恰是这个国家对在了那里。"

"您本人跟政治的关系算得上密切吗,先生?"安德鲁斯先生问。

"并没有什么直接的关系,"我说,"尤其是这些年。战前也许算得上有过接触吧。"

"我刚刚想起一两年前的时候有位下院议员就叫史蒂文斯先生的。我在无线电上听过他的一两次演说。他对于住房问题有一些很有道理的看法。那不会就是您本人吧,先生?"

"哦,当然不是,"我笑道。现在回想起来,我真是一点都搞不懂当时我怎么会说出下面那番话来的;我只能说,置身于当时的那种环境当中,看来确乎是有如此表达的必要的。因为我接下来是这么说的:"事实上,相比而言,我个人更关心的是国际事务而非内政方针。是外交政策,也就是说。"

这番话对于我的听众们似乎产生的效果真让我有点感到吃惊。也就是说,他们似乎油然生出一种敬畏之情。我赶紧补充说:"我可从来都没担任过任何高级职务,请注意。我所能够施加的任何一点点影响,都纯粹是非官方意义上的。"不过那种鸦雀无声的寂静仍旧维持了好几秒钟。

"请原谅,先生,"泰勒太太最后道,"不过您可曾见到过丘吉尔先生?"

"丘吉尔先生?他确实有几次造访过敝府。不过坦白说来,泰勒太太,在我最为经常地与闻国际大事的那段时期内,丘吉尔先生还不是如今这样关键的人物,也没人当真以为他日后会成为这样的大人物。当年更为经常性的来访者是艾登①先生和哈利法克斯勋爵这些人。"

"可是您毕竟是见到过丘吉尔先生本人的,对吧,先生?能够这么说是多大的荣幸啊。"

"丘吉尔先生的很多观点我也并不认同,"哈里·史密斯先生道,"不过毫无疑问,他的确是个伟人。能跟他这样的人物商讨大事,那肯定也是相当了不起的。"

"呃,我必须重申,"我说,"我跟丘吉尔先生并无太多的接触。不过您说得很对,能有机会结识他确是令人深感满足的幸事。事实上,总而言之,我想我的确是非常幸运的,这是我首先必须承认的一点。毕竟,我何幸之有,不但能够结识丘吉尔先生,而且还跟其他来自美洲和欧洲的众多伟大领袖和重要人物打过交道。您可能会觉得我何幸之有,居然能蒙这些伟人不弃,倾听我对于当时那些重大事件的意见,不错,回想起来,我的确备感荣宠。毕竟,能在这样一个国际的舞台上扮演一个角色,无论

---

① 艾登(Robert Anthony Eden,1897—1977),英国首相(1955—1957),保守党领袖。一九三五至三八年任外交大臣,曾因反对绥靖政策而辞职。一九四〇年起先后任战时内阁大臣和外交大臣,一九五一至五五年任外交大臣兼副首相。首相任内,因策划侵占苏伊士运河失败而被迫辞职。

那个角色是何其渺小,的确是一种莫大的荣幸。"

"请恕我多嘴,先生,"安德鲁斯先生道,"不过艾登先生到底是个什么样的人呢?我的意思是在私底下。我一直都有个印象,觉得他是个非常正派的君子。是那种无论高低贵贱,他都愿意跟你交谈的人。我这个印象对吗,先生?"

"我想,大体而言,这是一种很精确的描述。不过当然了,最近这些年来我都再没有见过艾登先生,也许压力之下他已经有了很大的改变,也未可知。因为我曾经亲眼目睹过这样的实例,公共生活在短短的几年内就能把一个人改变到你都认不出来的程度。"

"这一点我毫不怀疑,先生,"安德鲁斯先生道。"就连咱们的哈里也不例外。他自己涉足政治也就几年的时间,打那以后他就跟变了一个人一样。"

大家又是一阵哄笑,而哈里·史密斯先生则把肩一耸,脸上勉强掠过一丝微笑。然后他说:

"我的确把大量精力投入到了竞选工作中。这当然只是地方性的,不要说是您交往过的那些大人物了,就算是重要程度只及他们一半的那种人,我也一个都没见过,先生,可是尽管我人微言轻,我相信我是在竭尽绵薄,做好我的本分。在我看来,英国是个民主国家,为了捍卫它的民主制度,我们这个村子里的人经受过的磨难并不亚于任何人。现在也该当我们来行使我们的权利了,这是我们每个人的职责。我们村里有不少优秀的年轻人为了能使我们享有这种权利而牺牲了生命,依我之见,我们在座的每一个人都对他们有所亏欠,唯有尽好我们的本分才是对他们应有的回报。我们都有自己坚定不移的主见,我们的责任就是让大家都听到我们的见解。没错，我们这里地处偏远，我们只是个小村庄，我们大家都不再年轻了，而且我们的村子也越来越小了。在我看来，我们必须对我们村子里那些为国捐躯的小伙子们有个交代。这也正是为什么，先生，我投入这么多的时间和精力，就是确保我们的声音能够被上层听到。就算是我本人因此而有了改变，或者是提早把我送进了坟墓，我也在所不惜。"

"我可是警告过您的，先生，"泰勒先生微笑道。"好容易碰上个像您这样的人物，哈里是决不会不让您听听他那套长篇大论就轻易把您放过去的。"

大家又是一阵哄笑，不过我几乎马上就接口道：

"我想我非常理解您的立场，史密斯先生。我也很能理解您希望这个世界变得更加美好、您和本地的村民们应该拥有为使这个世界更加美好而贡献一己之力的良好愿望。这种情怀值得我们为之而鼓掌喝彩。我敢说，这跟促使我在战前投身于那些国际大事的出发点是非常类似的。所以，就如眼下的情形一样，尽管我们对于世界和平的把控无比脆弱，我也唯愿自己能够竭尽绵薄。"

"恕我直言，先生，"哈里·史密斯先生道，"不过我的观点跟您略有不同。对于像您这样的人物来说，要发挥您的影响总是轻而易举的事情。您可以将国内那些最有权势的大人物视作自己的朋友，跟他们称兄道弟。可是像我们村里的这些人呢，先生，我们年复一年可能连一个真正的绅士都见不着——也许应该把卡莱尔医生除外。他确实是位一流的医生，可是容我冒昧，他可没有像您这样的人脉。我们这些身处穷乡僻壤的人，很容易会忘掉我们身为公民的责任。这也正是我这么卖力地投身竞选活动的原因所在。不管大家同不同意我的政见——我知道，就算是在眼下的这个小屋里也没有人会同意我说的每一句话——至少我能促使他们开始思考。至少我提醒他们应该想到自己肩负的职责。我们生活于其中的是一个民主国家。我们曾为了它而浴血奋战。我们全都应该尽我们的本分，做好我们的本职工作。"

"真不知道卡莱尔大夫到底出了什么事，"史密斯太太道。"我相信我们这位绅士应该是需要来一点有教养的谈话了。"

这话又激起了更多的笑声。

"实际上，"我说，"尽管非常高兴能跟大家坦诚相见，但我得坦白承认我开始觉得有些疲惫不堪了……"

"那是肯定的，先生，"泰勒太太道，"您一定是已经非常累了。或许也应该再去给您拿一条毯子来。这个时候晚上真是冷得多了。"

"不，真的不用了，泰勒太太，夜里我肯定会睡得非常舒服的。"

可还没等我从桌边站起来，摩根先生就又道：

"我刚才还在想，先生，我们都很喜欢无线电里的有个伙计，叫作莱斯利·曼德雷克的。不知道您会不会碰巧认识他？"

我回答说并不认识他，正要再次起身准备告退的时候，却又被更多的这种是否认识各色人物的问题给耽搁住了。于是，一直等到史密斯太太大声宣告又有人来了的时候，我仍旧在桌旁坐着：

"啊，有人来了。我想应该是大夫终于到了。"

"我真的该告退了，"我讨饶道。"我真感觉筋疲力尽了。"

"可我敢肯定这次一定是大夫到了，先生，"史密斯太太道。"请您一定再多待几分钟。"

她正说话间，有一记敲门声响起，有个声音道："是我呀，泰勒太太。"

被迎进来的那位绅士还相当年轻——大概四十开外——又高又瘦;真是够高的,事实上,他进门的时候必须得稍稍弯弯腰才行。他刚刚向我们大家道了个晚上好,泰勒太太已经忙不迭地跟他说:

"这位就是我们的绅士,大夫。他的汽车在荆棘山上抛了锚,结果他就不得不忍受哈里没完没了的政治演说了。"

医生走到桌前,向我伸出手来。

"在下理查德·卡莱尔,"我起身跟他握手时,他笑容可掬地道。"您的车运气真是糟透了。不过,相信您在这里肯定会得到很好的照顾。恐怕会被照顾得太好了一点,也未可知。"

"谢谢您,"我回答道。"每个人对我都再好不过了。"

"那敢情好,很高兴您能来到敝村。"卡莱尔大夫在几乎正对着我的桌对面落座。"您是从国内的哪个地方来的?"

"牛津郡,"我说,确实,我还真不容易抑制住加上"先生"这个称呼的本能。

"好地方啊。我有个叔叔就住在牛津城外。真是个好地方。"

"这位绅士刚刚才告诉我们,大夫,"史密斯太太道,"他认识丘吉尔先生呢。"

"是吗?我以前认识他的一个侄子,不过早就失去联系了。我还从来没有荣幸见这位伟人一面呢。"

"不光是丘吉尔先生,"史密斯太太继续道。"他还认识艾登先生。还有哈利法克斯勋爵呢。"

"真的吗?"

我能感觉到大夫的目光正在仔细地审视我。我正准备恰如其

分地解释几句,还没等我开口,安德鲁斯先生就对医生道:

"这位绅士刚才告诉我们,他想当年曾参与过很多外交事务呢。"

"这是真的吗?"

我感觉卡莱尔大夫又继续观察了我相当长的一段时间。然后他才又重拾愉快的态度,问我道:

"这次驾车出游是四处游玩喽?"

"大体上算是吧,"我说,轻轻一笑。

"附近可是有不少的乡村胜景。哦,对了,安德鲁斯先生,很抱歉那把锯子还没还给您呢。"

"完全不用着急,大夫。"

有那么一小会儿,大家关注的中心暂时从我身上转移开来,我也终于能够不再说话了。然后,抓住一个貌似恰当的时机,我站起身来道:"恕我先行告退了。这真是个最令人愉快的夜晚,不过我现在真的必须告退了。"

"真遗憾您已经要离开了,先生,"史密斯太太道。"大夫才刚到。"

哈里·史密斯先生越过他妻子欠身跟卡莱尔大夫说:"我原本还希望这位绅士能对您那些有关大英帝国的观点发表些意见呢,大夫。"然后他又转向我继续道:"我们的大夫主张帝国内的所有小国都应该独立。我没什么学识,明知道他这个观点是错误的却又没法予以证实。不过我一直都有浓厚的兴趣,想听听像您这样的人物对这个问题究竟是怎么看的,先生。"

于是卡莱尔大夫的目光似乎再度审视了我一遍。然后他说:"是很遗憾,不过我们必须得让这位绅士上床休息了。这一天真够辛苦的,我想。"

"的确,"我说,再次轻轻一笑,然后开始起身绕过餐桌。让我尴尬的是,屋里所有的人,包括卡莱尔大夫在内,全都站了起来。

"非常感谢大家,"我面带微笑地致谢道。"泰勒太太,晚餐美味极了。祝各位晚安。"

大家齐声回答:"晚安,先生。"我都快走出房间的时候,医生的声音又让我停在了门口。

"我说,老伙计,"他说道,我转过身,看到他仍旧站着。"明天一早我就要去一趟斯坦伯里。我很愿意把你捎到你停车的那个地方,省得你再走过去。我们还可以顺道从特德·哈达克的修车铺那儿买上一桶汽油。"

"那真是太感谢啦,"我说。"可我不希望给您增添任何麻烦。"

"一点都不麻烦。七点半你看可以吗?"

"您这可真是帮了我的大忙了。"

"那好,就七点半了。请确保您的贵客在七点半前起床并且用完了早饭哦,泰勒太太。"然后又转向我补充道:"这样的话,我们终究还是可以谈一谈了。只是如此一来哈里就没办法心满意足地亲眼目睹我出乖露丑了。"

大家又是一阵哄笑,再一次互道晚安之后,我才终于能够上楼来到了我的这间避难所。

我确信我无须强调今晚由于大家对我个人那不幸的误解,使我感到多么地惶愧不安。我现在只能说的是,我实在也是不知道自己该怎么做,才能适时地避免情势演变成那样;因为等我意识到正在发生什么的时候,事态已经进展到我若是把真相挑明势必会让所有人都大为难堪的程度。不管怎么说吧,这整件事虽说令人感到遗憾,倒也并没有造成任何实质性的伤害。我反正第二天一早就要离开这些人,而且应该再也不会碰到他们了。再对这件事耿耿于怀看来也就没什么必要了。

不过,撇开那不幸的误解不谈,今天晚上发生的事件当中也许还真有一两个方面值得让人琢磨一番——即便仅仅是因为如不现在想想清楚,接下来的好几天里势必会让人心神不宁。比如说,哈里·史密斯先生对于"尊严"的本质所发表的看法。在他的那番陈述当中,当然并没有什么值得认真思考的地方。诚然,我必须得允许哈里·史密斯先生对于"尊严"这个字眼的应用与我对它的理解是大为不同的。即便如此,即便是以他自己的阐释为准,他的那番陈述也肯定是太过理想化和理论化了,不值得认真对待。他的观点无疑在一定程度上也有他的道理:在一个像我们这样的国家当中,人民确实有一定的责任去思考国家大事、形成自己的观点。可是以真实的生活现状而言,你又怎么能指望普通的老百姓对五花八门的国家事务都有"明确的主见"呢——就像哈里·史密斯先生相当异想天开地宣称此地的村民所做的那样?对于老百姓有这样的期许非但是不切实际的,而且我也相当怀疑老百姓那方面果真会有这样的意愿。毕竟,寻常百姓的所学和所知都很有限,要求他们每个人都对国家的大是大非都能贡献"明确的主见",这肯定是不明智的。不管怎么说,如果有人居然自作主张地以这方面的考量来界定个人的"尊严",那肯定是荒诞不经的。

事有凑巧,我突然想到了一个实例,我相信恰好可以充分说明哈里·史密斯先生的观点所包含的真确性的实际限度。这一实例又碰巧是我的亲身经历，是发生在战前大约一九三五年的一个小插曲。

我记得，某一天的深夜——已经过了午夜——爵爷打铃把我叫进了会客室，用完晚餐以后爵爷就一直在那儿款待三位贵宾。那天夜里，我自然是已经有好几次被叫进会客室添补酒水饮料了，而且这几次我都发现宾主正就某些重大的议题进行深入的讨论。不过，就在我最后这次进入会客室的时候，宾主却都停下了话头，而且目不转睛地看着我。这时候爵爷道：

"请过来一下好吗，史蒂文斯？斯潘塞先生想跟你说句话。"

爵爷所说的那位绅士继续盯视了我一会儿，并没有改变他扶手椅里略显慵懒的坐姿。然后他才说：

"我的朋友，我有个问题想问问你。我们有个一直争执不下的问题需要你的帮助。告诉我，你认为我们跟美国之间的债务状况是导致目前贸易低迷的关键性因素吗？抑或，你认为这只是个幌子，问题的根源其实是我们放弃了货币的金本位？"

乍听之下，我自然是对这个问题有些吃惊，不过我很快也就明白了真实的状况；也就是说，很明显对方原本就期望我对这个问题束手无策的。的确，在我弄明白这是怎么一回事并且想出该怎么回答的这一小会儿中间，我甚至刻意表现出一副苦思冥想的表情，因为我看到在座的那几位绅士正愉快地相视而笑。

"非常抱歉，先生，"我说，"可对于这个问题我实在是无能为力。"

到了这个时候，我已经对当时的状况心知肚明了，不过那几位绅士仍继续窃笑不已。然后斯潘塞先生又开口道：

"那么,你也许能在另一个问题上帮到我们。倘若法国和布尔什维克之间当真达成了裁减军备的协议,你认为这对于欧洲的币值问题到底是利还是弊呢?"

"非常抱歉,先生,可对于这个问题我实在是无能为力。"

"哦,天哪,"斯潘塞先生道。"所以在这方面你也帮不上我们的忙了。"

又是一阵强忍住的笑声,然后爵爷才说:"很好,史蒂文斯。那就这样吧。"

"拜托了,达林顿,我还有一个问题想请教一下我们这位朋友,"斯潘塞先生道。"我亟需他在这个困扰我们许多人的问题上给予帮助,我们也全都认为这个问题对于我们该如何制定外交政策至关重要。我的朋友,请一定帮帮我们这个忙。赖伐尔[①]先生最近针对北非形势的演说的真实意图到底是什么?你也认为他这只不过是对于他自己党内民族主义极端分子迎头痛击的一个策略吗?"

"很抱歉,先生,可我在这个问题上实在帮不上忙。"

"你们看,先生们,"斯潘塞先生转向其他人道,"在这些问题我们的朋友都无法对我们有所帮助。"

这话又引起了一阵笑声,这一次几乎是毫无遮掩的了。

"然而,"斯潘塞先生继续道,"我们却仍旧坚持要将这个国家的重大决策权交到我们这儿的这位朋友以及像他这样的数百万

[①] 赖伐尔(Pierre Laval,1883—1945),法国维希政府总理(1942—1944),曾参加社会党,历任公共工程、司法、劳工、外交等部部长,一九三一至三六年三次组阁,推行绥靖政策,法国投降德国后,任维希政府副总理、外交部部长、总理,第二次世界大战后以叛国罪被处决。

民众手中。这也就难怪,受制于我们目前的议会制,面对众多的难题我们全都一筹莫展了,不是吗?那还不如干脆就请母亲联盟的委员会去筹备一场战役得了。"

这句话引来了一阵毫不掩饰的开心的大笑,爵爷在笑声当中悄声对我说:"谢谢你,史蒂文斯。"我这才得以告退。

这当然是一个稍稍令人有些不舒服的场景,不过这在我的职业生涯中根本算不上是我碰到的最难应付、甚至最不寻常的事情,您无疑也会同意,任何一位像样的专业人士都应该有能力镇定自若地予以应对。第二天早上,我几乎已经把这个小插曲完全都抛诸脑后了,我正站在弹子房里的一个梯凳上为肖像画掸尘的时候,达林顿勋爵走了进来,对我说:

"你瞧,史蒂文斯,那实在是太可怕了,我们昨天夜里让你承受的那番折磨。"

我停下手里的工作,说:"没有的事,先生。能效犬马之劳,我高兴还来不及呢。"

"那实在是太可怕了。我想全都是因为晚餐吃得太尽兴的缘故。请接受我的歉意。"

"谢谢您,先生。不过我很高兴地向您保证,昨晚我并没有感觉太过为难。"

爵爷相当疲惫地走到一把皮扶手椅前,坐下来叹了口气。从我在梯凳上的有利地势望去,我可以清清楚楚地看到他那映照在阳光中的整个瘦高的身形——冬日的阳光透过法式落地窗照进来,几乎洒满了整个房间。我记得,就在那一刻,我又一次深刻地认识到,短短几年的时间当中,生活的重压已经让爵爷付出了多么沉重的代价。他的体格原本就偏于纤瘦,如今已经瘦得让人有些心惊了,瘦得甚至都有些脱了形,他的头发已经过早地变白了,他的面容则显得紧张而又枯槁。良久,他望着落地窗外远处那开阔的草坡,然后他才又说:

"那实在是挺可怕的。不过你知道,史蒂文斯,斯潘塞先生是想向伦纳德爵士证明一个观点。实际上,如果这对你算得上是种安慰的话,你的确协助我们证实了一个非常重要的观点。伦纳德爵士一直都在重复那些老套的废话。说什么人民的意志就是最明智的仲裁这类的老生常谈。你能相信吗,史蒂文斯?"

"的确,先生。"

"我们这个国家对已经过时的观念的认识实在是太慢了。其他的大国都已经充分地认识到,要想迎接每个新时代的各种挑战,就必须要扬弃那些陈旧的,有时甚至是广受爱戴的习惯做法。可是我们的大不列颠却不是这个样子。仍旧有很多就像昨晚伦纳德爵士那样的论调。这也是为什么斯潘塞先生觉得有必要证实一下他的观点的原因所在。而且我告诉你,史蒂文斯,如果伦纳德爵士这样的人物能够因此而清醒过来,并认真思考一下,那么请相信我,你昨晚上所受的那番折磨就并没有白费。"

"的确,先生。"

达林顿爵爷又叹了口气。"我们总是落在最后,史蒂文斯。总是最后一个死抱着已经过时的体系不放。可是我们迟早必须要去面对现实。民主已经是一种属于过去的时代的诉求了。目前的世界太过复杂,已经不适合普选这一类的制度了。因为数不胜数的议会辩论只能导致停滞不前。在早些年也许还很不错,但在当今的世界呢?斯潘塞先生昨晚是怎么说的来着?他已经表述得很清楚了。"

"我相信，先生，他是将现今的议会制度比作了母亲联盟的委员会企图去筹备一场战役。"

"一点没错，史蒂文斯。我们这个国家，坦白说，已经远远落后于时代了。所有有远见卓识的人士都有必要让伦纳德爵士这类的守旧之士认识到这一点。"

"的确，先生。"

"我问问你，史蒂文斯。我们如今正处在一连串持续不断的危机当中。这是我跟惠特克先生一起去北方的时候亲眼所见的。人民在受苦。普通的正派的劳动人民尤其苦不堪言。德国和意大利已经开始以实际行动进行内部整顿。我想，包括无耻的布尔什维克也在以他们的方式进行整改。就连罗斯福总统，你看看他，他也代表美国人民义无反顾地采取了若干大胆的改革。可是你再看看我们这儿，史蒂文斯。年复一年，情况没有丝毫的改善。我们所做的就唯有争吵、辩论和因循守旧。任何不错的想法还没等经过一半必需的各种委员会的审批，就已经被修改得功效全无了。为数极少的几位有见识有职权的人士也都被他周围那群无知之辈聒噪得止步不前。你从中会得出什么样的看法，史蒂文斯？"

"这个国家看起来的确正处于一种令人遗憾的境地当中，先生。"

"就是嘛。看看德国和意大利，史蒂文斯。看看强权的领导一旦得到认可，将有多大的作为吧。人家那儿可没有这套普选的谬论胡言。要是你的房子着了火，你是不会把全家都召集到会客厅里，花上一个钟头的时间来讨论各种逃生办法的，是也不是？这个办法也许曾经是挺不错的，可当今的世界已经变得无比复杂化了。你不能指望每个路人都通晓政治、经济和国际贸易之类的事务吧。况且他又为什么要去通晓这些东西呢？事实上，你昨晚回答得就很好，史蒂文斯。你是怎么说的来着？大意是这不属于你的认识范畴？① 就是啊，它为什么应该属于你的认识范畴呢？"

在回忆达林顿勋爵当初的这些言论之时，我突然认识到以现在的眼光看来，他的很多观点自然是已经显得相当奇怪——有时候甚至是令人讨厌了。但无可否认的是，他那天早上在弹子房里对我说的那番话中自有某种重要的真确性存在。当然了，期望任何一位管家居然能够令人信服地回答斯潘塞先生那晚向我提出的那类问题，本身就是极为荒谬的，而哈里·史密斯先生那类人居然宣称人的"尊严"就端赖他是否能够对这样的问题具有明确的主见，那自然也就大谬不然了。就让我们把话说清楚吧：一个管家的职责就是提供优质的服务，而不是去瞎掺和那些国家大事。事实上，这一类国家大事无一例外都远远超出了你我这类人的理解范围，像我们这样的人若想做出一点成绩来，就必须认识到最佳的途径便是专注于属于我们认识范畴之内的那些事务；换言之，就是全心全意为那些真正掌握了文明命脉的伟大绅士们提供可能的范围内最好的服务。这一点貌似显而易见，但我马上就能想出太多相反的实例，即太多的管家至少曾经一度对此并不以为然。的确，哈里·史密斯先生今晚的那些话颇让我想起整个二三十年代困扰了我们这一代很多人的那种具有误导倾向的理想主义。我指的是在我们这一行中曾经盛行一时的一种观点，它主张任何一位具有严肃抱负的管家都应该以不间断地对其雇主进行

---

① 事实上史蒂文斯昨晚并没有做出这样的回答。

重新的评估为己任——审视雇主的行为动机，分析其所持观点可能产生的结果。唯有通过这种途径，这派观点认为，你方能确保自己的服务善为人用，自己的才干得其所哉。虽然我在某种程度上愿意认同这种论点当中所包含的理想主义色彩，不过几乎毫无疑问的是，这正如史密斯今晚的那番慷慨陈词一般，是思想误入歧途之后的产物。你只需看看那些试图将此要求付诸实践的管家们的实际情况，就会看到他们的事业——有些人的事业原本可能前途无量的——结果只能是一事无成。我本人至少就认识两位同行，原本都是颇有些能力的，却从一个雇主跳到另一个雇主，永远感到不满，从来无法在任何地方安顿下来，终于落得个四处漂泊、销声匿迹的结果。出现这样的结果是丝毫都不会令人感到吃惊的。因为就实际操作的层面而言，你根本就绝无可能一边对雇主采取挑剔批判的态度，同时还能提供优质的服务。你的注意力如果因为这些考虑而受到干扰，你不单单是无法满足更高水准的服务所提出的各项要求；更为根本的问题在于，一个总是一心想就其雇主的事务形成他自己"明确的主见"的管家，就必定会缺乏所有优秀的从业者理当具备的一项根本性的素质，那就是忠诚。请不用误解我的意思；我所指的并非是那些平庸的雇主因为留不住高素质的专业人士为自己服务，因而抱怨员工们缺乏的那种盲目的"忠诚"。的确，我倒是最不会主张将自己的忠诚轻率地奉献给任何一位碰巧暂时雇用了你的绅士或淑女的那种人。然而，一个管家若是真想对于生命中的任何事情或是任何人具有任何一点价值的话，那就必须要在某个时刻停止无休止的找寻；就必须要有一个时刻，他可以对自己这么说："这位雇主具备了所有我认为高贵而且可敬的品质。从此以后我将献身于为他提供服务的事业当中。"这才是一种明智的忠诚。这其中又有什么"有损尊严"的呢？你只不过是接受了一个不容回避的事实：像你我这样的人是永远都不可能来到一个可以理解当今的世界大事的位置上的，最好的办法无一例外就是要完全信任我们已经认定为明智而又可敬的那位雇主，将我们全副的精力都奉献给为他提供最好的服务上，鞠躬尽瘁，死而后已。看看像马歇尔先生或者莱恩先生这样的管家——两人无疑都是我们这一行里最了不起的人物。我们能够想象马歇尔先生会跟坎伯利勋爵就其最近调任外交部一事进行磋商吗？我们会因为莱恩先生并没有在伦纳德·格雷爵士每一次发表下院演讲前对其进行诘难的习惯，就对他减少了丝毫的敬佩之情吗？我们当然不会。这样的态度当中有什么"有损尊严"的地方，又有什么该受谴责之处呢？既如此，如果由于时移世易的缘故，达林顿勋爵当初的那些努力已经被证明是受到了误导、甚至可以说是愚蠢之举，我在任何意义上又有什么该当受到责备的地方呢？在我为爵爷服务的这几十年间，一直都是爵爷独自一人在判定是非、权衡利弊，做出决断并一以贯之，而我只是恰如其分地谨守本分，负责处理好我本职范围内的那些事务。就我的工作而言，我可以说已经鞠躬尽瘁、克尽厥职，确实做到了众人或许会认定为"第一流"的水准。如果爵爷的一生及其事业在今天看来，已经至多被当作是一种可悲的浪费，那也实在并非是我的过错——如果我为此而感到任何的遗憾或是羞惭的话，那可就真是违情悖理的苛责了。

第四天——下午

小康普顿,康沃尔郡

我终于抵达了小康普顿，此时我正在玫瑰花园旅店的餐厅里坐着，刚刚用完了午餐。窗外的雨一直下个没完。

这家玫瑰花园旅店虽说称不上豪华，却绝对算得上家常而又舒适，住在这里即使有些额外的花销你也会乐于承担的。它就位于村镇广场的一角，位置非常便捷，是一座相当迷人地爬满常春藤的庄园主宅第，我想大约能容纳三十几位客人入住。不过，我现在所在的这间"餐厅"却是在主宅一侧加盖的一幢现代风格的附属建筑——一个很长的平顶房间，其特色是房间的两侧各有一排宽大的窗户。从一侧望出去就是村镇广场；另一侧对着的是后花园，这家旅店应该就是由此而得名的。花园的避风设施看来做得很到位，园内也摆放了几套桌椅，天气晴好的时候应该是个用餐或是享用茶点的理想所在。事实上，我知道就在刚才还有几位客人已经开始准备在那儿用餐了，可是天公不作美，被来势汹汹的乌云给扰了清兴。大约一个钟头前服务员把我迎进餐厅的时候，员工们正急急忙忙地把花园里的桌椅拆除——而那几位刚刚还坐在那儿的客人，包括一位衬衣的领口还塞着一块餐巾的绅士，全都站在旁边，一脸手足无措的表情。在这之后，暴雨很快就倾盆而至，其势头之猛使得所有的客人一时间全都停止了用餐，惊讶地望着窗外的雨势。

我自己的桌子位于村镇广场的这一侧，所以过去这一个钟头的大部分时间里我都在观望那大雨落在广场以及停在外面的福特和其他几辆汽车上。这会子雨势已经有点稳定了下来，不过仍旧甚大，我也只好打消了出去在村里四处逛逛的雅兴。当然，我也曾想过不如现在就动身前去拜会肯顿小姐；可是我已经在信上告诉她我将在三点钟登门拜访，所以我觉得如果提前过去给她一个措手不及恐怕殊为不智。看来雨势如果不能尽快停歇的话，我很可能只得待在餐厅里喝喝茶，一直等到合适的时间直接从这儿动身了。我已经跟侍餐的那位年轻的女招待确认过了，到肯顿小姐目前的住处步行需要一刻钟左右，也就是说我至少还有四十分钟的时间需要消磨。

我也应该顺带说一句，我还没有傻到会对事情万一不谐的可能性没有任何心理准备。我其实再清楚不过了，我从未接到肯顿小姐任何表示她很高兴跟我会面的答复。不过，以我对于肯顿小姐的了解，我倾向于认为大可把没有任何回信视作她的默许；如果会面果真有什么不便的话，我确信她肯定会毫不犹豫地告诉我的。再者说了，我也已经在信中讲清楚了我在这个旅店里订了房间，任何临时的变故都可以通过旅店留话给我；既然并没有任何此类的留言，那我相信我是可以将其视作一切正常的另一重保证的。

眼下的这瓢泼大雨真是令人始料未及，因为自打离开达林顿府，我实在是三生有幸，每天早上都是阳光明媚的好天气。事实上，今天一开始总的来说也是相当顺遂，早餐享用的是泰勒太太为我准备的产自农场的新鲜鸡蛋和吐司，卡莱尔大夫七点半的时候也依约开车来到门前，我因此得以在任何令人尴尬的交谈得以展开前就辞别了泰勒夫妇——夫妻俩再次坚拒了我给予酬劳的任何提议。

"我给你找到了一罐汽油,"卡莱尔大夫一边请我坐到他那辆路虎车的副驾驶座,一边对我说。我对他周到的考虑表示感谢,当我问及油钱的时候,我发现他也是坚决不肯接受。

"这是什么话,老朋友。不过是我在车库后面找到的一点剩油。不过也该够你开到克罗斯比门了,你可以在那里把油箱加得满满的。"

现在的莫斯科姆村沐浴在朝阳当中,其中心地带是一座由几家小店铺簇拥环绕的教堂,昨天傍晚的时候我曾经在山上看到过它的尖塔。不过,我并没有机会细细观赏这个村庄,因为卡莱尔大夫已经迅速地把车开上了一座农场的车道。

"这是条捷径,"他说,我们一路经过了几个谷仓和停在那儿的农用车辆。到处一个人影都不见,我们一度被一扇紧闭的大门挡住了去路,大夫说:"抱歉,老伙计,有劳你帮个忙吧。"

我从车上下来,刚要举步朝那扇门走去,附近的一个谷仓里就传出一阵狂怒的狗吠声,我把门打开,再度回到大夫的路虎车上时,不禁长出了一口气。

汽车沿着被大树夹在中间的狭窄山路往上攀爬时,我们交换了几句客套话,他问了我几句昨晚在泰勒家睡得可好之类的话。然后他相当突然地说道:

"我说,希望你不会认为我太过失礼。不过你该不会是某户人家的男仆之类的人吧?"

我得承认,听他这么说,我真是长出了一口气。

"您说得没错,先生。事实上,我是位于牛津附近的达林顿府的管家。"

"我想也是。所有那些见过温斯顿·丘吉尔等等的说法。当时我心里想,要么这个家伙是在大吹牛皮,要么就是——然后我突然想到,这倒是个简单的解释。"

卡莱尔大夫继续驾驶着汽车沿陡峭蜿蜒的山路往前开,一边转头向我微微一笑。我说:

"我并没有有意欺骗任何人,先生。可是……"

"哦,无须解释,老伙计。我很明白那是怎么回事。我的意思是说,你是那种一见之下就会给人深刻印象的样本。本地的这些村民肯定至少要把你当成一位勋爵或是公爵了。"大夫开怀大笑。"时不时地被人误认为一位爵爷,那感觉想必也不坏吧。"

继续往前行驶的过程中,有段时间我们都没再说话。然后卡莱尔大夫又对我说:"喔,希望你在这段跟我们短暂相处的时间内过得还算愉快。"

"的确非常愉快,谢谢您,先生。"

"那你觉得莫斯科姆的这些居民怎么样?都还不坏吧,呃?"

"非常迷人,先生。泰勒先生和太太待人尤其亲切善良。"

"希望你别总是这么叫我'先生'了,史蒂文斯先生。确实,他们真是相当地不赖。就我而言,我很乐于就在这里安度余生。"

我感觉从卡莱尔说这番话的语气当中听出了一丝古怪的意味。他再度发问的时候,口吻中也流露出一种有些奇怪的审慎意味:

"这么说,你觉得他们都挺迷人的,呃?"

"的确,大夫。非常意气相投。"

"那么他们昨晚都跟你说了些什么呢?希望他们没有用村里那些愚蠢的飞短流长惹得你不胜其烦。"

"绝对没有,大夫。事实上,昨晚的谈话显得相当真诚,还发表了一些非常有趣的观点。"

"哦，你说的是哈里·史密斯，"大夫笑道。"别把他放在心上。他的话听上一小会儿还是挺好玩儿的，不过他的脑子真是乱成了一锅粥。有时候你会觉得他像个共产党，可是他紧接着发表的那些言论，又让他听起来像是个极端保守反动的铁杆托利党①。而事实是他的脑子就像是一锅粥。"

"啊，他那些言论听起来非常有趣。"

"昨晚上他对你做的是什么样的演讲？大英帝国？还是国民医疗？"

"史密斯先生将自己限制在了更为普遍性的话题上。"

"哦？比如说？"

我轻咳了一声。"史密斯先生对于尊严的本质有些自己的思考。"

"啊哈。哈里·史密斯居然开始谈论哲理性的话题了。他怎么会说到这上面去的？"

"我相信史密斯先生是在强调他在村里开展的竞选工作的重要性。"

"啊，是吗？"

"他一直在向我强调这样一个观点，即莫斯科姆村的居民们对于各种各样的重大政治事件均持有非常明确的主见。"

"啊，那就对了。这听起来才像是哈里·史密斯其人。你大概也猜得到，那当然全都是一派胡言。哈里一天到晚地四处鼓动每个人都来关注各种重大议题。不过事实上，大家都宁肯不受他这个打扰。"

---

① 英国保守党的前身。

我们又有了片刻的沉默。最后,我说:

"恕我冒昧问一句,先生。不过我可否认为史密斯先生在某种程度上被大家视为了丑角?"

"呣。这么说的话就有点过了,依我看。这儿的老百姓的确还有拥有某种政治良知的。他们感觉他们应该对这对那拥有明确的态度,正如哈里敦促他们去做的那样。可是其实,他们跟任何地方的老百姓没什么两样。他们只想平平静静地过他们的日子。哈里总有一大堆主意,想要改变这个那个的,可是说实话,村里头没有一个人希望发生什么剧烈的变动,即便是这些变动有可能会给他们带来好处。这里的老百姓只想不受打扰地去过他们平静的小日子。他们不想受到这样或是那样问题的烦扰。"

大夫的语气中带出来的那种厌恶的腔调让我有些吃惊。不过他马上就恢复了常态,短促地一笑,道:

"从你那侧望去,村子相当漂亮。"

的确,在那一路段,下方不远处的村庄已经清晰可见。当然了,晨光赋予了村庄一种非常不同的面貌,但除此之外,那景色就跟昨天我在傍晚熹微的暮色中第一次看到它时相差无几,从这一点上我也可以猜想得出,我们距离我丢下福特车的地方已经非常近了。

"史密斯先生的观点似乎是,"我说,"一个人的尊严端赖于是否具有明确的主见之类的。"

"啊,不错,尊严。我都忘了。不错,这么说来哈里是想给它下一个哲学上的定义了。我的天哪。我想肯定全都是一派胡言。"

"他的那些结论也不一定都能得到大家的认可,先生。"

卡莱尔大夫点了点头,不过似乎已经沉浸在了自己的思绪当中。"你知道吗,史蒂文斯先生,"终于,他说道,"我刚来到这个乡下地方的时候,我还是个坚定的社会主义者。信奉要全心全意地为全体人民服务这类的信条。那时候是四九年。社会主义能让老百姓活得有尊严。这就是我初来乍到时的信念。对不起,你肯定不想听这样的蠢话。"他快活地转向我。"那么你呢,老伙计?"

"对不起,您指的是什么,先生?"

"你认为尊严到底是怎么一回事。"

我不得不说,这样直截了当的询问还是让我颇感意外的。"这是很难用几句话就解释清楚的,先生,"我说。"不过我想,这个问题归结为一点,无非就是不要当众宽衣解带。"

"对不起。什么意思?"

"尊严啊,先生。"

"啊。"大夫点了点头,不过看起来有点茫然。然后他说:"喏,这段路你应该觉得有些熟悉了吧。白天看来也可能大为不同了。啊,这就是那辆车啦?我的天哪,实在是太漂亮了!"

卡莱尔大夫把车停在福特车的正后方,从车上下来后再次说道:"天哪,多漂亮的车。"话音未落,他已经从车上拿出一个漏斗和一桶汽油,非常友善地帮我将汽油注入福特车的油箱。我原本还担心车子出了更严重的毛病,等我试着点火发动,听到引擎马上发出健康的突突声苏醒了过来,所有的担心也就烟消云散了。我向卡莱尔大夫道了谢,彼此别过,不过之后仍旧跟在他的路虎车后面又沿着蜿蜒的山路走了约莫一英里路,这才分道扬镳。

大约在九点左右,我越过郡界,进入了康沃尔郡。这时距离暴雨倾盆至少还有三个钟头的时间,天空中的云彩仍旧是一片雪白。事实上，今天上午我途经的很多景色都堪称迄今为止我所见到的最为迷人的美景。可不幸的是，我在大部分的时间里却不曾好好地给予它们应得的关注；因为我不妨直说，由于在当天之内我就将与肯顿小姐久别重逢——那些无法预知的意外状况姑且不谈——一念及此，我就不由得有些心神不定。还有就是，在开阔的田野间飞速行驶，一连好几英里都不见一个人影和一部车辆，要么就是小心地从那些妙不可言的小村庄中穿村而过，有的只不过是几幢石砌的村舍凑在一起，我发现自己重又沉溺于某些陈年旧事的回忆中不能自拔了。眼下，我坐在小康普顿这家舒适的旅社的餐厅里，手上还有一点时间可供消磨，我一边望着窗外村镇广场人行道上溅起的雨滴，一边忍不住在那些回忆往事的同一轨迹上继续低回徜徉。

有一个回忆尤其已经在我的脑海中翻腾了整整一上午——或者应该说只是个记忆的片段，记忆中的那一刻出于某种原因在这些年间一直异常鲜明地印刻在我的脑海中。那个记忆是我独自一人站在肯顿小姐起坐间门外的后廊上；门是关着的，我也并没有正对着那扇门，而是半对着它，为是否应该敲门而举棋不定；因为我记得，我就在那时突然间确信一门之隔、距我仅几码之遥的肯顿小姐实际上正在伤心地哭泣。如我所说的那样，这一刻已经牢牢地嵌入了我的记忆中，同样难以忘怀的还有当时我站在那里内心深处升腾而起的那种特别的感受。然而，我现在却记不清到底是什么原因导致我那样站在后廊之上了。现在看来，之前我在试图理清类似回忆的时候，很有可能将这一幕情景归到了肯顿小姐刚刚收到姨妈死讯之后了；也就是说我将她一个人留在房间里独自悲伤，来到走廊的时候才意识到我并没有向她致以应有的慰唁那一次。可是如今在经过仔细的思量以后，我相信在这件事上我极有可能有些搞混了；这个记忆当中的片段实际上是源自肯顿小姐的姨妈去世至少几个月后的某个晚上——事实上就是小卡迪纳尔先生相当意外地突然造访达林顿府的那一晚。

卡迪纳尔先生的父亲大卫·卡迪纳尔爵士多年来一直都是爵爷的挚友兼同僚，但在我此刻正在讲述的那天晚上，爵士因为一次骑马的事故不幸去世已经有三四年时间了。与此同时，小卡迪纳尔先生已经开始成为知名的专栏作家，专擅以警言妙句来评论国际事务。显然，达林顿勋爵颇不喜欢这样的专栏，因为我就记得有好几次，他放下手里的报纸，特意对我说出这样的话来："小雷吉又在写这些哗众取宠的玩意儿了。幸好他父亲是眼不见心不烦了。"不过卡迪纳尔先生的专栏倒是并没有妨碍他在府里常来常往；的确，爵爷从未忘记这位年轻人是他的教子，一直将他视如己出。尽管如此，卡迪纳尔先生倒也谨守礼仪，从来都不会不提前打个招呼就跑过来用餐，所以那天傍晚我去应门的时候，发现是他双臂抱着公文包站在门外，还是有点吃惊的。

"哦，哈啰，史蒂文斯，你好吗？"他说。"今晚不巧碰上了点小麻烦，不知道达林顿勋爵会不会许我借宿一夜。"

"很高兴再次见到您，先生。我这就去禀报爵爷您来了。"

"原本打算住在罗兰先生府上的，可是好像是有了些误会，他们已经去了别的什么地方。希望这个时候贸然前来不会造成太大的不便。我是说，今晚没有任何特别的安排，对吧？"

"我相信，先生，晚饭后爵爷是有几位客人要前来造访的。"

"哦，真不走运。我好像来得不是时候。我最好还是低调小心为上。反正今晚我还有几篇稿子要赶出来。"卡迪纳尔先生指了指他的公文包。

"我这就启禀爵爷说您来了，先生。不管怎么说，您正好可以跟他一起用餐。"

"那太好了，我正希望如此。不过我想莫蒂默太太应该不会很高兴见到我这时候过来蹭饭的。"

我把小卡迪纳尔先生一个人留在会客室里，前往书房去禀告爵爷，发现他正全神贯注地阅读某一本书。我向他禀告卡迪纳尔先生刚刚到访的时候，意外地发现有一抹不耐烦的神色从他脸上闪过。然后他往椅背上一靠，就像是想弄清楚某个难题。

"告诉卡迪纳尔先生我马上就下去，"他终于道。"他可以先自己随意消遣一小会儿。"

我回到楼下后，发现卡迪纳尔先生正相当烦躁不安地在会客室里走来走去，没事找事地细细查看着那些他想必早就已经再熟悉不过的小摆件。我传达了爵爷的口信，问他需要我给他送些什么酒水茶点过来。

"哦，眼下就给我来点茶吧，史蒂文斯。今晚爵爷要会什么客？"

"抱歉，先生，这个问题恐怕我帮不到您。"

"什么都不知道？"

"很抱歉，先生。"

"嗨，奇了怪了。哦，好吧。今晚最好还是低调小心为上。"

我记得此后没过多久，我下楼来到了肯顿小姐的起坐间。她正坐在桌前，但她面前的桌子上空空如也，她手上也没有任何的活计；的确，从她的行为举止上可以看得出来，恐怕在我敲门前她已经这个样子坐了有段时间了。

"卡迪纳尔先生来了，肯顿小姐，"我说。"今晚要睡在他通常使用的那间客房。"

"好的，史蒂文斯先生。我外出前会安排好的。"

"啊，您晚上要外出吗，肯顿小姐？"

"确实要外出，史蒂文斯先生。"

也许是我脸上流露出一丝惊讶，因为她继续道："您应该记得，史蒂文斯先生，我们半个月前就讨论过的。"

"是的，当然了，肯顿小姐。请您原谅，我只是一时间把这件事给忘了。"

"有什么问题吗，史蒂文斯先生？"

"没有，肯顿小姐。今晚有几位客人要来，不过您没有理由为此就留在府内。"

"我们确实半个月前就说好我今晚要外出的，史蒂文斯先生。"

"那是当然，肯顿小姐。我必须请您原谅。"

我转身要离开，不过在门口又因为肯顿小姐的话停了下来：

"史蒂文斯先生，我有件事想告诉您。"

"是吗，肯顿小姐？"

"跟我那位旧识相关。今晚我就是要去见他的。"

"是这样啊，肯顿小姐。"

"他已经向我求了婚。我想您有权知道这件事。"

"的确，肯顿小姐。这是件很让人高兴的事。"

"我还在考虑是否答应。"

"是吗。"

她低头望了一眼自己的双手，不过目光几乎马上又转回到我的身上。"我那位旧识下个月就要去西南部担任一个新职了。"

"是吗。"

"我也说了，史蒂文斯先生，求婚的事情我还在考虑。不过，我想还是应该让您知道这件事。"

"对此我非常感激，肯顿小姐。衷心祝您度过一个愉快的夜晚。我这就先告退了。"

应该是在大约二十分钟以后，我又再次碰到了肯顿小姐，而这个时候我正忙着准备晚餐。事实上，我当时捧着一个摆得满满的托盘，正走到后楼梯的中间，突然听到楼下一阵怒冲冲的脚步踩得地板砰砰直响。我转过身去，看到肯顿小姐正从楼梯下面瞪着眼睛望着我。

"史蒂文斯先生，据我的理解，您是不是希望今天晚上我留下来当班？"

"没有的事，肯顿小姐。正如您指出的，您的确早就已经知会过我了。"

"可我看得出来，您对于我今晚外出表现得很不高兴。"

"恰恰相反，肯顿小姐。"

"你以为在厨房里弄得这么一连片鸡飞狗跳，在我门外头来回这么砰砰砰地跺脚就能让我改变主意了吗？"

"肯顿小姐，厨房里的那一点点小骚动只不过是因为卡迪纳尔先生最后一刻才赶了来用餐。绝对不存在任何您今晚不该外出的理由。"

"我希望把话跟你讲清楚，史蒂文斯先生，不管有没有你的恩准我横竖都是要去的。我几个礼拜前就已经安排好了。"

"的确如此,肯顿小姐。而且我想再次向您表明,希望您今晚过得非常愉快。"

用餐的时候,两位绅士之间的气氛似乎有点古怪。好一阵子,两人只是一言不发地默默用餐,爵爷尤其显得心不在焉。有一次,卡迪纳尔先生问道:

"今晚有什么特别之处吗,先生?"

"嗯?"

"您今晚的客人啊。不同寻常吗?"

"恐怕我不能奉告,我的孩子。事关绝密。"

"老天爷。我想这也就意味着我不该列席打扰了。"

"列席什么,我的孩子?"

"今晚将要发生的不论什么事呀!"

"哦,那些事你是丝毫都不会感兴趣的。总之,今晚的事情是最高机密。你是不能与闻的。哦,不,绝对不行。"

"哦,老天爷。听起来这可真是非同寻常。"

卡迪纳尔先生非常热切地望着爵爷,可是爵爷却自顾继续用起餐来,再没多说一句话。

饭毕,两位绅士退席来到吸烟室喝波尔图、抽雪茄。在收拾餐厅同时也为迎接今晚的客人整理会客室的过程中,我不得不几次三番经过吸烟室的大门,于是我也就不可避免地注意到两位绅士跟刚才用餐时的不言不语大为不同,而是开始用相当激烈的语气交谈起来。一刻钟以后,甚至响起了怒气冲冲的声音。当然了,我并没有驻足细听,不过也免不了听到爵爷的喊叫:"可是这不关你的事,我的孩子!不关你的事!"

两位绅士终于从吸烟室出来的时候,我正在餐厅里。两人似乎都已经冷静了下来,走过门厅时只听见爵爷对卡迪纳尔先生说:"给我记住了,我的孩子。我是信任你的。"对此,卡迪纳尔先生恼怒地嘟囔了一声:"是,是,我向您保证。"随后两人的脚步声就分开了,爵爷返回自己的书房,卡迪纳尔先生则走向藏书室。

差不多正好八点半的时候,院子里传来汽车停下的声音。我打开大门,迎面是个司机,越过他的肩膀我能看到几位警员正分散到庭院四处不同的位置。下一刻,我就将两位显贵的绅士迎进屋内,爵爷在门厅里迎接,然后马上将来客引入会客室。约莫十分钟以后,又传来一辆汽车的声音,我开门迎接的客人是里宾特洛甫先生,德国大使,那时候已经是达林顿府的常客了。爵爷前来迎接,两位绅士交换了一个尽在不言中的眼神,然后一起走进了会客室。几分钟后,我被叫进去为客人提供茶点酒水,四位绅士正在讨论不同种类的香肠各自的优点,至少表面上看来气氛还是挺欢快友好的。

这之后,我就在会客室外面的门厅里坚守自己的岗位——也就是门厅的拱门入口处,每逢重要会谈我照例都守在这里——一直到大约两个钟头以后,后门的门铃响了,我才不得不离开那里。下楼后,我发现一位警员和肯顿小姐站在一起,要求我证实后者的身份。

"完全是为了安全起见,小姐,绝无冒犯之意,"警官这么嘟囔了一句,重又回到了户外的夜色当中。

我在给后门上闩的时候,注意到肯顿小姐在等着我,就说:

"相信您肯定度过了一个愉快的夜晚,肯顿小姐。"

她没有搭腔,于是,在我们一起穿过黑暗的厨房时我又重复了一遍:"相信您肯定度过了一个愉快的夜晚,肯顿小姐。"

"确实如此,谢谢您,史蒂文斯先生。"

"听您这么说我很高兴。"

在我身后,肯顿小姐的脚步声突然停了下来,我听到她说:

"你就没有一丁点的兴趣,想知道今晚在我的旧识和我之间发生过什么事吗,史蒂文斯先生?"

"我不是有意要有所怠慢,肯顿小姐,不过我真的必须马上回到楼上去了。事实是,具有全球性重要意义的事件此时就正在府内进行当中呢。"

"府里又何曾发生过不重要的事呢,史蒂文斯先生?好吧,既然你这么匆忙,我也就直接告诉你得了:我已经接受了我那位旧识的求婚。"

"您说什么,肯顿小姐?"

"我已经答应嫁给他了。"

"啊,真的吗,肯顿小姐?那就请您允许我向您道贺了。"

"谢谢你,史蒂文斯先生。当然,我会很高兴服务至合约期满。不过,如果您能够稍早些许我离职的话,我们都将不胜感激。我的旧识两周后就得前往西南部就任他的新工作了。"

"我将尽我所能及早找到顶替您的人选,肯顿小姐。现在,我就先失陪了,我必须回到楼上去了。"

我重又开始迈步向前,可就在我已经来到通往走廊的门口时,我听见肯顿小姐叫了一声:"史蒂文斯先生,"于是我再度转过身来。她仍旧原地未动,因此在跟我讲话时不得不稍稍提高了一下嗓门,结果在黑暗而又空寂如洞窟的厨房内造成了一种相当诡异的回声。

"我是不是该这样认为,"她说,"在我为府里服务这么多年以后,除了你刚才的那句话以外,对于我可能离开的消息你就再没别的可说了?"

"肯顿小姐,您已经得到了我最为热忱的道贺。不过我要再重复一遍,楼上正在进行事关全球意义的重要会谈,我必须回到我的岗位上去了。"

"你知道吗,史蒂文斯先生,在我的旧识和我的心目当中你一直都是个非常重要的人物。"

"真的吗,肯顿小姐?"

"是的,史蒂文斯先生。我们经常拿有关于你的逸闻趣事来自娱自乐,消磨时间。比如说,我的旧识就总是喜欢让我向他展示你在往膳食上撒胡椒时把鼻孔捏起来的样子,真是乐此不疲,我的演示总能逗得他哈哈大笑。"

"是吗。"

"他还很是喜欢你对员工们的'鼓气讲话'。我必须说,我已经成为模仿你那些讲话的行家里手了。我只消模仿你的口吻说上个两三句,就能让我们俩全都笑破了肚皮。"

"是吗,肯顿小姐。请您原谅,我必须得告退了。"

我上楼来到门厅里,重又回到我的岗位上。不过,还没过五分钟时间,卡迪纳尔先生就出现在藏书室的门口,招手叫我过去。

"真不想麻烦你,史蒂文斯,"他说。"不过能不能请你再给我拿点白兰地来?先前你送进来的那一瓶像是已经喝完了。"

"您想要什么酒水点心请尽管吩咐,先生。不过,有鉴于您还有专栏文章须要完成,我很怀疑再喝更多的白兰地是否妥当。"

"我的专栏不会有什么问题的,史蒂文斯。你就行行好,再给我拿点白兰地来吧。"

"那就好,先生。"

过了一会儿,当我回到藏书室的时候,卡迪纳尔先生正在书架前往来徘徊,仔细查看着架上藏书的书脊。我能看到旁边的一张书桌上胡乱地散放着好几张稿纸。我走上前来的时候,卡迪纳尔先生感激地轻呼了一声,扑通一声坐在一把皮质扶手椅上。我走上去,往杯里倒了点白兰地,给他递了过去。

"你知道,史蒂文斯,"他说,"咱们已经是多年的老朋友了,对不对?"

"的确,先生。"

"每次到这儿来,我都期望着能跟你好好聊一聊。"

"是的,先生。"

"你愿意跟我一起喝一杯吗?"

"非常感谢您的好意,先生。可是不行,谢谢您,我不能那么做。"

"我说,史蒂文斯,你在这儿过得好吗?"

"非常之好,谢谢您,先生,"我说着,轻轻一笑。

"没觉得有什么不舒服的吗?"

"有点累吧,也许,不过我身体很好,谢谢您,先生。"

"既然如此,你就该坐下来。不管怎么说,我刚才也说了,咱们是多年的老朋友了。所以我真是应该跟你以诚相待。你无疑也该猜到了,今晚我到这儿来并非纯粹是出于凑巧。是有人向我通风报信的,你知道。关于今晚这儿将有什么事情发生。就在此刻,就在门厅的那一侧。"

"是的,先生。"

"我真心希望你能坐下来,史蒂文斯。希望咱们能像朋友那样说说话,你站在那里端着那个该死的托盘就像是随时都打算走开似的。"

"对不起,先生。"

我把托盘放下,在卡迪纳尔先生指给我的那把扶手椅上坐下——以一种谦恭得体的坐姿。

"这样就好些了,"卡迪纳尔先生道。"听我说,史蒂文斯,我猜想首相①现在就在会客室里吧,是不是?"

"首相吗,先生?"

"哦,没关系,你不必告诉我的。我很理解你的位置相当微妙。"卡迪纳尔先生长叹一声,厌倦地看了一眼散置在书桌上的稿件。然后他说:

"我应该都无须向你说明我对爵爷怀有的是种什么样的感情,是不是,史蒂文斯?我是说,他对我来说一直就是我的另一位父亲。我都无须向你说明,史蒂文斯。"

"是的,先生。"

"我对他关切备至。"

"是的,先生。"

"我知道你也一样。对他关切备至。是不是,史蒂文斯?"

---

① 时任英国首相的应该是斯坦利·鲍德温(Stanley Baldwin, 1867—1947),英国保守党政治家,一九二三至三七年三次出任英国首相,压制一九二六年英国工人大罢工,纵容法西斯侵略政策,获封鲍德温伯爵一世。

"的确如此,先生。"

"那就好。这么一来我们也就知道彼此的立场了。可是我们必须面对现实。爵爷正身处险境。而且我眼看着他越陷越深,不瞒你说,我真是忧心忡忡。他已经深陷其中无法自拔了,你知道吗,史蒂文斯?"

"真的吗,先生?"

"史蒂文斯,你知道就在我们坐在这里闲话的同时正在发生什么吗?距我们只有几码之外的地方正在发生什么吗?就在那个房间里——我并不需要你来证实——英国的首相和德国的大使此刻正共处一室。爵爷真是神通广大,居然能促成这样的会谈,而他相信——衷心地相信——他这是在做一件高尚的好事,善莫大焉。你可知道爵爷今晚为什么会将这几位大人物邀请到这里吗?你可知道有什么样的事情正在这里发生吗,史蒂文斯?"

"恐怕我并不知道,先生。"

"恐怕你并不知道。告诉我,史蒂文斯,难道你根本就不关心吗?你就不好奇吗?老天爷,伙计,这幢房子里正在发生一件至关重要的大事。你就一点都不感到好奇吗?"

"处在我这样的位置上是不宜于对这样的事感到好奇的,先生。"

"可是你关心爵爷啊。你对爵爷关心备至,你刚刚告诉我的。如果你真心关心爵爷的话,难道你不该感到担心吗?不该至少有那么一丁点好奇吗?英国首相和德国大使经由你的雇主的撮合,深夜来到这里进行密谈,你就一点都不感到好奇吗?"

"我并不是说我不感到好奇,先生。可是我的职责本分是不允许我对这类事情表现出好奇的。"

"你的职责本分不允许?啊,我想你肯定是认为这才叫忠心耿耿。对不对?你认为这就是忠心耿耿吗?如此说来,到底是对爵爷,还是对王国政府忠心耿耿呢?"

"很抱歉,先生,我不明白您这话到底是什么意思。"

卡迪纳尔先生再次长叹一声,摇了摇头。"我没什么意思,史蒂文斯。坦白说吧,我不知道应该怎么做才对。可是你至少可以感到好奇吧。"

他沉吟半晌,在此期间,他像是一直在茫然地紧盯着我们脚边的那一圈地毯。

"你确定不想跟我一起喝一杯吗,史蒂文斯?"他终于开口说道。

"不了,谢谢您,先生。"

"我还是告诉你吧,史蒂文斯。爵爷正被人玩弄于股掌之上呢。我已经做了大量的调查,我对于德国当下情势的了解不亚于国内的任何一个人,我告诉你吧,爵爷正在被人愚弄和利用呢。"

我没有搭腔,卡迪纳尔先生则继续茫然地盯着地面。过了半响,他才继续道:

"爵爷是个高尚的大好人。但事实是,现在的局势他根本就玩不转了。他被人算计了。纳粹拿他当个小卒子一样摆布。你注意到没有,史蒂文斯?至少这三四年以来情况一直都是这样,你注意到没有?"

"很抱歉,先生,我并没有注意到曾出现过任何类似的情况。"

"难道你就从来都没有产生过怀疑?哪怕一丝一毫的疑心:那位希特勒先生,通过我们亲爱的朋友里宾特洛甫先生,一直都把爵爷当作一个小卒子一样摆布利用，就像他摆布柏林他眼皮子底下的其他任何一个小卒子一样易如反掌吗？"

"很抱歉，先生，我恐怕并没有注意到曾出现过任何类似的情况。"

"不过我也猜到你大概是不会注意到的，史蒂文斯，因为你从来都不会感到好奇。你只是任由一切在你眼皮子底下发生，从来也没想过要去看看那正在发生的到底是什么。"

卡迪纳尔先生调整了一下在扶手椅上的坐姿，以便坐得稍微端正一点，有一度他像是一心专注于旁边书桌上尚未完成的文稿。然后他又说道：

"爵爷是个真正的绅士。这正是问题的症结所在。他是个绅士，他跟德国人打了一场战争，他出于本能就要对那已经败北的敌人表现出慷慨和友谊。这是他的本能。而这就因为他是个绅士，一个货真价实的英国老绅士。这一点你肯定已经看到了，史蒂文斯。你怎么可能看不到呢？他们也正是一直都在利用这一点，对他的这种本能进行操控，将这种善良高贵的本能转变成了另一种东西——某种他们可以用来为自己邪恶的目的服务的东西，这一点你怎么可能看不到呢？你肯定已经看到了，史蒂文斯。"

卡迪纳尔先生再次紧盯着地板。沉吟良久之后才说：

"我还记得好几年前来这儿的那次，那位美国老兄在这儿的那次。我们举行了一次盛大的会议，家父亲自参加了筹备工作。我还记得那位美国老兄比我现在醉得还厉害，他当着所有来宾的面，在宴会上站起来致辞。他指着爵爷的鼻子说他是个外行。说他是个拙劣的外行，成事不足败事有余，说他根本就是书生意气不自量力。唉，我不得不说，史蒂文斯，那位美国老兄还真是说到了点子上。这还真是无可否认的事实。当今的世界太过险恶,是容不得你那些善良高贵的本能的。你自己也亲眼看到了,是不是,史蒂文斯?他们是如何操控那些善良和高贵的力量,将它们玩弄于股掌之上的。你自己也亲眼看到了,是也不是?"

"很抱歉,先生,可我不觉得自己已经看到您说的这些情况。"

"你不觉得已经看到了。哦,我真不知道你到底是怎么了,可我一定得采取点行动了。要是家父还在的话,他绝对不会袖手旁观,肯定会出面阻止的。"

卡迪纳尔先生再次陷入沉默,而且一度显得极度伤感——可能因为重又勾起了对亡父的回忆。"你难道就心安理得吗,史蒂文斯,"他终于道,"眼看着爵爷就这么走到了悬崖边上?"

"很抱歉,先生,我不是很明白您到底是什么意思。"

"你不明白,史蒂文斯?好吧,既然我们是朋友,我就把话挑明了吧。在过去这几年当中,爵爷可能是希特勒先生在本国为他摇旗呐喊,助他实施其宣传诡计最为得力的一枚棋子了。尤其是因为他为人真诚、品德高尚,根本认识不到他所作所为的真实性质,那效果就更好了。仅仅在过去的三年当中,柏林已经跟我国六十余位最有影响力的人士建立起了卓有成效的联系,而爵爷就是最为关键的推动者。这对于德方起到的作用可是大了去了。里宾特洛甫先生几乎可以完全绕过我们的外交部门,直接接触到我们的最高层。就好像他们搞过那次卑鄙的纽伦堡集会又举办了那届卑鄙的奥运会①还嫌不够似的,你知道他们现在正撮弄着爵

---

① 一九三六年八月在柏林举行的第十一届奥运会实际上沦为纳粹宣传的工具。

爷鼓捣什么吗?你知道他们现在正在讨论什么吗?"

"恐怕我并不知道,先生。"

"爵爷之前一直试图劝说首相本人接受邀请,访问德国与希特勒先生会面。他真心诚意地认为首相对于德国的现政权存在着严重的误解。"

"我看不出对于这件事有什么好反对的,先生。爵爷一贯都致力于促进国与国之间更好地相互理解。"

"还不止于此,史蒂文斯。就在这一刻,除非是我大错特错了,就在这一刻,爵爷正在讨论请陛下①亲自访德,与希特勒先生会面的构想。我们的新国王一直都很热衷于纳粹思想,这也不是秘密了。哼,显然陛下本人现在都很急切地想接受希特勒先生的邀请呢。就在这一刻,史蒂文斯,爵爷正在尽一切努力想排除外交部对这一骇人听闻的提议所持的反对意见。"

"很抱歉,先生,可是我看不出爵爷的所作所为当中哪怕有一丝一毫不够高尚的地方。毕竟,他在尽其所能,确保欧洲能继续维持既有的和平。"

"告诉我,史蒂文斯,你当真就从没想到过我有可能是对的吗,不管这种可能性有多小?难道你对我这长篇大套的说法就没有一丝一毫的好奇吗?"

"很抱歉,先生,可我不得不说,我毫无保留地信任爵爷的判断是最为明智的。"

---

① 此时的英王是爱德华八世(Edward Ⅷ,1894—1972),一九三六年一月即位,因坚持与辛普森夫人结婚,于当年十二月退位。爱德华八世由此成为"不爱江山爱美人"的现代传奇,不过据说他本人对纳粹是持同情态度的,其最终退位与此也不无关系。

"任何一个具有明智判断力的人,都不会在莱茵兰事件①之后对希特勒先生说的每一句话仍旧坚信不疑了。爵爷真是螳臂当车,不自量力啊。哦,老天,这么一来我算是彻底得罪你了。"

"没有的事,先生,"我说,因为我已经听到会客室传来了叫人的铃声,立刻站起身来。"看来爵爷有事要吩咐。恕我告退了。"

会客室里弥漫着浓厚的雪茄烟雾。的确,那几位无比显贵的绅士还在不停地抽着雪茄,每个人的表情都异常肃穆,而且一言不发,爵爷吩咐我去酒窖里取一瓶特别年份的上好波尔图葡萄酒来。

时值夜静更深,这个时候从后楼梯下楼的脚步声肯定会显得格外响亮,无疑也因此而惊醒了肯顿小姐。因为当我摸黑沿着走廊往前走的时候,通往她起坐间的门打开了,她出现在门口,屋内的灯光照亮了她的身影。

"没想到您还在这儿,肯顿小姐,"我走近她的时候说。

"史蒂文斯先生,我刚才的举动真是太傻了。"

"请原谅,肯顿小姐,不过我现在实在没有时间跟您交谈。"

"史蒂文斯先生,您千万别把我刚才说的任何话放在心上。我真是一时犯了傻。"

---

① 莱茵兰(Rhineland)是西欧历史上争议不断的一个地区,傍莱茵河,位于近代德国与法国、卢森堡、比利时、荷兰边界以东。第一次世界大战后,《凡尔赛和约》不仅规定将阿尔萨斯-洛林划归法国,而且准许协约国军队占领德国莱茵河左岸和右岸莱茵兰地区,占领期限为五到十五年,并且规定左岸和右岸各五十公里以内为永久非军事区。希特勒于一九三六年三月七日公开表示拒绝承认《凡尔赛和约》中有关莱茵兰的各条规定,拒绝履行《洛迦诺公约》,同时宣布德国军队已开进非军事区,旷日持久的国际谈判都未能阻止纳粹德国重新武装莱茵兰。

"您说的任何一句话我都没往心里去,肯顿小姐。事实上,我都不记得您指的到底是什么了。极端重大的事件正在楼上进行当中,我实在没时间停下来跟您闲话客套了。我建议您还是早点休息吧。"

说完后我就忙不迭地继续往前走去,一直等我都快走到厨房大门口的时候,走廊上才重新陷入一片黑暗,这说明肯顿小姐已经关上了她起坐间的房门。

我在酒窖里没花多长时间就找到那瓶要找的葡萄酒,并为把酒端给客人做好了必要的准备工作。如此,就在我跟肯顿小姐短暂邂逅之后不过几分钟的时间,我就再次沿着同样那条走廊往回走了,这次是用托盘端着那瓶酒。当我走近肯顿小姐的房门时,我从门框的缝隙中透出的灯光知道她还在里面。而就是那一刻——我现在可以肯定了——这些年来一直牢牢地铭刻在了我的记忆当中:就是那一刻,我在黑暗的走廊中停下脚步,手里端着托盘,内心深处涌起一种越来越肯定的感觉,就在几码开外、房门的另一侧,肯顿小姐正在哭泣。据我的记忆所及,我的这种确信并没有任何确凿的证据可以证实——我当然也并没有听到任何的哭泣声——然而我记得当时我非常肯定,如果我敲门进去的话,一定会发现她正满面泪痕。我不知道我在那儿站立了多久;当时的感觉似乎很久很久,可事实上我想也只不过几秒钟罢了。因为,当然了,我的职责是赶快回到楼上去为国内那几位至尊至贵的绅士上酒,我认为自己是不可能耽搁太久的。

我回到会客室的时候,发现那几位绅士的神情仍旧相当严肃。不过除此之外,我也没有机会对当时的气氛产生其他印象了,因为我刚刚把酒送进去,爵爷就亲自接过托盘,对我说:

"谢谢你，史蒂文斯，交给我就行了。这里没你的事了。"

再次穿过门厅，我又回到拱门下我惯常的位置，在接下来的一个钟头左右的时间里，也就是直到客人最终离去之前，再没有任何需要我离开这个守望的位置的事情发生。不过，我伫立在那里的那一个钟头的时间，这些年来却一直异常鲜明地留在我的记忆当中。起先，我的心情——我并不介意承认这一点——是有些低落的。不过就在我继续伫立在那里的过程中，一件有些奇怪的事情就开始发生了；也就是说，我的内心深处开始涌起一种深切的成就感。我不记得当时我对这种感觉是如何认识的了，不过如今回顾起来，这其中的缘由也就并不难解释了。毕竟，我刚刚经历了一个极端煎熬的夜晚，而在此期间我竭尽所能，始终都保持了一种"与我的职位相称的高尚尊严"——不仅如此，我还是以一种就连家父也会引以为傲的方式做到这一点的。在门厅的对面，就在我的目光一直停驻其上的那两扇大门后面，就在我刚刚履行过职责的那个房间里，欧洲几位最有权势的绅士正在商讨着我们这块大陆的终极命运。有谁还能怀疑，就在那一刻，我已经真真切切地靠近了所有管家都梦寐以求的那个决定着世界运行的轴心？我可以这样认为，当我伫立在那里思量着当晚的那些重大事件时——那些已经发生以及仍在进行当中的事件——在我看来，它们就是我这一生所能达到的所有成就的一个总结。除此以外，我看不出还能有别的什么原因，可以解释那晚我何以会感受到那种令我如此振奋昂扬的成就感了。

第六天——傍晚

韦茅斯

这座海边小镇是多年来我一直都很想来看看的地方。我已经听很多人谈起曾在这里度过了多么愉快的假期，而西蒙斯太太也在《英格兰奇景》中称其为"连续多日都能让游客游兴不减的小镇"。事实上，她还特别提到了这个我流连漫步了半个钟头的码头，尤其推荐游客在傍晚时分码头被各色彩灯照亮的时候前来游赏。刚刚我才从一位管理人员那里得知，彩灯"很快"就要亮起了，所以我已经决定就坐在这张长椅上，等待这一刻的到来。从我坐的位置可以尽情欣赏海上落日的奇景，尽管还余留着不少的日光——那天是个响晴的好天——我能看到沿海岸一线，这里那里已经开始亮起了灯光。与此同时，码头上依旧人群熙攘；在我背后，无数脚步踩在木板栈道上发出的咚咚声不绝于耳，从来就没有间断过。

我是昨天下午来到这个小镇的，决定在这儿多住一晚，好让自己能够从容悠闲地在这儿享受这一整天的时光。我得说，有一整天的时间不用再开着车在路上走，对我来说委实是种解脱；因为自己开车虽说也是种颇有乐趣的活动，但开久了也是会让人觉得有点疲累的。不管怎么说，我还有充足的时间可以在这儿多待这么一天；明天一早动身的话，就能确保在下午茶之前返回达林顿府。

从我和肯顿小姐在小康普顿玫瑰花园旅店的茶室见面到现在，已经有整整两天的时间了。的确，结果我们是在那里见的面，是肯顿小姐主动来旅店找的我，这完全出乎了我的意料。用过午餐以后，我正在无所事事地消磨时间的时候——我也不过就是坐在原地，望着窗外不绝如缕的雨滴——一名旅店的员工来通知我说，前台有位女士想要见我。我起身来到外面的大堂，却没有见到任何我认识的人。这时前台的接待员才跟我说："那位女士在茶室里等您呢，先生。"

走进接待员指示的那扇门，我发现那间茶室里摆满了各不匹配的扶手椅和临时凑合的茶桌。除了肯顿小姐以外就再没有别的客人了，我一走进去，她就站起身来，面带微笑把手伸给了我。

"啊，史蒂文斯先生。真高兴再次见到您。"

"本恩太太，非常高兴。"

由于下雨的缘故，室内的光线特别昏暗，于是我们就将两把扶手椅挪到了那扇凸窗前。在灰蒙蒙的天光中肯顿小姐和我就这样谈了两个小时左右的时间，在此期间雨仍旧毫不停歇地落在外面的广场上。

当然，她是有些显老了，不过起码在我看来，她老得还是非常优雅的。她的身材仍旧很苗条，她的身姿也一如既往地挺拔。她仍旧保持着跟过去一样的姿态，把头高高地仰起，几乎带一点挑衅的神气。当然了，由于惨淡的日光正落在她的脸上，我也不由得注意到那到处出现的皱纹。不过总体说来，坐在我面前的肯顿小姐看起来还是与这些年来一直留驻在我记忆中的那个人惊人地相似。也就是说，总的来说，能够再次见到她真是极其让人高兴的一件事。

刚见面的那二十分钟左右，我们的交谈就跟初次见面的陌生人差不多；她礼貌地问起我旅途一路上的情况，我的假期过得是否愉快,我都经过了哪些市镇,参观了哪些名胜,等等。继续深谈下去的时候,必须说,我想我才开始注意到岁月的流逝对她造成的更大的影响,给她带来的更加微妙的变化。比如说,肯顿小姐显得,在某种程度上,更加迟钝了。也可能这只是随着年岁渐长而变得更加沉静了,在一段时间内我的确也尽量想这样来看待她的这一变化。可是我心下仍旧不免觉得,我看到的其实是一种对于生活的厌倦;那曾经让她显得那么生机勃勃,有时甚至显得激动易怒的火花,现在看来已经不复存在了。事实上,时不时地,在她停下话头,在她面色平静下来的时候,我想我在她的面容当中瞥见的是一种类似忧伤的神情。不过话又说回来了,这也可能完全是我的误解。

过了一小会儿,我们乍一相逢,最初那几分钟内出现的那种小小的不自在就已经涣然冰释了,我们的交谈也就转向了更为私人性的话题。我们先是叙旧,回忆起过去的众多旧相识,交换了一些有关他们的后续的消息,我得说,这真是最为愉快的时刻。不过,与其说是我们交谈的内容,倒不如说是她讲完一段话后的浅浅一笑,她不时流露出来的淡淡的反讽口吻,她肩膀和双手的习惯性姿态,开始明白无误地让我们渐渐重拾起多年前我们交谈时的节奏和习惯。

也大约正是到了这个阶段,我才能够对她的现状有了些确切的认识。比如说,我得知她的婚姻状态并非如她的来信让人感觉到的那般岌岌可危;虽然她的确曾经离家在外住了四五天时间——我收到的来信就是在那期间写的——她其实已经搬回去了,而本恩先生也是非常高兴她终于已经回心转意。"幸好我们当中至少有一个人能够理智地对待这类事情,"她微笑着说道。

当然了，我也知道，这种事情我本是无缘置喙的，而且我也应该澄清一下，若不是出于非常重要的工作方面的考虑，您也许还记得，我是做梦也不会想去打探这方面的私事的；我之所以如此不揣冒昧，完全是为解决目前达林顿府里人手缺乏的问题。不管怎么说，肯顿小姐倒似乎完全不介意向我倾诉这方面的私事，而我也将此视为一种令人愉快的证据，足以充分证明我们当年的工作关系是何等密切而又深厚。

我记得，那之后肯顿小姐又继续泛泛地谈了几句有关她丈夫的一些情况，他很快就要退休了，时间是早了一点，主要是因为他健康状况欠佳，也因为她女儿已经结了婚，今年秋天就要生孩子了。事实上，肯顿小姐把她女儿在多塞特郡的地址也给了我，我必须得说，看到她如此热切地要我在返程的途中一定去看看她，我真有点受宠若惊。虽然我向她解释了我不大会途经多塞特郡的那一部分，肯顿小姐却仍竭力敦促于我，说："凯瑟琳久闻您的大名，史蒂文斯先生。她要是能见到您一定会高兴坏了的。"

我这方面，我则尽我所能向她讲述了一下达林顿府的现状。我试着向她说明法拉戴先生是位多么蔼然可亲的雇主；讲述了宅第本身发生的一些变化，我们做出的一些调整和变更，哪些部分干脆盖上防尘布暂时关闭起来，还有就是目前员工的配置安排。我感觉我一谈到达林顿府，肯顿小姐的兴致就明显更高了，很快，我们就一起回忆起各种各样的陈年旧事，一边说一边忍不住开怀畅笑。

我记得我们只有一次提到了达林顿勋爵。我们很开心地回忆起跟小卡迪纳尔先生有关的一两件往事，我也就不得不告诉肯顿小姐，这位年轻的绅士后来在大战当中在比利时阵亡了。而且我也顺势说到了爵爷对这一噩耗的反应："当然了，爵爷一直将卡迪纳尔先生视若己出，这一噩耗真是让他悲痛欲绝。"

我本不想让令人难过的话题破坏了融洽愉悦的气氛，所以几乎立刻就想把话头转开。可是正如我所担心的，肯顿小姐早已经读到了报刊上对于爵爷的那些诋毁和中伤，尽管它们的意图并没有得逞；不可避免地，她也就借着这个话题稍稍问了我一些具体的情况。我记得自己原本很不愿意接这个茬儿的，不过最终还是这么对她说：

"事实上，本恩太太，整个大战期间一直都有不少对于爵爷的可怕的诋毁——尤其是那家报社。国难当头之际，爵爷也就一直都隐忍不发，可是战争结束后，那些含沙射影的攻击仍旧持续不断，喔，爵爷也就觉得没有理由再继续默默地承受下去了。现在回过头来再看，也许一眼就能看出在那种时候、那样的气候之下跟媒体对簿公堂的风险之大。可是你也了解爵爷的为人，他真心诚意地相信他一定能讨回公道。当然了，其结果反而使那份报纸的发行量激增。而爵爷的令名却彻底给毁了。真的，本恩太太，官司打完以后，爵爷整个人完全垮了。达林顿府里也变得无比萧索。那天我把茶点为他端进会客室，结果，唉……那景况真是惨不忍睹。"

"我非常难过，史蒂文斯先生。我根本就不知道情况糟到了这个分上。"

"哦，是呀，本恩太太。可是不谈这个了吧。我知道你记忆中的达林顿府，还是当初经常举办盛大聚会、贵客盈门的样子。那才是爵爷应该被记住的样子。"

就像我说的，这是我们唯一提到达林顿勋爵的地方。总的来说，我们谈到的都是非常令人愉快的往事，我们一起在茶室里度过的这两个钟头，应该说是极为愉快的。我依稀记得在我们畅谈期间还有不少别的客人进来，坐上一会儿就又走了，不过我们的注意力丝毫都没有因此而受到一点分散。的确，当肯顿小姐抬头看了一眼壁炉架上的时钟，说她必须得回去了的时候，你简直都不敢相信时间已经过去了整整两个钟头。得知肯顿小姐得冒着雨走到村外还有点距离的公共汽车站以后，我坚持开车送她过去，我们从前台借了一把雨伞，一起来到了外面。

我停放福特车的地方，周围已经形成了好几个大水洼，我不得不略为搀扶了一下肯顿小姐，送她来到副驾驶那边的车门前。不过，很快我们便沿着村里的主要街道开了下去，途经几家店铺后，我们就来到了开阔的乡野中间。坐在我身边的肯顿小姐原本一直都安静地望着车窗外的景色，这时转向我说：

"你干吗那样子顾自微笑呢，史蒂文斯先生？"

"哦……你一定要原谅我，本恩太太，不过我正好想起你信上写到的某些事。一开始读到的时候，我还真有点担心，不过现在看来应该是没什么担心的理由了。"

"哦？你指的具体是哪些事呢，史蒂文斯先生？"

"哦，倒也没什么特别的，本恩太太。"

"哦，史蒂文斯先生，你真的一定要告诉我。"

"喔，比方说，本恩太太，"我说着轻轻一笑，"在信上的某一处，你写道——让我想想看——'我的余生在我面前伸展为一片虚空'。大概是这个意思。"

"真的吗，史蒂文斯先生？"她说，也轻轻一笑。"我不可能写过这样的话呀。"

"哦，我敢保证你确实写了，本恩太太。我记得非常清楚。"

"哦，天哪。好吧，也许有那么几天我的确有那样的感受。不过那很快也就过去了。我可以向你保证，史蒂文斯先生，伸展在我面前的人生并非是一片虚空。首先，我们的外孙就要出生了。这是头一个，后面也许还有好几个呢。"

"是呀，的确。对你们来说真是好极啦。"

我们默不作声地又朝前开了几分钟。然后肯顿小姐道：

"那么你呢，史蒂文斯先生？你回到达林顿府以后又会有什么样的未来在等着你呢？"

"喔，不管等着我的到底是什么，本恩太太，我知道那都不可能是一片虚空。如果是的话倒好了。可是不会的，只有工作，工作，做不完的工作。"

说到这里我们俩都笑了。接着，肯顿小姐指了指前面不远处已经可以望见的一个有顶棚的公共汽车候车亭。我们驶近以后，她说：

"你能陪我一起等一会儿吗，史蒂文斯先生？公共汽车只要几分钟就会到的。"

从车上下来的时候，雨仍不住点地下个不停，我们赶紧钻进了候车亭。那候车厅是石砌的，上面有个瓦顶，看起来相当牢靠，它也确实需要建得牢靠些，因为它毫无遮蔽地矗立在那里，背后就是空旷的田地。候车亭里面，处处油漆剥落，不过倒是挺干净的。肯顿小姐在候车的长椅上坐下，我则一直在看得见公共汽车驶来的地方站着。公路的对面，目光所及也只有更多的农田；一排电线杆将我的视线一直引向遥远的天边。

我们默不作声地等了几分钟以后，我终于还是鼓起勇气说：

"恕我冒昧,本恩太太。可事实上我们可能很长时间都再也不能见面了。不知道你是否允许我问你一个相当私人性的问题?这个问题已经困扰了我相当一段时间了。"

"当然可以,史蒂文斯先生。毕竟我们是有多年交情的老朋友了。"

"的确,就像你说的,我们是有多年交情的老朋友了。我就是想问问你,本恩太太——如果你感觉不该告诉我的话,那就不必回答我了。可事实是,这些年来你写给我的那些信,尤其是最近这一封,似乎一直在暗示你过得——这话该怎么说呢?——很不幸福。我就是想知道,你是不是在某种程度上一直在受到虐待。原谅我这么冒昧直言,可就像我说的,这个问题已经让我担了很长时间的心。如果我这么大老远地特地来看你,结果却连问都没问你一声,我会感觉非常愚蠢的。"

"史蒂文斯先生,你根本没必要这么难为情。毕竟我们都是老朋友了,不是吗?事实上,你竟然这么关心我,我真是深受感动。在这件事上,你尽可以大放宽心。外子从来没有以任何方式错待过我。他压根儿就不是个性情残忍、脾气暴躁的人。"

"我必须说,本恩太太,听你这么一说真是让我如释重负。"

我朝雨中探身出去,寻找公共汽车的踪影。

"我能看出你并没有非常满意,史蒂文斯先生,"肯顿小姐道。"你不相信我的话吗?"

"哦,并非如此,本恩太太,完全不是这么回事。只不过事实并没有改变,这些年来你过得好像并不幸福。我的意思是说——请恕我直言——你已经有好几次离开你丈夫了。如果他并不曾错待于你,那么,喔……这可就真让人想不通,你的不幸福到底是什么原因导致的了。"

我再次望向外面的蒙蒙细雨。过了半晌,终于,我听到身后的肯顿小姐说:"史蒂文斯先生,我该如何解释才好呢?连我自己都不太清楚我为什么会做出这样的事情来的。可这是事实,我已经有过三次离家出走了。"她沉吟了片刻,在此期间我继续呆望着马路对面的农田。然后她说道:"我想,史蒂文斯先生,你是想问我是否爱我的丈夫。"

"说真的,本恩太太,我绝不会自以为是地……"

"我觉得我还是应该回答你,史蒂文斯先生。正如你所说,我们可能很多年都无缘再见了。是的,我确实爱我丈夫。一开始我并不爱他。一开始我有很长一段时间都并不爱他。多年前我在离开达林顿府的时候,我其实并没有真切地意识到我的的确确是离开了它。我想我只不过是把它当作了又一种激怒你的伎俩,史蒂文斯先生。来到这里并且发现自己已经嫁为人妻以后,对我来说不啻于一记晴空霹雳。在很长很长的一段时间里面,我都很不幸福,确实是非常不幸福。可是一年一年地就这么过去了,爆发了战争,凯瑟琳也渐渐长大了,有一天我猛然惊觉我是爱我丈夫的。你跟某个人一起生活了这么长时间,你发现你已经习惯跟他在一起了。他是个善良、可靠的好人,所以是的,史蒂文斯先生,我已经渐渐爱上了他。"

肯顿小姐再一次陷入沉默,过了一会儿她才继续道:

"不过,当然了,这也并不意味着偶尔就不会有这种的时候——在极其孤独的时刻——你会想要对自己说:'我的人生中犯了个多么可怕的错误。'而且你会开始想象一种不同的生活,一种你原本可能拥有的更好的生活。比方说吧,我开始想象一种本来可以跟你在一起的生活，史蒂文斯先生。而我想正是在这样的时候，我会为一些琐事而怒不可遏，而离家出走。不过我每次这样做了以后，要不了多久我也就会明白过来——我的本分就是跟我丈夫在一起。毕竟，时光是不能倒流的。一个人是不能永远沉溺在可能的状况中无法自拔的。你应该明白你所拥有的并不比大多数人更差，或许还更好些，应该要心存感激才是。"

我想当时我并没有马上做出回应，因为我是颇花了一点时间才完全消化了肯顿小姐所说的这一番话的。不仅如此，您应该也能体会，这番话里隐含的深意也真是让我心有戚戚。的确——我又何必再遮遮掩掩？——在那一刻，我的心都碎了。不过，很快地，我还是转向她，面带微笑地说：

"你说得对，本恩太太。诚如你所说的，时光是不能倒流的，已经来不及了。的确，我要是知道正是这样的想法造成了你和你丈夫的不幸的话，我是绝对没办法心安理得的。我们每个人都应该，正如你指出的，对我们实际上拥有的东西心怀感激。而且从你告诉我的情况来看，本恩太太，你是有理由感到满意的。事实上，容我冒昧多嘴，随着本恩先生即将退休，还有马上就要降生的小外孙，你跟本恩先生以后还有好多无比幸福的岁月在等着你们。你可千万不要再让任何这类愚蠢的想法横亘在你自己和你应得的幸福之间了。"

"那是当然，你说得对，史蒂文斯先生。真是感谢你的良苦用心。"

"啊，本恩太太，公共汽车好像开过来了。"

我走出候车亭招手示意停车，肯顿小姐站起身来到候车亭边。直到汽车停了下来，我才又偷觑了肯顿小姐一眼，结果发现她眼里盈满了泪水。我微笑着说：

"好了，本恩太太，你自己一定要好好保重。大家都说，退休以后才是夫妻生活中最美好的那一段。你一定要尽你的所能使这些岁月成为你自己和尊夫的幸福时光。我们也许再也无缘见面了，本恩太太，所以我请求你务必把我的这番话记在心上。"

"我会的，史蒂文斯先生，谢谢你。也谢谢你特意开车送我这一程。这次能再次见到你真是太高兴了。"

"再次见到你真是非常非常高兴，本恩太太。"

码头上的彩灯已经亮了起来，我身后的人群刚刚发出一阵大声的欢呼表示欢迎。还有不少天光尚存——海面上的天空已经变为浅红色——不过看来过去半个钟头之内聚集在码头上的人群都希望夜色快点降临。我想，这倒正好印证了刚才还跟我坐在一条长凳上的那个人的观点，我们之间曾有过一段略显奇特的交谈。他的说法是，对于好多人而言，傍晚是一天当中最好的部分，是他们最期盼的一段时光。依我看来，这种说法似乎也不无几分道理，要不然的话，码头上的这些人又怎么会只不过因为灯光亮起，就不约而同地欢呼雀跃呢？

当然了，那人也只是拿黄昏来打个比方，不过眼看着他的话这么快就在现实中得到了应验，也实在有趣得紧。我想在我注意到他之前，他应该已经在我旁边坐了有一会儿了，因为我只顾沉溺在两天前跟肯顿小姐见面的回忆当中难以自拔了。事实上，一直到他大声地开口说话，我才觉察到原来旁边还坐着他这么个人：

"海边的空气对人可是大有裨益啊。"

我抬起头来，看到一位体格健壮、年近七旬的男人，穿了件已经很旧了的花呢夹克，衬衣的领口敞着。他正凝望着海面，也许是在看远处的几只海鸥，所以根本就闹不清他到底是不是在我说话。不过既然没有别人回应，既然附近也看不到还有其他的人可能会做出回应，我最后还是回了一句：

"是呀，我相信肯定是大有裨益的。"

"医生都说这对你有好处。所以只要天气允许，我就尽可能多地到这儿来。"

那人接着又跟我絮叨起了他的各种小病小灾，只是为了对我点个头、笑一笑，才会偶尔把一直凝视着落日的目光掉转过来。我也是在他无意间提及直到三年前正式退休，他一直都是附近一户人家的管家，这才真正开始注意去听他讲话。经过询问以后，我得知他担任管家的那户人家的宅第规模很小，也只有他这么一个全职的雇员。当我问到他手底下可曾有过专职的员工跟他一起工作时——或许在大战前——他回答道：

"哦，那个时候，我还只不过是个男仆。那个时候啊，我还压根儿都不知道当管家的窍门儿呢。要真想成为那些大户人家的管家，对你的要求得有多高，你真是做梦都想不到呢。"

话已至此，我想也该向他表明我的身份了，虽说我不太确定他是不是明白"达林顿府"的斤两，我这位伴当看起来倒是肃然起敬。

"我还一本正经地想向你解说其中的窍门儿呢，"他笑道。"幸亏你及早告诉了我，要不然我可真是关公面前耍大刀了。这也正好说明，你在跟一位陌生人攀谈的时候，永远都不知道你到底是在跟谁讲话。这么说来，你手底下肯定有过一大帮子雇员吧,我想。我是说战前。"

他是个性情开朗的伙计,又像是真的很感兴趣,所以我坦诚我的确花了点时间跟他讲了讲昔日达林顿府的盛况。主要的我是想告诉他,在筹备和监管我们过去经常举办的那些盛大活动时,需要掌握哪些——用他的话来说——"窍门儿"。的确,我相信我甚至还向他透露了我的好几个用以调动员工额外潜能的"秘诀",以及当管家需要掌握的各种"戏法儿"——就跟变魔术的没什么两样——靠这些戏法儿,一个管家就能让某一样东西在合适的时间出现在合适的地点,而根本不会让客人们窥见这样的操作背后那经常是庞大而又复杂的运作机巧。我也说过,我这位伴当看起来是真的很感兴趣,但在说了一阵以后我也觉得应该见好就收了,于是就以这样一句话做了个归结:

"当然了,在我现在的雇主手下,情况可就大不相同了。他是位美国绅士。"

"美国人,呃?说起来,现在也只有他们才能摆得起这个谱儿了。这么说来你还继续留在那个府里。大概也是一揽子交易的组成部分吧。"他转过脸来冲我咧嘴一笑。

"是呀,"我说,也轻声一笑。"就像你说的,是一揽子交易的一部分。"

那人又把凝视的目光再次转回到海面上,深吸了一口气,又心满意足地叹了口气。然后,我们又默不作声地一起在那儿坐了好一会儿。

"事实上,当然了,"半晌后我又说,"我把我全副的精力都献给了达林顿勋爵。我把所能奉献的一切全都奉献给了他,而现在——喔——我真是发现我还可以奉献的已经所剩无几了。"

那人没有言语，不过点了点头，于是我继续道：

"自打我的新雇主法拉戴先生来到以后，我一直都非常努力，真的是非常努力地想向他提供我希望他能享受到的那种服务。我已经竭尽了全力，可是不管我怎么做，我都发现距离我当初为自己制定的标准还差了一大截。我的工作中也开始出现了越来越多的失误。尽管这些失误本身都无足轻重——至少到目前为止是这样。可它们都是我以前从来不会犯的那种失误，而且我知道它们意味着什么。老天作证，我真是已经竭尽了全力，可就是没有用。我能够付出的已经全都付出了。而我把它们全都奉献给了达林顿勋爵。"

"哎呀，朋友。我说，要不要块手绢儿？我应该揣着一条来着。找到了。还挺干净的。今天早上只拿它来擤了一次鼻子，仅此而已。你拿去用吧，朋友。"

"哦天哪，不用，谢谢你，我没事了。很抱歉，恐怕是因为这次旅行让我太累了。非常抱歉。"

"你肯定是非常依恋这位什么勋爵。你说他已经过世三年了？我看得出你真是对他情深义重啊，朋友。"

"达林顿勋爵并不是个坏人。他绝不是个坏人。至少他还有勇气在他生命的最后阶段承认是他自己犯了错误。爵爷是个勇敢的人。他在人生中选择了一条自己的道路，结果却发现他是误入了歧途，但他至少可以说，那是他自己的选择。而至于我，我连这样的话都不能说。你知道吗，我信赖他。我信赖爵爷的智慧。在我为他服务的所有这些年间，我一直坚信我所做的全都是有价值的。我甚至都不能说是我自己犯了错。说真的——你不得不扪心自问——在这其中到底又有什么样的尊严呢？"

"听我说,朋友,我不敢保证听明白了你说的每一句话。可如果你问我的话,我得说,你的态度可是完全不对头,知道吗?人不能总是朝后看,要不然肯定是要意气消沉的。好吧,你的工作是不能做得像当年一样好了。可我们不全都是这样吗,对不对?到了某个时候,我们全都得把脚搁起来休息了。你看看我。自打我退休的那天起,我就快活得像只云雀一样。好吧,就算是你我都已经不再是精力充沛的青春盛年,可是你仍旧得继续往前看。"我相信就是在这个时候他又说:"你得学会享受你的人生。傍晚是一天当中最美好的时光。你已经做完了一天的工作。该是你搁起脚来好好享受一下的时候了。我就是这么看的。随便找个人问问,他们也都会这么说的。傍晚是一天当中最美好的时光。"

"我确信你说得很有道理,"我说。"真抱歉,我真是非常失态。我想我是有些累过头了。这些天来我一直都在路上奔波,你知道。"

那个人离开已经有二十分钟左右了,不过我仍旧坐在长椅上没动,等着观看当晚那刚刚已经开始的余兴活动——即码头彩灯亮起——的进展情况。像我已经说过的,特意聚集到码头的那些寻欢作乐的人群为迎接这个小小的节目表现出来的欢快之情,似乎再次印证了我刚才那位伴当所言的真确性;因为对于这么多人来说,傍晚确是一天当中最令人享受的时光。如此看来,他的建议或许果真是有点道理的,我的确应该不要再这么频繁地回顾往事,而应该采取一种更为积极的人生态度,把我剩余的这段人生尽量过好。毕竟,总是这样没完没了地往回看,总是自责我们当初的生活并没有尽如人意,终究又有什么好处呢?而且对于你我这样的人来说,现实的残酷肯定还在于,除了将我们的命运交付到身处这个世界的轴心、雇佣我们的服务的那些伟大绅士们的手中之外,归根结底,我们别无选择。整日地自寻烦恼,忧心于当初究竟该怎么做又不该怎么做方是人生之正途,又有什么意义呢?你我之辈,只要是至少曾为了某项真实而有价值的事业而竭尽绵薄、稍作贡献,谅必就已经尽够了。我们当中若是有人准备将大部分的生命奉献给这样的理想和抱负,那么毋庸置疑,值得为之自豪和满足的就在于这献身的过程本身,而不应计较其结果究竟如何。

顺带说一句,几分钟前,就在彩灯刚刚亮起后不久,我还特意从坐着的长椅上转过身去,更仔细地研究了一会儿在我背后那些有说有笑的人群。在码头上漫步徜徉的人各种年龄段都有:有带着小孩的一家人;有手挽手一起散步的夫妻,小夫妻老夫妻都有。我背后不远处聚在一起的那六七个人稍稍引起了我的好奇心。我一开始想当然地以为他们是趁此良宵结伴外出的一帮朋友。可是听了一会儿他们的谈话以后,这才发现他们不过是碰巧在我身后的这个地方偶遇的一帮陌生人。显然,他们刚才全都一时间驻足观望,等待彩灯初上的那一刻,随后又继续友好地攀谈起来。此刻他们就在我的注视之下,一起开心地大笑。真是奇怪,人们相互间居然能这么快就建立起热络的感情。可能只是因为对于即将到来的夜晚的共同期待,才将这几个人联系在一起的。不过呢,我倒也觉得这其实是跟揶揄打趣的本事有更大的关系。眼下听着他们的谈话,听得出来他们相互间玩笑逗趣个不断。想来,这正是很多人都会喜欢的搭话和交谈方式。事实上,刚才跟我坐一条凳子的那位伴当恐怕原本也期望我能跟他玩笑打趣一番的——果真如此的话,我可真是扫了他的兴了。也许我当真应该开始更加热心地看待戏谑打趣这件事了。毕竟，认真想来，热衷于开开玩笑也并非什么要不得的蠢行——尤其是在它真能成为联络人际关系的锁钥的情况下。

不仅如此，我还想到，雇主期望他的雇员能跟他说两句俏皮话，也真不能算是不合情理的要求。我当然是已经花了很多时间来提高自己说俏皮话的本领了，不过也许之前我还没有做到全情投入的程度。这么看来，也许在我明天返回达林顿府以后——法拉戴先生本人还要再过一周才回来——我就该重新开始更加努力地加以练习了。如此一来，我有理由希望到我雇主回来的时候，我就能让他感到一种愉快的惊喜了。

为无可慰藉之人提供慰藉
——《长日将尽》译后记

日裔英国作家石黑一雄（Kazuo Ishiguro，1954 年 11 月 8 日— ）因"以其巨大的情感力量，发掘了隐藏在我们与世界的虚幻联系之下的深渊"而荣获二〇一七年度诺贝尔文学奖，瑞典文学院并进而明确指出石黑一雄的文学创作的三个关键词是"时间、记忆与自我欺骗"。想来，石黑本人对此应该也是非常认可的，因为他在访谈中谈到自己创作的要点时，就说过："我基本上就是依赖回忆。"

《长日将尽》（*The Remains of the Day*）是石黑一雄的第三部长篇小说，荣获一九八九年度的布克奖，真正奠定了他国际一流作家的地位，这部小说与之前的两部长篇《远山淡影》（*A Pale View of Hills*, 1982）和《浮世画家》（*An Artist of the Floating World*, 1986）的的确确全篇都是以主人公的回忆展开和构成的。

以第一人称回忆过去、讲述奇遇、敷演故事甚至说三道四可以说是长篇小说这一体裁最传统也最常用的一种叙事策略，与全知全能的第三人称（也称为"上帝视角"）叙事分庭抗礼，共为长篇小说叙事方式的两大宗派。相较于第三人称叙事，采用第一人称的好处在于容易获得读者的共鸣，读者很容易就会对叙述者的价值观产生认同，直至在情感上都会与主人公同悲同喜。但这仅限于可靠的叙述者，在叙述者是"可靠的"情况下，叙述者的情感倾向和价值判断与作者或者说体现在作品中的整体倾向是一致的，读者可以大体上将叙述者的声音等同于作者的声音，现代主义兴起之前的小说基本上都是这种情况，典型的如维多利亚时代长篇小说繁荣期的众多作品，像狄更斯的《大卫·科波菲尔》和夏洛蒂·勃朗特的《简·爱》等。现代主义兴起之后情况就大不一样了，亨利·詹姆斯的小说艺术就集中在对叙事角度的强调上，与此联系在一起的是叙述者的声音首次变得不那么可靠起来。詹姆斯故意选择感知视角、理解能力受到限制的叙述者，典型的比如说孩子，用这种受限的视角去观察，用这种尚不能完全理解叙述对象的声音去讲述，由此就会造成叙述者讲述的内容与成熟的读者实际感受到的内涵之间的一种微妙的、巨大的偏差，这种有意味的偏差对于读者所造成的审美和情感的冲击是极大的。美国文学批评家韦恩·布斯（Wayne Booth）在其叙事学名著《小说修辞学》（*The Rhetoric of Fiction*）中首次对所谓"不可靠的叙述"进行了命名和论述："当叙述者的言行与作品的范式（即隐含作者的范式）保持一致时，叙述者就是可靠的，否则就是不可靠的。"

《长日将尽》的第一人称叙述就是典型的"不可靠叙述"。如果说亨利·詹姆斯的不可靠叙述源于叙述者观察和理解能力方面的受限，石黑一雄的不可靠叙述则是由于叙述者自身的有意回避和遮遮掩掩。

《长日将尽》的情节是由英国豪门巨族达林顿府的管家史蒂

文斯独自驾车前往西南部六天行程中的回忆所构成的。史蒂文斯为达林顿勋爵工作了三十多年的时间,亲眼见证了达林顿府一战和二战期间最为辉煌的鼎盛时期,在这个时期,这个显赫的贵族府第实际上成为对于整个大英帝国的大政方针尤其外交政策起到巨大影响的权力中枢,"这世界就是个轮子,以这些豪门巨宅为轴心而转动",通过达林顿勋爵,纳粹德国的驻英大使"里宾特洛甫先生几乎可以完全绕过我们的外交部门,直接接触到我们的最高层"。但在二战以后,由于达林顿勋爵在战前一直奉行不光彩的亲纳粹政策,达林顿府盛极而衰,已经由世界的"轴心"沦落到"门前冷落车马稀"的境况。在爵爷也身败名裂、郁郁而终(小说暗示爵爷是自杀身亡)之后,连达林顿府都已转手卖给了美国商人法拉戴先生,达林顿府作为世袭贵族达林顿家族的祖产,在世代相传以后终于为外姓——而且是外国人所有了。在达林顿府的全盛时期,身为管家史蒂文斯手下有三十几个全职员工供他差遣,而在此时,府里的员工加上他这个大管家也就只剩下了四个人,宅第的相当一部分已经关闭起来,不再使用。新主人法拉戴先生好意地主动提出让史蒂文斯驾车外出去休个假,汽油费由他来负担;而更主要的是因为府里现在的人手实在是捉襟见肘,史蒂文斯就想力促三十年前共事过的女管家肯顿小姐重返达林顿府任职,由此即可一举解决府里人手不够的难题,所以想借此休假机会顺道前往肯顿小姐的住处亲自劝她重新出山,结果却无功而返。《长日将尽》这部小说写的就是史蒂文斯这六天驾车出游的沿途见闻,更主要的是对于过去他这大半辈子管家生涯的断续回忆与思考。

那么他都回忆和思考了些什么?我们为什么又说他的叙述是

不可靠的？他为什么要有意无意地躲闪和回避？他躲闪和回避的又是什么呢？

干了大半辈子职业管家的史蒂文斯，他回忆和思考的一个最为重要的问题就是：怎样才能算得上是个"伟大的"管家？一个"伟大的"管家与一个极有能力的管家的本质区别又在哪里？史蒂文斯认为就在于他是否拥有一种"尊严"。那么这种"尊严"到底又是一种什么东西，它具体的内涵应该如何表述？史蒂文斯在经过一番深入的思考，并以自己的父亲管家生涯中的实际言行作为实例，得出结论说："'尊严'云云，其至关紧要的一点即在于一位管家无论何时何地都能坚守其职业生命的能力"；"伟大的管家之所以伟大，是由于他们能够化入他们的职业角色，并且是全身心地化入"。身为"管二代"，史蒂文斯还进而将他们这代管家与以他父亲为代表的上一代管家在价值观上的不同做了一番比较，他认为老一辈更关心的是雇主是否是有封号的世家贵族，而他们这一代更关心的则是雇主的道德地位，他们更加理想主义，更希望效力于那些为人类的进步作出贡献的士绅：这个世界是个轮子，以那些豪门巨族为轴心转动，而他们这些有理想的管家莫不以尽可能地靠近这个轴心为志向，他们这个职业的终极价值就体现在为那些肩负着当代文明大任的伟大士绅们服务，如果，也只有做到了这一点，你才可以被称为一位"伟大的"管家："一个'伟大的'管家肯定只能是那种人：他在指点自己多年的服务生涯时能够自豪地说，他已经将他的全副才能用以服务一位伟大的绅士了——而通过这样的一位绅士，他也等于是服务了全人类"。

那么史蒂文斯为之而效力了三十多年的达林顿勋爵，他是否居于这个世界的轴心位置,他是否是位伟大的士绅,他的作为是否促进了人类的进步呢?

达林顿勋爵当然居于这个世界的轴心,用史蒂文斯自己的话说:"是我们这代人最先认识到了前几代人全都忽略了的一个事实:即世界上的那些重大的决定事实上并不是在公共议事厅里,或者在会期只有寥寥数日又完全置于公众和新闻界关注之下的某个国际会议上做出的。更多的情况下,那些关键性的决定反倒是在国内那些隐秘而又幽静的豪宅里经过讨论、进行权衡后做出的。"小说中集中描写过在达林顿府召开的两次会议(外加无数"不宜公开"的密谈):一是一九二三年三月召开的国际会议,达林顿勋爵邀请了来自世界各国的高级外交官和政要、杰出的神职人员、退役的军方士绅、作家与思想家共二十几位正式代表参加;还有一次规模虽没有这么盛大,却直接邀请到包括纳粹德国驻英大使与英国首相在内的最高级别的官员到达林顿府进行密谈。正如史蒂文斯和肯顿小姐之间的那段对话所显示的那样:史蒂文斯向肯顿小姐抱歉说他实在太忙,没时间详细探问她跟他的求婚者会面的结果,因为"具有全球性重要意义的事件此时就正在府内进行当中呢",而肯顿小姐则回答:"府里又何曾发生过不重要的事呢,史蒂文斯先生?"

那么达林顿勋爵是否是位伟大的士绅呢?他的作为是否促进了人类文明的进步呢?用史蒂文斯自己的话说:"无论近年来对达林顿勋爵的功过如何评说……我都该为爵爷说句公道话:他本质上是个真正的好人,一个彻头彻尾的绅士,时至今日,我都为自己能将最好的年华奉献给为这样一个人服务上而深感自豪。"达林顿勋爵参加过一战,对阵的敌人是德国,但他出于绅士的原则和本能，对于已经败北的敌人就自然会表现出慷慨和友善。加之战后签订的《凡尔赛和约》的确对于德国有诸多不公开的条款，这就激起了达林顿勋爵的同情和义愤，尤其是在他的一位德国挚友自杀之后，他开始致力于为德国争取平等的国际权益，一九二三年的那次重要的国际会议就是专门为此而召开的。可以说到此为止，达林顿勋爵的所作所为是完全正当的。但在纳粹政权上台以后，德国已经从之前的牺牲者一变而成咄咄逼人的侵略者，达林顿勋爵却仍旧秉持之前的亲德、挺德立场，执迷不悟，终至于成为纳粹德国的帮凶。如果说一九二三年的那次会议还是完全正当的，那么到一九三六年他一手安排纳粹德国的驻英大使与英国首相到达林顿府密谈，甚至想促成英王在那个时候亲访德国，与希特勒会谈，用勋爵的教子的话说就是："在过去这几年当中，爵爷可能是希特勒先生在本国为他摇旗呐喊，助他实施其宣传诡计最为得力的一枚棋子了"。而之所以走到这一步，居然正是因为勋爵是位真正的绅士，因为他为人真诚，品德高尚。所以答案是：达林顿勋爵确实是位品德高尚的绅士，但他却并没有成为一位伟大的绅士，他非但未能促进人类文明的进步，反而沦落为纳粹的棋子和帮凶。

这也就可以解释史蒂文斯的回忆为什么会躲躲闪闪、避重就轻，甚至自我欺骗了。表面看来，史蒂文斯的遣词造句非常正式、规范，面面俱到而又谨小慎微，恰合他大半辈子的管家身份，但表面上滴水不漏的叙述当中，暗底里却有潜流涌动，甚至暗潮汹涌。他一方面说他们这代管家有着理想主义的追求，良禽择木而栖，要选择真正伟大的绅士为其服务，在助其促进全人类的福祉中实现自己的职业价值，成为"伟大的"管家；另一方面在勋爵的教子小卡迪纳尔明确向他指出勋爵已成为纳粹的棋子和帮凶以后，他又采取鸵鸟政策，故意视而不见，并且为自己找借口，说像他们这样的人是完全不可能理解当今的国际大事的，最好的办法就是完全信赖他们已经认定是既明智又可敬的那位雇主，将全副精力奉献于为他提供最好的服务上。他一方面坚称达林顿勋爵是位伟大的绅士，他为自己将最美好的年华奉献给为这样一个人服务上而深感自豪，另一方面却又在两次截然不同的场合有意地回避他是否曾为达林顿勋爵服务的话题，甚至不惜矢口否认。他一方面义愤填膺地为爵爷声辩，说人们攻击爵爷是个排犹主义者绝对是卑鄙龌龊的无耻谰言，一方面又因为奉爵爷之命开除了两个犹太女仆而难以释怀，几成心病……这种前后不一，甚至完全矛盾的表述实在是太多了，而其根源则在于达林顿勋爵并非如他所愿意相信的那般完美，但正视这一点就等于抹杀了他三十年来鞠躬尽瘁地工作的意义，乃至于把他整个人生的意义也都一笔抹杀了，而这是他绝对无法面对的残酷真相。

达林顿勋爵具有真正的绅士精神，秉持 Noblesse oblige（位高则任重）的道义责任，在一战后为明显受到不公平待遇的战败国德国鸣不平，并且不限于道义上的支持，勇于行动，以殚精竭虑的实际作为运筹帷幄，奔走呼号，其精神何等高尚，其行为何等高贵。在为德国争取平等待遇的那次国际会议上，勋爵曾跟美国的政客刘易斯先生有过一次正面的交锋，刘易斯先生说他们凭借自己高贵的精神治国理政的时代已经一去不复返了，现在的国际事务需要专业人士来掌管，他们都是外行，他们根本就搞不清状况，仅凭着美好的愿望只能是成事不足败事有余。勋爵则反驳说他所谓的专业精神无非是通过欺骗和操纵来为所欲为，是依照自己的贪欲和利益来排定轻重缓急，而他所谓的外行，他更愿意称之为"荣誉"。多年后，当爵爷运用自己的影响力居然将英国首相拉到自己家里来和纳粹德国的驻英大使进行密谈的时候，他当初的至交兼同道的儿子，也是他的教子的小卡迪纳尔因为不愿看到他所尊敬的教父跨入万劫不复的境地，特意赶来苦苦相劝，但爵爷却置之不理。借酒浇愁的小卡迪纳尔对史蒂文斯吐露了真情，他重提当初刘易斯与爵爷争执的这一幕，而他现在的看法已经完全倒了个个儿："唉，我不得不说，史蒂文斯，那位美国老兄还真是说到了点子上。这还真是无可否认的事实。当今的世界太过险恶，是容不得你那些善良高贵的本能的。你自己也亲眼看到了，是不是，史蒂文斯？他们是如何操控那些善良和高贵的力量，将它们玩弄于股掌之上的。你自己也亲眼看到了，是也不是？"执迷不悟的达林顿勋爵一意孤行，直至成为纳粹德国最有力的棋子和帮凶，直落得身败名裂、自杀身亡的下场，而所有这一切，他又都是出于最为高贵的本性，秉持最为高尚的道义责任而做出来的。这是何等的悲剧！

而怀抱理想主义、一心想做一个"伟大的"管家的史蒂文斯呢？他年轻时也曾频繁更换雇主，直到他有机会效命于达林顿勋爵才安顿下来，这一干就是三十几年。因为他认为"良禽择木而栖，良臣择主而事"，他认定了勋爵就是他要找的明主，就是能够实现他伟大管家抱负的伟大绅士。史蒂文斯的父亲也是位管家，而且他对父亲评价甚高，认为父亲的作为体现出了他最为看重的职业尊严，堪为伟大管家的表率。他曾因为肯顿小姐只称呼父亲的教名不尊称他先生而跟她翻脸，造成很长一段时间内男女管家之间的不和。那么按说史蒂文斯跟父亲的关系应该是相互尊重、非常融洽的了吧？却并不尽然。我们看到父亲意外摔倒受伤后，史蒂文斯再奉爵爷之命去跟父亲摊牌，规定他已经不便行使哪些职责的时候，父子俩的关系是何等地僵硬：父亲对他的态度异常冷淡，很不耐烦，而他对父亲竟然只以第三人称称呼，没有丝毫亲热之意。紧接着的就是那最为盛大的国际会议了，这也是他身为管家可以尽情发挥的最盛大的舞台，结果呢，一边是需要他施展全副本领，展现他伟大的职业精神的盛大会议和宴会，另一边则是他视之为职业表率的亲生父亲在寒酸的顶层阁楼里等着咽气。丝毫不出意料，他当然是为了所谓的职业精神而置垂死的父亲于不顾。他为了成为伟大的管家首先是完全牺牲了亲情——父子之情。

然后又牺牲了爱情。史蒂文斯虽说差不多一开始就跟肯顿小姐有过冲突，但在多年的共事中逐渐建立起工作上相互信任、情感上也相互信赖的亲密关系。整部小说都是以史蒂文斯的口吻叙述的，正如对于达林顿勋爵的叙述是一种不可靠的叙述一样，他对于肯顿小姐的叙述也一直都是躲躲闪闪的，原因就在于他不敢正视他对肯顿小姐的真情，而根源仍在他为了所谓的管家的职业精神而只得压抑甚至牺牲自己的情感。尽管在对有关肯顿小姐的往事回忆中史蒂文斯没有只字提及自己对她的真情实感，但在貌似客观中立的叙述中随处可见他对她的依恋以及因无法对她的情感做出回应而隐含的负疚之情。已经分离三十多年后的史蒂文斯反复阅读肯顿小姐的来信，几乎到了能够背诵的程度，切盼她能重返达林顿府再次与他共事，为此而不惜有意地曲解信里的字句，故意夸大了肯顿小姐重返达林顿府的意愿。有关肯顿小姐有几个场景深深地印在史蒂文斯的脑海中，永远无法忘怀，仅各举一个无限美好、一个无限伤痛的场景为例：他反复提到一次傍晚时分，他不知因为什么工作而来到楼上，夕阳透过客卧一扇扇半掩的房门照射到走廊上，而透过一扇门，他看到肯顿小姐映在窗前的侧影；肯顿小姐向他挥手，柔声叫他过去，他和肯顿小姐一起看到花园中他父亲在凉亭前来回踱躞的身影。三十多年以后，肯顿小姐在来信中再次提到这个场景，形容老史蒂文斯"就仿佛一心想找回他失落在那里的某样珍宝"，史蒂文斯认为形容得非常形象，这个场景对他来说是否也正是一样已经失落的珍宝呢？另一个场景则让他伤痛不已，尽管他抵死也不会承认。他独自一人站在肯顿小姐起坐间外面的后廊上，为是否敲门而举棋不定，因为他突然间确信就在一门之隔、相距仅几码之遥的地方，肯顿小姐正在伤心地哭泣。他一方面说这一刻已经牢牢地嵌入了他的记忆中，"同样难以忘怀的"还有当时他在那里内心深处升腾而起的那种特别的感受，但另一方面他又说现在他却又记不清他到底出于什么原因站在那后廊上了。他甚至（有意无意地）把这个场景张冠李戴，安在肯顿小姐得知姨妈的死讯之后了，那么那恸哭就是哀悼她姨妈了。但结果却并不是。既然这个场景已经根植在他的记忆深处，他又怎么会张冠李戴呢？他然后才好像恍然大悟一般，想起那是在肯顿小姐的姨妈去世已几个月后的事情，确切地说是发生在小卡迪纳尔意外来访的那个夜晚。那个夜晚发生了什么？明的层面上是我们上文已经提到的，达林顿勋爵居然安排英国首相和纳粹德国驻英大使在那个夜晚到他家里密谈，小卡迪纳尔为了让教父能悬崖勒马，闯上门来做最后的规劝（小说并没有明写，而只通过史蒂文斯的口吻说听到他们爷俩在吸烟室里激烈地争吵）。在史蒂文斯职业生涯的层面上，他由开始的情绪低落而渐渐涌起了一种深深的成就感,认为在如此煎熬的一个夜晚,当欧洲几位最有权势的绅士就在他的服侍之下决定着这块大陆的终极命运的过程中,他始终都保持了一种与他的职位相称的"高贵尊严",他因此而将这一晚视作他职业生涯的顶点,是他"这一生所能达到的所有成就的一个总结"。这是明的层面,那么暗的层面呢?——则是肯顿小姐在多年的期盼、多次的努力和试探之后,终于灰心绝望,在那一夜接了一位旧识本恩先生的求婚。肯顿小姐为之痛哭失声的是自己已经破碎的爱情,那站在门外的史蒂文斯内心翻涌的又是一种什么样的"特别的感受"呢?

为了实现自己成为伟大管家的理想和抱负,史蒂文斯不惜牺牲父子的亲情(这种牺牲并非单方面的,可以看出老史蒂文斯也做出了同样的牺牲)和男女间的爱情,以至于成为一个几乎压抑了一切正常情感、完全不近人情的工作机器。就在他自以为已经实现了人生的终极目标、职业的终极价值以后,却才发现他借以实现目标和价值的这位伟大的绅士,其实却是纳粹的帮凶、民族的罪人,他最后竟羞于承认他曾是这位爵爷的管家。这是何等的悲剧!

那么肯顿小姐呢?她的人生遭际又是怎样的呢?透过史蒂文斯的讲述,我们大体上可以理清肯顿小姐如下的人生轨迹:她和老史蒂文斯先生差不多同时来到达林顿府,担任女管家的职务。她的长相我们不得而知,但我们知道她是一个热情、活泼、性格开朗而又倔强的女子("她仍旧保持着跟过去一样的姿态,把头高高地仰起,几乎带一点挑衅的神气")。刚来没多久,她就捧着一瓶鲜花闯入史蒂文斯那修道院一样寒素的餐具室里,想为他那间阴暗的房间带来一点生气。谁知史蒂文斯非但不领情,还在有关老史蒂文斯的称呼问题上向她兴师问罪,导致颇有一段时间两人在工作问题上相互挑刺,甚至不相往来,靠传递口信或是小纸条进行工作上的沟通。随着老史蒂文斯身体的恶化,两人的关系也日渐改善,两人一起透过窗户看着老史蒂文斯在花园里徘徊的场景就出现在此时。老史蒂文斯去世的时候是肯顿小姐守在他的床前,并为他合上了双眼。到这个阶段,肯顿小姐明显已经对史蒂文斯由最初的好感进入愿意信托终身的阶段。由她提议,两人养成了一天的工作结束后一起在她的起坐间里喝杯热可可、聊聊天的习惯。之后两人的关系又经受过一次严峻的考验,即史蒂文斯遵照爵爷的指示解雇了两个犹太女佣,嫉恶如仇的肯顿小姐强烈反对,甚至声称如果当真解雇她们,她也会随之而辞职,她对于史蒂文斯的态度也由此变得冷淡甚至粗暴。直到几个月后,两人在凉亭里不期而遇,史蒂文斯第一次谈到他对解雇犹太雇员这件事也一样深感苦恼和难过时,两人这才冰释前嫌,而且无疑情感又更进了一步,不但重新和好,还相互调侃。之后肯顿小姐采取了关键性的一步,她不请自来地闯入史蒂文斯的餐具室碰到他正在读一本浪漫小说那一次无疑是要进行表白的,当然她更希望史蒂文斯能主动向她表白。结果却因为史蒂文斯的不通人情、不解风情而不欢而散。事已至此,肯顿小姐已经感觉到她的感情付出就要落空了,但她仍不死心,在一次可可聚会上又做了最后的一次试探,她问史蒂文斯,在他的事业已经到达顶峰,对此他已心满意足以后,他还有什么样的人生目标。对于肯顿小姐而言,这是个生死攸关的问题,她付出的情感能否有个完满的结果就在此一举了。结果史蒂文斯竟然说,一直得等到他协助爵爷实现了他为自己设定的所有伟大目标以后,他的人生才算是圆满,而丝毫没有个人情感方面的考虑。加之肯顿小姐最为亲近的姨妈去世后，史蒂文斯非但没有对她致以慰唁之情（他本来是打算这样做的），却（阴差阳错地）反而对她负责的工作横加挑剔，于是在对于史蒂文斯的感情上，肯顿小姐基本上已经完全绝望了。她开始跟之前的一位旧相识本恩先生约会，并在那个关键性的夜晚接受了本恩先生的求婚，婚后随丈夫迁居康沃尔郡的小康普顿。肯顿小姐的婚姻（有可能）幸福吗？在史蒂文斯开车前去跟她会面前，我们已经知道她有好几次离家出走的经历了，而在那次会面当中，虽满怀伤痛却仍比史蒂文斯更勇敢地直面自己真情实感的肯顿小姐这样对他说："不过，当然了，这也并不意味着偶尔就不会有这种的时候——在极其孤独的时刻——你会想要对自己说：'我的人生中犯了个多么可怕的错误。'而且你会开始想象一种不同的生活，一种你原本可能拥有的更好的生活。比方说吧，我开始想象一种本来可以跟你在一起的生活，史蒂文斯先生……"

为了所谓的理想抱负，史蒂文斯不但虚掷了自己的一生，还辜负了肯顿小姐的真情，使她的前半生尽付蹉跎，余生成为"一片虚空"。对于肯顿小姐而言这又是何等的悲剧！

石黑一雄说他写《长日将尽》的出发点是想书写"你是如何为了成就事业而荒废了你的人生，又是如何在个人的层面上蹉跎了一辈子的"，他写的一直都是公共历史之下的个人记忆，是内在的冲突而非外在的压力，他认为个人的疏离感源自自我的认同，来自内心深处，而非外部强加。石黑一雄的创作基本上都建立在一种回溯型的叙事结构之上，不管具体采用第一还是第三人称，小说的主人公都有一个痛苦的过去，不愿去直面却又摆脱不了往事的纠缠，为了能够继续生活下去，就必须对这个痛苦的过往进行一番清理。情感上的不愿和不忍直视导致了讲述本身的犹疑、躲闪和自我欺骗，但这个过去又必须得到清理，否则这种回溯本身也就失去了意义。由此而导致了主人公不同层次的叙述层层叠加，导致不同层次的含义之间的微妙差异，而只有越过这层层遮蔽的"死荫的幽谷"，才能最终抵达自我和解的彼岸，获得继续生活下去的勇气。

石黑一雄曾说过，对他而言"创作从来都不是宣泄愤怒或狂躁的手段，而是用来抒发某种遗憾，纾解忧愁"，"现实世界并不完美，但作家能够通过创造心目中的理想世界与现实抗衡，或者找到与之妥协的办法"。可以说他的文学创作就是为了给人们提供一种"缓慢前进的勇气和信心"，是为那无可慰藉之人提供心灵的慰藉（to console the unconsoled）。

冯涛
二〇一八年五月

附录：石黑一雄诺贝尔奖获奖演说
我的二十世纪之夜及其他小突破

如果你在一九七九年的秋天遇见我，你会发现你很难给我定位，不论是社会定位还是种族定位。我那时二十四岁。我的五官很日本。但与那个年代大多数你在英国碰见的日本男人不同，我长发及肩，还留着一对弯弯的悍匪式八字须。从我讲话的口音里，你唯一能够分辨出的就是：我是一个在英国南方长大的人，时而带着一抹懒洋洋的、已经过时的嬉皮士腔调。如果我们得以交谈，我们也许会讨论荷兰的全攻全守足球队，或者是鲍勃·迪伦的最新专辑，或者是刚刚过去的一年里我在伦敦帮助无家可归者的经历。如果你提起日本，问我关于日本文化的问题，你也许会在我的态度中察觉到一丝不耐烦——我会宣称我对此一无所知，因为我自从五岁那年离开日本起，就再未踏足那个国度——甚至都没有回去度过一次假。

那年秋天，我背着一个旅行包，带着一把吉他和一台便携式打字机，来到了诺福克郡的巴克斯顿——一个英国小村庄，有着一座古老的水磨坊，四周是一片平坦的农田。我之所以来到这里，是因为我被东英吉利大学的一个创造性写作研究生课程所录取，学时一年。那所大学就在十英里外，在主教座堂所在的诺威奇市，但我没有汽车，所以我去那里的唯一途径就是搭乘一趟只有早、中、晚三班的巴士。但我很快发现，这一点并没有给我带来多少麻烦：我一般一周只需去学校两次。我在一栋小房子里租了一个房间，房主是一个三十多岁的男人，他的妻子刚刚离他而去。无疑，于他而言，这栋房子充斥着破碎旧梦的幽灵——但也许他只是不想见我吧；总之，我经常一连数天都不见他的踪影。换句话说，在经历了那段疯狂的伦敦岁月后，我来到了这里，直面这超乎寻常的清幽与寂寞，而我正是要在这幽寂中将自己变成一个作家。

事实上，我的小房间确实很像经典的作家阁楼。天花板的坡度之陡简直要让人得幽闭恐惧症——尽管我踮起脚尖，就能透过一扇窗户看见大片的耕田无尽地延伸到远方。房间里有一张小桌子，桌面几乎被我的打字机和一盏台灯完全占满了。地板上没有床，只有一大块长方形的工业泡沫塑料，拜它所赐，我在睡梦中没少流汗，哪怕是在诺福克那些冰冷刺骨的夜晚。

正是在这个房间里，我认真审读了我夏天完成的两个短篇小说，思忖着它们究竟够不够格，可不可以提交给我的新同学们。（据我所知，我们班级里有六个人，两周碰一次头。）我到那时为止还没有写过多少值得一提的小说类作品，能够被研究生课程录取全凭一部被BBC退稿的广播剧。事实上，在此之前，我二十岁的时候就已经定下了成为摇滚歌星的明确打算，我的文学志向是直到不久前才浮上心头的。我此刻审视的两个短篇是慌乱之中匆匆草就的，因为我那时刚刚得知自己被大学写作课程录取了。其中一篇写的是一个可怕的自杀契约，另一篇写的是苏格兰的街头斗殴——我在苏格兰做过一段时间的社工。这两篇写得都不好。于是我另开新篇，这次写一名少年毒死了自己的猫，背景同样设定在当今的英国。然后，一天晚上，在我待在那个小房间里的第三或是第四周，我发现自己开始以一种全新的、紧迫的热情写起了日本——写起了长崎，我出生的那座城市——在二战最后的那些日子。

这件事，我需要指出，对当时的我来说可谓出乎意料。今天，在当下盛行的文坛风气中，一位有多元文化背景、渴望成就一番事业的年轻作家几乎会本能地在创作中"寻根"。但那时的情况根本不是这样。我们距离"多元文化"在英国的大爆发还有几年光景。萨尔曼·拉什迪那时默默无闻，名下只有一部已经绝版的小说。那时你向别人问起当下最杰出的年轻英国作家，得到的回答很可能是玛格丽特·德拉布尔；至于老一辈的作家，则有艾丽丝·默多克、金斯利·艾米斯、威廉·戈尔丁、安东尼·伯吉斯、约翰·福尔斯。像加夫列尔·加西亚·马尔克斯、米兰·昆德拉、博尔赫斯这样的外国人只有极小众的读者，即便是阅读面颇广的人也对他们的名字毫无印象。

当时的文坛风气就是这样。因此，当我完成了首个关于日本的短篇时，尽管我感觉自己发现了一个重要的新方向，心中却也不免随即升起了一层疑云，不知这场冒险究竟算不算是一种自我放纵——也不知我究竟是否应该赶快回到"正常"的题材轨道上来。我再三犹豫之后，才开始将这篇作品分发给大家看；直到今日，我依然深深地感激我的同学们，感激我的两位导师——马尔科姆·布拉德伯里与安吉拉·卡特，感激小说家保罗·贝利——他是当年的大学驻校作家，感激他们对我这部作品坚定的鼓励。如果他们的反应不是那么正面的话,也许我就再也不会碰任何有关日本的题材了。但我是幸运的。我回到房间里,开始写啊写。一九七九年到一九八〇年的那整个冬天,连带着半个春天,除了班里的五位同学、村里的食品杂货店老板(我仰赖他的早餐麦片和羊腰子为生),还有我的女朋友洛娜(如今是我的太太)——她每两周就会在周末来看我一次——我几乎不跟任何人说话。这样的生活有失平衡,但在那四五个月里,我的头一部长篇小说——《远山淡影》——完成了一半。这部作品同样设置在长崎,在原子弹落下后从核爆中走出的那些岁月。我记得,这段时期我也曾动过念头,想创作几篇不以日本为背景的短篇小说,却发现自己对此很快意兴阑珊。

那几个月对我来说至关重要——如果不是因为这段经历,我可能永远也不会成为一名作家。从那以后,我经常回首往事,不断地问自己:我这是怎么啦?这股奇特的力量究竟从何而来?我的结论是,在我生命中的那一个节点,我忽然全身心投入一项急切的"保存"工作。要解释这一点,我就得把时钟再往前拨。

* * *

一九六〇年四月,也就是我五岁那年,我随父母同姐姐一道来到萨里郡的吉尔福德镇,这里位于伦敦以南三十英里的那片富裕的"股票经纪人聚居区"。我的父亲是一位科学研究人员——一位前来为英国政府工作的海洋学家。顺便提一句,他后来发明的机器成为了伦敦科学博物馆的永久藏品。

我们到来不久后拍摄的照片展现的是一个已经消逝的英国。

男人们穿着V字领羊毛套衫，打着领带，汽车上依然有踏板，车后面挂着一个备胎。披头士，性革命，学生抗议活动，"多元文化主义"全都即将到来，但很难想象我们全家初遇的那个英国对此有半点预感。碰见一个从法国或意大利来的外国人已经够了不得了——更别提从日本来的了。

我们家住在一条由十二栋房子组成的死巷中，这里刚好是水泥道路的终点与乡村郊野的起点。从这里只需步行不到五分钟，就能来到一片当地的农场，还有成队的奶牛沿着田间小径来回跋涉。牛奶是靠马车配送上门的。我初来英国的那些日子里，有一道屡见不鲜的景观是我直到今日还清楚记得的，那就是刺猬——这些漂亮可爱、浑身是刺的夜行生灵那时在乡间到处都是；夜间，它们被车轮轧扁，遗留在了晨露中，然后被干净利落地码在路边，等待着清洁工来收走。

我们所有的邻居那时都上教堂，我去找他们的孩子玩耍时，我注意到他们吃饭前都要说一句简短的祷词。

我进了主日学校，很快就加入了唱诗班；到我十岁时，我成为了吉尔福德的首位日裔唱诗班领唱。我上了本地的小学——我是学校里唯一的外国学生，或许也是该校有史以来的唯一一位——到我十一岁时，我开始坐火车去上邻镇的一所文法学校，每天早上都会和许许多多穿着细条纹西装、戴着圆顶礼帽、赶往伦敦的办公室上班的男人们共享一节车厢。

到了这时，我已经完全掌握了那个年代的英国中产阶级孩子所应遵循的一切礼仪。去朋友家做客时，我知道一有成人进屋，我就要马上立正。我学会了在用餐时如果需要下桌，必须征得许可。作为街区里唯一的外国男孩，我在当地甚是出名，走到哪里都有人认得。其他孩子在遇见我之前就已经知道我是谁了。我完全不认识的陌生成年人有时会在大街上或是当地的小店里直呼我的名字。

当我回首那段经历，想起那时距离二战结束还不到二十年，而日本在那场大战中曾经是英国人的死敌时，我总是惊诧于这个平凡的英国社区竟以如此的开阔心胸与不假思索的宽宏大量接纳了我们一家。对于经历了二战，并在战后的余烬中建立起一个令人叹为观止的崭新福利国家的那代英国人，我心中永远保留着一份温情、敬意与好奇，直至今日，而这份情感很大程度上来源于我在那些年里的个人经历。

但与此同时，我在家中却又和我的日本父母一起过着另一种生活。家中，我面对的是另一套规矩，另一种要求，另一种语言。我父母最初的打算是，我们一年后就回日本，或者两年。事实上，我们在英国度过的头十一年里，我们永远都在准备着"明年"回国。因此，我父母的心态一直都是把自己看作旅居者而非移民。他们经常会交换对于当地人那些奇风异俗的看法，全然不觉有任何效法的必要。长久以来，我们一直认定我会回到日本开启我的成人生活，我们也一直努力维系我的日式教育。每个月，从日本都会寄来一个邮包，里面装着上个月的漫画、杂志与教育文摘，这一切我都如饥似渴地囫囵吞下。我十几岁时的某一天，忽然不再有日本来的邮包了——也许那是在我祖父去世之后——但我父母依然谈论着旧友、亲戚，还有他们在日本的生活片段，这一切都继续向我稳定地传输着画面与印象。另外，我一直都储藏着我自己的记忆——储量惊人地大，细节惊人地清晰：我记得我的祖父母，记得我留在日本的那些我最喜爱的玩具，记得我们住过的那栋传统日居（直到今日我依然能在脑海里将它逐屋重构出来）、我的幼儿园、当地的有轨电车站、桥下那条凶猛的大狗，还有理发店里那把为小男孩特制的椅子，大镜子前面有一个汽车方向盘。

这一切造成的结果就是，随着我逐渐长大，远在我动过用文字创造虚构世界的念头之前，我就已经忙不迭地在脑海里构建一个细节丰富、栩栩如生的地方了，而这个地方就叫做"日本"，那是我某种意义上的归属所在，从那里我获得了一种身份认同感与自信感。那段时间我的身体从未回过日本一次，但这一点反倒使得我对那个国度的想象更加鲜活，更加个人化。

而保存这一切的需求也就由此而来。因为，到了我二十五岁的时候，我渐渐得出了几个关键性的认识——尽管当时我从未清晰地将其付诸言语。我开始接受几个事实：也许"我的"日本并不与飞机能带我去的任何一个地方相吻合；也许我父母谈论的那种生活方式——我所记得的那种我幼年时的生活方式——已经在一九六〇年代和一九七〇年代基本消失了；无论如何，存在于我头脑中的那个日本也许只是一个孩子用记忆、想象和猜测拼凑起来的情感构建物。也许最重要的是，我开始意识到，随着我年齿渐长，我的这个日本——这个伴随我长大的宝地——正变得越来越模糊。

我不确定驱使我在诺福克的那间小屋里奋笔疾书的究竟是不是这样一种情感——"我的"日本既独一无二，又极端脆弱，因为那是某种无法通过外界得到印证的东西。我所做的就是用纸和笔记下那个世界独特的色彩、道德观念、礼仪规范，记下它的尊严、它的缺陷，以及我对它所思所想的一切，赶在它们从我的脑海中消逝以前。我的愿望是，在小说中重建我的日本，保护它免遭破坏；从此以后，我就可以指着一本书，说："是的。那里就是我的日本。就在那里。"

* * *

三年半后，一九八三年春，洛娜和我身处伦敦，住在一栋高高窄窄的房子顶楼的两个房间里，这房子本身又建在城市最高点之一的一座小山上。那附近有一座电视信号塔，每当我们想要听唱片时，幽灵般的广播人声总是会时断时续地侵入我们的音箱。我们的客厅里没有沙发和扶手椅，只有放在地上的两个床垫，上面铺着软垫。房间里还有一张大桌子，白天我在上面写作，晚上我俩在上面吃饭。这居所不怎么奢华，但我们都很喜欢。前一年我刚出版了我的首部长篇小说，我还为一部电影短片写了剧本，短片很快就要在英国电视台播放了。

有一阵子，对于我的首部长篇我还是颇引以为豪的，但是到了那年春天，一种挠心般的不满感开始露头。问题出在这里：我的首部长篇和我的首个电视剧本太相似了。相似点不在于主题素材，而在于方法和风格。我越看这件事，就越觉得我的小说像是一个剧本——对白加上表演指导。某种程度上说，这一点并无大碍，但我此刻的愿望是创作一部只能以书页传达的小说。如果我的小说带给别人的体验与看电视大同小异，那么这样一部小说又有什么创作的必要呢？如果文字小说不能提供给读者某种独有的、其他媒介无法呈现的东西，那它又怎敢奢望能对抗电影和电视的力量呢？

就在这时，我害了一场病毒感染，卧床休息了几日。等到我挨过了病痛的高峰期，不再整天昏昏欲睡了，我发现被褥中折磨了我好一阵子的那件沉甸甸的东西居然是一本普鲁斯特的《追忆似水年华》第一卷（*Remembrance of Things Past*，当时的书名就是这么译的）。就这样，我开卷读了起来。我当时依然发着烧，这或许也是一个推波助澜的因素，但总之我被"序言"和"贡布雷"两部分完全迷住了。我读了一遍又一遍。除了这些章节本身纯粹的美感，我还为普鲁斯特从一个章节衔接到另一个章节的手法所倾倒。事件与场景的排列并不遵循通常的时间次序，也不遵循线性的情节发展。相反，发散的思绪联想，或是记忆的随性游走在章节与章节间推进着文字。有时，我发现自己在问这样的问题：这两个看似毫不相干的瞬间为何会在叙述者的头脑中并列出现？忽然间，我为我的下一部小说找到了一种激动人心、更加自由的创作方式——一种能够让丰富的色彩跃然纸上的创作方式，一种能够描绘出银幕无法捕捉的内心活动的创作方式。如果我也能够用叙述者的那种思维联想与记忆漂流在段落与段落间推进，我就能像一位抽象画家在画布上随心所欲地放置形状与色彩那样创作小说了。我能将两天前的一幕场景与二十年前的另一幕场景并置，请读者去思考两者间的联系。我开始思考，每个人对于自我和过去的认知都是笼罩在自我欺骗与否认真相的层层迷雾之中的，而这样一种创作方式也许能够帮助我揭示这一层又一层的迷雾。

* * *

一九八八年三月，我三十三岁。这时我们有了沙发，我正横躺在沙发上，听着一张汤姆·威兹的专辑。一年前，洛娜和我在南伦敦一个并不时尚但温馨惬意的城区中买下了我们自己的房子，而就在这栋房子里，头一次，我有了自己的书房。书房很小，连房门都没有，但能够把稿纸四处铺开，再不必每天晚上把手稿收好，这一点依然令我激动不已。正是在那间书房里——或者说，我相信是在那里——我刚刚完成了我的第三部长篇小说。这是我的第一部不以日本为背景的长篇——我的前两部作品已经让那个只属于我个人的日本不那么脆弱了。事实上，我的新书——我将为它取名《长日将尽》——乍看上去英国化得无以复加，尽管——这是我的希望——不是以老一辈英国作家的那种方式。我非常留意地提醒自己，不要预先假定——因为我知道，许多老一辈作家正是这样假定的——我的读者都是英国人，对于英式的微妙情感与执念烂熟于心。到了那时，萨尔曼·拉什迪与V·S·奈保尔这样的作家已经为一种更加国际化、更加面向外部世界的英国文学开辟了道路，这样一种新英国文学并不理所当然地将英国放在中心位置。他们的创作是最广泛意义上的后殖民文学。我也想像他们一样，写一部能够轻易穿越文化与语言边界的"国际"小说，与此同时却又将故事设定在一个英国独有的世界中。我这个版本的英国会是一个传说中的英国，它的轮廓，我相信，已经存在于全世界人民的想象之中了，包括那些从未踏足这个国度的人。

我刚刚完成的这个故事写的是一个英国管家，在人生的暮年，为时已晚地认识到他的一生一直遵循着一套错误的价值观；认识到他将自己的大好年华用来侍奉一个同情纳粹的人；认识到因为拒绝为自己的人生承担道德责任与政治责任，他在某种深层意义上浪费了人生。还有：在他追求成为完美仆人的过程中，他自我封闭了那扇爱与被爱的大门，阻绝了他自己与那个他唯一在意的女人。

我把手稿通读了几遍，感觉还算满意。不过，一种挠心感依然挥之不去：这里头还是缺了点什么。

就这样，如我所说，一天晚上，我躺在屋里的沙发上，听着汤姆·威兹。这时，汤姆·威兹唱起了一首叫做《鲁比的怀抱》的歌。也许你们当中有人听过这首歌。（我甚至想过要在此刻为你们唱上一曲，但最终我改了主意。）这首情歌唱的是一个男人，也许是一名士兵，将熟睡的爱人独自留在了床上。正值清晨，他一路前行，登上了火车。演唱者用的是美国流动工人的那种低沉粗哑的嗓音，完全不习惯表露自己的深层情感。这时，就在歌曲唱到半当中的时候，在那一刻，歌手突然告诉我们，他的心碎了。这一刻感人至深，让人几乎不可能不动容，而这份感动恰恰来自于一种张力，张力的一头是这种情感本身，另一头是为了宣告这份情感而不得不克服的巨大阻力。汤姆·威兹用一种飞流直下的宣泄唱出了这句歌词，你能感受到一个将情感压抑了一辈子的硬汉在无法战胜的伤悲面前终于低头了。

我一边听着汤姆·威兹，一边认识到了我还需要做什么。之前，我不假思索地做出了一个决定：我笔下的这位英国管家会坚守住自己的情感防线，躲在这道防线后面，既是躲避自己，也是躲避读者，直到全书告终。可现在，我知道我必须推翻这一决定。在某个时刻，在故事临近尾声时——一个我必须精心选择的时刻——我必须让他的盔甲裂开一道缝。我必须让他流露出一种巨大的、悲剧性的渴望——渴望有人能够窥见那盔甲之下的真容。

这里，我得说一句，除了这件事，我还不止一次地从歌手的声音中得到过其他至关重要的启迪。我在这里指的并不是唱出来的歌词，而是演唱本身。我们知道，歌唱的人声能够传达复杂得超乎想象的情感混合物。这些年来，我作品的某些细节方面尤其受到了鲍勃·迪伦、妮娜·西蒙娜、埃米卢·哈里斯、雷·查尔斯、布鲁斯·斯普林斯汀、吉利恩·韦尔奇，还有我的朋友兼合作者史黛西·肯特的影响。我从他们的声音中捕捉了某种东西，然后对自己说："啊，没错。就是这个。这就是我在这一幕中需要捕捉的东西。与之非常接近的东西。"那时常是一种我无法用文字表达的情感，但它确实就在那里，在歌手的声音里，而现在我得到了一个可以瞄准的目标。

* * *

一九九九年十月，我应德国诗人克里斯托夫·霍伊布纳代表国际奥斯威辛委员会之邀，参观了这座前集中营，并在这里度过了数日。我的居所安排在了奥斯威辛青年会议中心，就在第一座奥斯威辛集中营与两英里外的比克瑙死亡集中营之间的公路上。有人引领我遍访了这几处旧址，我在那里与三名幸存者进行了非正式的会面。我感觉自己接近了——至少是在地理位置上——那股黑暗力量的核心，而我这一代人正是在它的阴影之下成长的。在比克瑙，那是一个阴湿的午后，我站在毒气室的残砖碎瓦前——如今它奇异地被人遗忘了，荒废了——从德国人当年将它炸毁，赶在红军到来前逃之夭夭的那天起，这里几乎就再没有被人动过。如今它只是一堆湿漉漉的、破碎的水泥板，暴露在波兰严酷的气候中，一年更比一年残破。这处遗址应该被保护起来吗？应该在它的头顶上建起一个有机玻璃穹顶，把它保留下来，让我们的子孙后代得以亲眼目睹这里吗？还是说，我们就应该让它慢慢地、自然地朽烂瓦解，化作尘土？在我看来，这个沉重的问题象征着一个更大的两难抉择。这样的记忆应该如何保存？玻璃穹顶会将这些邪恶与苦难的遗迹化作波澜不惊的博物馆展品吗？我们应该选择哪些记忆？何时反倒不如忘却，轻装前行？

那年我四十四岁。在此之前，我一直将二战以及那场战争的恐怖与荣耀看作是我父母那一代人的。但此时此刻，我忽然意识到，要不了多久，许多亲眼见证了这些重大事件的人就将离开人世了。然后呢？记忆的重担就会落在我这一代人身上吗？我们没有经历过战争岁月，但抚养我们长大的父母们——他们的人生都被这场战争打上了不可磨灭的印记。而我——如今是一个向大众讲述故事的人——我是否肩负着一项迄今为止我都尚未意识到的责任呢？这责任是否就是向我们的后代尽己所能地传递我们父母辈的记忆与教训？

此后不久，我在东京的一群听众面前做了一次演讲，一位听众向我提问——这问题我经常碰到——接下来我打算写什么。接着，提问者更加明确地指出，我的作品经常写那些经历过社会与政治巨变的个体，当这些人物回顾人生时，总是挣扎着试图接纳自己那些阴暗的、耻辱的记忆。她问道，我未来的作品会继续涉猎这一领域吗？

我发现自己给出的是一个没有准备的回答。是的，我说，我经常写那些在遗忘与记忆之间挣扎的个体。但未来，我真正想写的故事是一个国家或一个群体是如何面对同样的问题的。国家记忆与遗忘的方式也与个体相似吗？还是说，两者有着本质的区别？国家的记忆究竟是什么？保存在哪里？又是如何被塑造、被操纵的？是否在某些时刻，遗忘是终结冤冤相报、阻止社会分裂瓦解、陷入战乱的唯一途径？而另一方面，稳定、自由的国家能否真的建立在蓄意的遗忘与正义的缺席之上？我听到自己对提问者说，我想要找到一个写出这些主题的途径，但不幸的是，我暂时恐怕还办不到。

* * *

二〇〇一年初的一个晚上，在北伦敦我们家（我们这时的居所）漆黑的客厅里，洛娜和我开始观看一部一九三四年霍华德·霍克斯执导的电影，片名叫做《二十世纪》（电影是录在一盘 VHS 录像带上的，画质尚可）。我们很快发现，片名指的并非是我们此刻刚刚告别的那个世纪，而是指那个年代非常出名的一列联结纽约与芝加哥的豪华列车。你们当中一定有人知道，这部电影是一出快节奏的喜剧，场景大部分都是在列车上，讲的是一个百老汇的制片人越来越绝望地试图阻止自己的头牌女演员转投好莱坞，踏上影星路。电影的压轴戏是约翰·巴里莫尔那令人叫绝的喜剧表演，他是那个时代最伟大的演员之一。他的面部表情，他的手势，他吐出的每一句台词，无不层层浸染出讽刺、矛盾与荒诞，而这一切背后的则是一个沉溺于自大狂与自吹自擂之中的男人。从许多方面来看，这都是精彩绝伦的表演。然而，随着影片的展开，我发现自己并没有被触动，这很奇怪。我起初对此百思不得其解。通常来讲，我喜欢巴里莫尔，也很痴迷于霍华德·霍克斯这一时期执导的其他几部电影，比如《女友礼拜五》和《唯有天使生双翼》。后来，当电影放到差不多一个小时的时候，一个简单的、电光石火般的想法闪过我的脑海。不论是在小说、电影还是戏剧中，许多生动鲜活、十分可信的人物都没能触动我，其中的原因就在于，这些人物并没有与作品中的其他人物通过任何有意义的人际关系相联结。紧接着，下一个想法就跳到了我自己的创作上来：如果我不再关注我的人物，转而关注我的人物关系，那会怎样？

随着列车哐当哐当地一路向西，约翰·巴里莫尔变得越来越歇斯底里，我不禁想起了E·M·福斯特那著名的二维人物与三维人物区分法。故事中的某个人物，他说过，只有在"令人信服地超出我们的意料"时，才能够变得三维。只有这样，他们才能"圆满"起来。但是，我此刻不禁思考，如果一个人物是三维的，但他或她所有的人际关系却并非如此，那又会怎样？同样是在那个讲座系列中，福斯特还作了一个幽默形象的比喻：要用一把镊子将小说的情节夹出，就像夹住一条蠕虫那样，举到灯光下仔细审视。我能否也作一次类似的审视，将任何一个故事中纵横交错的人物关系举到灯光下呢？我能否将这一方法应用到我自己的作品中——应用到我已完成的或正在规划的故事中？比如说，我可以审视一对师徒间的关系。这里有没有体现出任何深刻的、新鲜的东西？还是说，我看得愈久，就愈觉得这显然只是一种陈词滥调，已经在几百个平庸的故事中屡见不鲜？再比如说，两个相互较劲的朋友间的关系：它是否是动态的？是否能引发情感共鸣？是否在发展演化？是否令人信服地出人意料？是否三维？我突然觉得，我更好地理解了为什么我过去的作品中有这样那样的失败之处，尽管我也曾拼了命地想要弥补。我眼睛依然盯着约翰·巴里莫尔，脑子里却浮出一个想法：所有的好故事——不管它们的叙述模式是激进还是传统——都必须包含某些对我们有重要意义的关系，某些触动我们，让我们莞尔、让我们愤怒、让我们惊讶的关系。也许，在未来，如果我能够更多地关注我笔下的关系，我的人物就无需我再操心了。

我说出这席话时忽然想到，也许我着力阐述的这一点对你们而言本来就是显而易见的。但我能说的就是，这一发现在我写作生涯中可谓姗姗来迟，而我如今将这视为一个转折点，与我今天向你们讲述的其他关口同样重要。从那时起，我开始以一种截然不同的方法构建小说。比如说，我在创作长篇《莫失莫忘》时，我一开始思考的就是处于故事核心的那组三角关系，然后再是从这组关系发散开去的其他关系。

* * *

作家生涯中的重要转折点就是这样的——也许其他的职业生涯也是如此。它们时常是一些小小的、并不光鲜的时刻。它们是无声的、私密的启示火花。它们并不常见，而当它们到来时，也许没有号角齐鸣，也没有导师和同事的背书。它们时常不得不与另一些更响亮也似乎更急切的要求相竞争。有时，它们所揭示的会与主流观念相悖。但当它们到来时，我们一定要认识到它们的意义。不然的话，它们就会从你的指缝中流失。

我一直在这里强调那些细小的、私密的东西，因为本质上讲，这就是我工作的内容。一个人在一个安静的房间里写作，试图和另一个人建立联结，而那个人也在另一个安静的——也许不那么安静的房间里阅读。小说可以娱乐，有时也可以传授观点或是主张观点。但对我来说，最重要的一点在于，小说可以传递感受；在于它们诉诸的是我们作为人类所共享的东西——超越国界与阻隔的东西。许多庞大光鲜的产业都是围绕小说建立的——图书业、电影业、电视业、戏剧业。但最终，小说是一个人对另一个人的诉说。这就是我对于小说的感受。你们能够理解我的话吗？你们也是如此感受的吗？

* * *

于是，我们来到了当下。最近，我忽然醒悟到，多年来我一直生活在一个虚妄的肥皂泡中。我未能注意到我周围许多人的挫折与焦虑。我意识到，我的世界——一个文明、振奋的地方，满是爱开玩笑、思想开明的人——事实上比我想象的要小得多。二〇一六年，这一年在欧洲与美国发生了许多出人意料——于我而言也是令人沮丧的政治事件，全球发生了多起令人毛骨悚然的恐怖袭击。我从孩提时代起就理所当然地以为，自由主义—人本主义价值观前进的脚步不可阻挡，但二〇一六年的这一切都迫使我承认，也许我的想法只是一个幻觉。

我们这代人是乐观的一代。为什么？因为我们看着我们的长辈将欧洲从一片满是极权国家、种族清洗与史无前例的大屠杀的大陆，变成了一块人人羡慕、自由民主国家在几乎没有边界的友谊中共存的乐土。我们看着旧殖民帝国连同那些支撑它们的可恨观念一道在全世界土崩瓦解。我们看着女权主义、同性恋权利与抗击种族主义的多条战线高奏凯歌，齐头并进。我们在资本主义与共产主义猛烈对抗的背景中长大——一场意识形态的对抗与军事的对抗，最终却看到了我们许多人眼中的大团圆结局。

而此刻，回首往事，推倒柏林墙后的那个年代更像是骄傲自满的年代，错失良机的年代。我们坐视惊人的不平等——财富与机遇的不平等——在国家间与国家内部扩大。而二〇〇三年对伊拉克灾难性的入侵行动以及二〇〇八年那场丑恶的金融危机爆发后强加在普通人民身上的长期紧缩政策——尤其是这两起事件将我们推向了当下这个极右思潮与狭隘民族主义泛滥的局面。种族主义——不论是以其传统形式，还是以其营销更加得力的现代化形式——再次沉渣泛起，在我们文明的街道下蠢蠢欲动，就像一头被掩埋的巨兽正在苏醒。而此刻，我们似乎缺乏任何能将我们团结起来的进步事业。恰恰相反，甚至是在富裕的西方民主国家内，我们也正在分裂成彼此对立的不同阵营，为了争夺资源和权力而斗得天昏地暗。

与此同时，科学、技术与医学的重大突破向人类提出的挑战已经近在眼前了——还是说，已经到了眼前？新基因技术——比如基因编辑技术CRISPR——以及人工智能和机器人技术的进步都将为我们带来惊人的、足以拯救生命的收益，但同时也可能制造出野蛮的、类似种族隔离制度的精英统治社会以及严重的失业问题，甚至连那些眼下的专业精英也不能从中幸免。

就这样，我，一个已年过花甲的男人，揉着双眼，试图在一片迷雾中，辨识出一些轮廓——那是一个直到昨天我才察觉其存在的世界。我，一个倦态已现的作家，来自智力上倦态已现的那一代人，现在还能打起精神，看一看这个陌生的地方吗？我还能拿出什么有所帮助的东西来，在当下社会挣扎适应巨变之际，为即将到来的争论、斗争与战争提供另一个视角，剖出另一些情感层面？

我必须继续前行，尽己所能。因为我依然相信，文学很重要，尤其是在我们渡过眼下这个难关的过程中。但我也期盼年轻一代的作家鼓舞我们，引领我们。这是他们的时代，他们会有我所缺乏的知识与直觉。在书本、电影院、电视与剧院的世界中，今天我看到了敢于冒险、激动人心的人才——四十岁、三十岁、二十岁的男男女女们。因此，我很乐观。我又有什么理由不乐观呢？

但最后，请允许我发起一项呼吁——如果你们愿意的话，就让这成为我作为诺贝尔奖得主的呼吁！要让整个世界走上正轨并不是一件易事，但至少让我们先思考一下该如何安排我们这个小小的角落，这个"文学"角落——在这里，我们阅读书籍，创作书籍，出版书籍，推荐书籍，谴责书籍，给书籍颁奖。如果我们想在这世事难料的未来中发挥重要的作用，如果我们想让今日和明日的作家发挥出最大能力，我相信我们必须更加多元化。我的意思有两层。

首先，我们必须拓展我们一般意义上的文学界，囊括更多的声音，第一世界文化精英的舒适区以外的声音。我们必须更加勉力地搜寻，从迄今为止尚不为人所知的文学文化中发现宝石，不论那些作家是生活在遥远的国度还是生活在我们自己的社群中。其次，我们必须格外小心，不要将"何谓优秀文学"定义得过于狭隘或保守。下一代人定会用各式各样崭新的，有时甚至令人晕头转向的方法来讲述重大的、绝妙的故事。我们必须对他们保持开放的心态，尤其是在涉及体裁与形式的问题上，这样我们才能培养、拔擢他们中的佼佼者。在一个危险的、日益分裂的时代，我们必须倾听。好的创作与好的阅读可以打破壁垒。我们也许还可以发现一种新思想，一个人文主义的伟大愿景，团结在它的旗下。

  对于瑞典文学院、诺贝尔基金会，以及瑞典人民——多年来，正是他们让诺贝尔奖成为了我们全人类努力谋求的"善"的一个闪亮象征——我在此呈上我的谢意。

宋佥 译